魅丽文化　　花火工作室

姜以纾 | 著

拨云见你

Boyun Jianni

百花洲文艺出版社
BAIHUAZHOU LITERATURE AND ART PRESS

图书在版编目（CIP）数据

拨云见"你" / 姜以纾著. -- 南昌：百花洲文艺
出版社，2020.1
ISBN 978-7-5500-3537-9

Ⅰ. ①拨… Ⅱ. ①姜… Ⅲ. ①长篇小说－中国－当代
Ⅳ. ① I247.5

中国版本图书馆 CIP 数据核字（2019）第 265192 号

拨云见"你"
姜以纾 著

责任编辑	蔡央扬
选题策划	黄 欢
特约编辑	蒋晗婧
封面设计	黄 梅
出版发行	百花洲文艺出版社
社　　址	南昌市红谷滩新区世贸路 898 号博能中心 A 座 20 楼
邮　　编	330038
经　　销	全国新华书店
印　　刷	湖南新华精品印务有限公司
开　　本	880mm×1230mm　1/32　印张 9.5
版　　次	2020 年 1 月第 1 版第 1 次印刷
字　　数	259 千字
书　　号	ISBN 978-7-5500-3537-9
定　　价	38.60 元

赣版权登字　05-2019-369

网址 http://www.bhzwy.com
图书若有印装错误，影响阅读，可向承印厂联系调换。

目录

C O N T E N T S

第一章

. . . 　　　　我可以认识你吗?

早春薄寒,三月的最后一天,风还是很嚣张,尤其是晚上,吹得行人皮肉生疼。

闫椿正在泡她最后一桶泡面,不知道是不是酸菜在老坛子里泡久了,一搁嘴里就倒牙。正想着要不要再倒点十五块钱一桶的天价水时,手机响了,她随手接通。

"喂。"

那头呼出几口粗气:"椿儿!"

闫椿一听,觉得耳熟:"你哪位?"

"我啊!肖黄!"

哦,闫椿想起来了,是一个"远房"朋友。

"有事?"

然后肖黄就开始了三十多分钟捶胸顿足的演讲,主要说他们证券行业不景气,赔了。

闫椿听他抒发了半天,新闻联播都播完了,才进入主题——借钱。

她早该想到的。

"你看我像有钱？连着被两家事务所扫地出门，这个月房租都还在别人卡里呢，兜里比你那张门面还干净，尓跟我借钱？"

肖黄闻言话锋一转："不是，没钱早说啊，兄弟这儿有的是挣钱的路子。"

闫椿翻了一个清新脱俗的白眼："还有事没？没事挂电话了。"

"喂喂喂！着什么急啊！有钱还不挣？"

闫椿问他："你有挣钱的法子，你跟我借钱？怎么的，传销窝点给你下任务了？"

肖黄说："传什么销？我有那心也没那钱往里扔啊。我跟你说，我认识一哥们，巨有钱，现在缠上官司了，'那方面'的，你不是正经律师出身吗？你去接了这案子，我把你吹捧一下，见面时你再忽悠两句，给他弄个代理合约一口价，输赢都拿钱，咱们困难就都解决了啊。"

闫椿听明白了："这才是你给我打电话的初衷吧！够鸡贼的你，先打听好了我什么现状，然后给我个活，我迫于生活压力，被你赶鸭子上架，然后你再来分我的钱。我一琢磨，活是你找的，不能让你白忙活，再念在咱们朋友一场，甩手给你一半。是吧？"

肖黄笑了："我本来想的是三七，我拿小头，没想到椿儿你这么大方，刮目相看啊！"

"滚！等我见过当事人再考虑这活接不㛟，你也别给我吹，打不了的官司，我也不打。"

"这样也成，那尓把地址发给你，你去见见，能不能接见了再说。"

"好。"

肖黄动作很快，刚放下手机，消息就过来了。

说实话，闫椿并不打算接这种官司。有钱人，还是"那方面"的事，那原告的内容就八九不离十了。这年头"仙人跳"也不挑那种有前科的，对有前科的人，她可不同情。

可现在这个处境，轮得着她挑？

闫椿把最后两千块钱打给她妈后，躺在摇摇欲坠的床上。

作为一个二十七岁的轻熟女，一台濒临报废的联想电脑，是她的全部财产。就算是法学院高才生又有什么用，除了一屁股债，她又拥有过什么？

歧州市 2018 年的平均收入数据已经出来了，五千七百元，她还真是拖了不少后腿。

肖黄的短信在她慨叹人生之前，适逢其会。

"杏仁咖啡，九点。"

"你先告诉我这人姓什么叫什么。"

肖黄没答，自说自话："是等会儿九点，不是明天。"

闫椿抬眼："这是个什么客户？还得晚上见面。"

"有钱嘛，也有点名气，怕传出去。"

"打车费。"

"不是，姐，您连打车的钱都没了？"

"快点，别磨叽了。"

"成，务必拿下这单。"

最后一句话说完，肖黄给闫椿发了二十八块钱的红包。

闫椿在网上叫了辆车，查看预计费用，正好二十八块……真够鸡贼的。

有活干了，她也没那么矫情了，酸倒牙的泡面也能吃了。

闫椿吃完洗了个澡，换上自己除了律师袍唯一的一身正装——一套深蓝色西装，白衬衫、深蓝色领结、黑色细跟鞋。她在手上倒点洗澡用的精油，抓了两把头发，没办法，护发精油太贵了。最后背上唯一一个名牌包，去赴约了。

杏仁咖啡在歧州很出名，因为死过人。

闫椿叫的车带她绕了一个大圈，据司机说正淮路在维修，开过去的车全部无功而返。

反正一口价二十八元，只要不迟到，她都没意见。

从高架桥上下来，司机加大油门，半个小时就到了杏仁咖啡。

闫椿下了车，还没站稳，一个踩着滑板的女生呼啸而过，顺便把她带了一个跟头，唯一一套正装就这么跌进了泥潭里。

幸亏她手快，一把抓住了罪魁祸首。

女生很急："我赶时间，要多少钱你说。"

闫椿不乐意了，现在的年轻人没礼貌就算了，还张嘴闭嘴要多少钱，她又不是碰瓷，于是她说："五百块钱。"

女生一个轻蔑的眼神投在闫椿身上，微信扫码给了她五百块钱，正要走，又被闫椿拦下。

"还有完没完啊？大妈。"她不耐烦地说。

闫椿本来想提醒她这是自行车道，现在是中学生放学的时间，在这儿玩滑板很危险，见她这态度，就不想当雷锋了，把五百块钱又给她转回去。

女生看见了，觉得莫名其妙："你有病吗？"

闫椿转完给她确认一眼："看见了啊，还你了。现在，把你身上这裙子给我。"

女生怒了，把滑板一扔。

"你说什么呢？"

闫椿懒得跟她废话，把她很宝贝的手机抢过来，看了一眼屏幕，正好来了一条信息："已经失去目标。"

"跟踪涉嫌侵犯个人隐私，《治安管理法》第四十二条，偷窥、偷拍、窃听、散布他人隐私的，处五日以上十日以下拘留，你这还装个软件给我当证据，我一只手摁你一只手拿你的手机，人赃并获，懂不？"

女生年轻气盛不信她的鬼话："你是谁啊？大妈！我告诉你，少管闲事！"

闫椿："别叫妈了，我闺女不可能这么没教养。"

女生挣扎着要去抢手机："还给我！"

闫椿一米七二的个子，不让她抢到手机还是很轻松的。

"你现在有两个选择，第一个，我把你拽到派出所，送你拘留所七日游。"

女生看闫椿比她高，力气也感受了一下，还不小，顿时怂了。

"第二个呢？"

"把你身上的衣服脱下来给我。"

"那我穿什么？"

闫椿指指自己身上这套不堪入目的正装。

"我不要！"

"那就走吧，正好附近有个派出所，二十四小时值班的。"

女生又屄了："等等……"

闫椿看着她。

女生一咬牙："给你给你。"

换好衣服，女生拿上滑板，啐了一口"算我倒霉"，消失在暮色里。

时隔多年，闫椿再穿上裙子，也没什么新鲜的感受，把包挎上，走完剩下的几步。

八点五十分，闫椿站在杏仁咖啡门前。

门庭一如既往地清冷，以至于老板看到她都一副见鬼的样子。

闫椿在老板的注视下进了门，找了一个光线较暗的地方坐下。

几乎在同一时间，走进来一道跟她相差无几的黑影，她先注意到的是他一双刷得锃亮的尖头皮鞋，每走一步，都像扔了一把红色人民币。

他应该就是肖黄介绍的客户了，她起身，伸出手："您好。闫椿。"

那人本来手都伸出了一半，听到"闫椿"两个字，竟然收回去了。

闫椿早就习惯了，打过一场著名的失败官司就是比较容易受到这种待遇。她重新坐下来，拿出笔记本，做好准备。

"您可以阐述案件前情了。"

"不是曾放下厥词只给你男人穿裙子吗，这是破例了？"

闫椿今天听到的熟悉声音真是不要太多。她把笔放下，合上笔记本，抬起头来："我以为是谁被'仙人跳'了，原来是轮回资本的创始人陈先生。"

陈靖回也不生气："我以为是谁能接我这案子，原来是早就砸了招牌的闫大名嘴。"

"是啊，陈先生的案子都找到我头上了，可想而知是吃了多少闭门羹，可见是干了多少缺德的勾当，让广大律师同僚连白给的钱都不要了。"

埋汰人，还没人是闫椿的对手。

陈靖回没搭这茬："开始吧。"

闫椿以为这么多年没见，他耳朵不好使了。

"你先给我说说怎么回事。"

陈靖回那张值钱的嘴里又施舍出几个字："你先说你缺多少钱。"

从那桶酸牙的泡面开始，闫椿就应该知道她这一宿很倒霉，果不其然，连续两次被人用钱侮辱。她看起来就那么像逮谁坑谁、见钱眼开的人？

她沉吟片刻："五百。"

陈靖回很干脆："好。"

闫椿提醒他："我说的是万。"

陈靖回点头："我回的是好。"

时光回溯，镜头拉回到十年前。

二〇一〇年的三月，闫椿因为在高二的年级主任口袋里粘口香糖，被罚领一个月的操。

又是一个艳阳高照的大课间，闫椿站在表演台上，带领三中全体师生做第八套广播体操。她从表情到动作，都逃不开敷衍的态度。

一班班主任走到二班班主任张钊跟前，瞧着闫椿，话说得阴阳怪气。

"我发现你们班净出人才。"

张钊反唇相讥："你们班也不错，陈靖回又考第一名了，不过是不是因为打架回家反省了一个星期？"

一班班主任干笑两声，落井下石不成反被扣一头屎，这滋味……

最后一节整理运动做完，闫椿动作利索地跳下台，还没来得及为自己的身手沾沾自喜，就被张钊揪住了"命运"的后脖颈。

她扭头龇牙一笑："老大……"

张钊："好好说话。"

闫椿把脑袋垂下去，做出一副谦逊的样子："张老师。"

张钊才松开她："昨晚的作业呢，怎么又没交？"

闫椿就纳闷了，她明明已经糊弄过去了。

"课代表收了啊。"

"课代表收了，我没收。"

张钊看她的表情就知道她又没写："回去把那两张卷子抄五遍。"

闫椿哭了："老大，不带这样的吧？他们也就写一遍，怎么到我这儿就五遍了？"

张钊："这就是主动交作业和被动交作业的区别，要是每个不写作业的学生被发现之后都只是写完交上，那每天早上课代表就收不到几份作业了。"

闫椿认怂，肩膀彻底垮了下去。

"好嘞。"

张钊又说："还有，做操给我好好做，胳膊腿的瞎抡，把咱们班形象都给破坏了。"

闫椿顺坡下驴："对吧！我也觉得对咱们班影响太不好，要不我就不领操了吧？省得哪天校长外出培训回来，看见我这么不标准的动作，闹心。"

张钊竟无言以对。

闫椿趁着他没反应过来，赶紧溜了，走时还不忘说："老大，就这么说定了哈！"

她一路跑到水房，打开水龙头，洗洗手，然后歪头张开嘴喝了一口。

这个画面被路过的赵顺阳看见了。

"我说椿哥，能不能注意点形象？"

闫椿瞥了他一眼："喝水就是不注意形象了？那吃饭是不是就不要脸了？"

赵顺阳自从认识闫椿，没一次逗嘴上能耐的机会，无论何时何地，他都是被吊打的那一个，所以他堂堂歧州第三初中一霸，到了高中只能给她当小弟。

他把优酸乳扔过去："早上又没吃饭吧？别老喝凉水，你那破胃真经不住几回折腾。"

闫椿接住，刚插上吸管，脚底一滑，人就朝前扑去，赵顺阳手快，接住了她。

优酸乳就没那么好运了，被闫椿一攘，乳白色的液体顺着吸管喷薄而出，在飞出一个优美的抛物线之后，准确无误地溅在一张白净的脸上，以及他的黑色卫衣上。

这个人就是陈靖回。

三中学霸，学习上，打遍歧州无敌手。

一天到晚神龙见首不见尾，一班和二班在同一层楼，都高二了，闫椿就没见他上过厕所。

赵顺阳说，可能这样优秀的人跟他们不是一套泌尿系统。

闫椿乐了一学期，还给他取了个外号——陈憋大，说他能这么优秀，纯粹是靠憋的。

闫椿虽然经常拿他打趣，却是没有正经见过，她对他的印象还停留在各种典礼上弱不禁风的身影，以及一副好听的嗓音。

至于他的长相，她只在贴吧上看到过，还是偷拍，糊得非常影响认知感。不过从十里八乡小姑娘前赴后继的情况来看，应该是长得人模狗样的。

这会儿冤家路窄，闫椿也不尿，非常脆生地说了一句："对不起。"

说完，她拉着赵顺阳就要走，结果陈靖回的小弟一条壮实的胳膊堵住了水房的出口。

闫椿退回来，笑眯眯的："陈憋……陈靖回同学，该上课了。"

陈靖回的"小弟"递来两张纸巾，他把脸擦了擦，剑眉星目重见天日。

闫椿一看，没人告诉她"憋大"同学这么帅啊！尤其赵顺阳在旁边一衬托，简直就是土里开了一朵花。

她不自觉地柔软了体态："同学，有什么事咱们下课再聊。"

陈靖回不知道她怎么就变脸了，却也没在意，越过他们，走了。

闫椿正要慨叹他的气量，他的小弟就出言不逊了。

"小姑娘眼不好使情有可原，老爷们儿也眼不好使了？"

赵顺阳的脾气也不好，要不是这两年给闫椿当小弟，他也能混得不错。是，他没陈靖回有钱，也没他"势力"庞大，可都欺负到头上了，他也没有尿的道理。

闫椿比较精，知道正面杠上没有胜算，就直接把赵顺阳拉回来了："误会误会。"

闫椿把赵顺阳拽回班上，最后朝他脑袋来了一巴掌，才把他耍横歪着的脖子正过来。

赵顺阳不服气："你什么时候这么胆小怕事了？"

闫椿觉得事太小："就为一瓶优酸乳，丢人不？再说也确实是咱们弄人脸上了。这些都不论，就说他是陈靖回，好汉不吃眼前亏，懂不？"

赵顺阳嘟嘟囔囔的不敢大声说："你就是看他长得不错。"

闫椿听见了，不巧上课铃响了，也就没打击他。

这节课是历史，是闫椿最喜欢的一门科目，了解过去的人和事，是她选择文班的初衷。尽管她后来发现历史没有她憧憬的快意恩仇，可喜欢这种东西，一旦沾上，就跟被糊块狗皮膏药一样。

所以，她上历史课从不走神。

所以，历史是她所有科目里成绩最好的。

很快，一节课过去了，历史老师下课前惯例夸闫椿："你们要有闫椿一半的成绩，我就烧高香了……"

上课都没多少人听讲，更何况下课了，历史老师的话才说完，班上的同学就跑了一半。

赵顺阳叫闫椿上厕所："走，椿哥，蹲坑去。"

闫椿不去。

"老张让我抄五遍卷子。"

赵顺阳"咦"了一声："你什么时候这么听话了？找个枪手不得了。"

闫椿说："找枪手不也得找？"

赵顺阳憋不住了："那你找，我先去了。"

闫椿扫了一眼当下还在教室里的，都是学习好的，她真下不去手，于是挑了一个学习最好的——他们班学习委员单轻舟。

一个新的作业本从天而降，落在单轻舟的课桌上，他拿起看了一眼，姓名栏的位置写着"闫椿"。

闫椿坐在他对面："兄弟，给抄两份卷子呗。"

单轻舟抬眼看她："没写作业又被逮着了？"

说到这个闫椿就来气："老张盯上我了，以后不能不写作业了！"

单轻舟："知道就好。"

"好嘞！那作业就交给你了啊。"闫椿笑笑，眉眼弯弯的，怪好看的。

"最后一次。"

闫椿跑到自己桌前，把她花五块钱买的中性笔拿过来，搁在他桌上。

"最后一次！"

反正单轻舟记性不好，她上一次、上上次都是这么说的。

解决了抄卷子的难题，闫椿心里舒坦，还没来得及得意忘形，单轻舟又说："周六去补习班，你别再忘了。"

闫椿敷衍地应了一声，补习班嘛，她知道了。

单轻舟跟闫椿是一条胡同里长大的，现在歧州没拆的四合院，就有他们家的，一家一套。后来随着父母工作变动，两家从市中心搬出来，一个住进了城南别墅区，一个住进了城南筒子楼。

闫椿就是筒子楼里那个。

单轻舟一直考全班第一名，还上补习班的原因是陈靖回一直考全校第一名。单轻舟家境不如他，学习成绩不如他，唯一比他好的就是人缘——单轻舟对所有跟他请教问题的人都尽心尽力。这对一个自小就要强的人来说，太扎心了。

闫椿不懂学霸世界里的暗潮涌动，她考个全校十几名就挺骄傲了。

单轻舟以前问过闫椿，为什么不写作业也会这些题，闫椿没告诉他，这世上有个叫"智商"的东西，拥有很多这个东西的人，大多数时候都是事半功倍的。

这也是闫椿总让单轻舟给她写作业的原因，他不觉得有负担，甚至这是他需要的。

"没有天分就要更刻苦一些"，这是闫椿在他嘴里听到最多的一句话。可想而知，从小到大他那个对追名逐利有执念的妈是怎么祸害这个儿子的。

闫椿看一眼这个小可怜，叹了一口气，回了座位。

赵顺阳正好回来，冲着闫椿大叫："椿哥！"

闫椿心烦："鬼叫什么？"

"七班沈艺茹记得吧？"

沈艺茹，三中的形象大使，海报现在还在博物楼大厅贴着呢。

"不是校花吗？"

"她刚才给陈靖回递小纸条，被主任看见了。"

啊？！这么劲爆吗？

闫椿跟只动作迅猛的耗子一样，溜出教室看热闹去了。

一班门口围满了人，闫椿使出浑身解数挤到了视野最好的位置，朝里瞅着。

高二年级主任正在劈头盖脸一通骂："小小年纪！不想着好好学习为校争光，净想着男生，以为长得漂亮就可以一辈子衣食无忧了？你怕是不知道现在社会竞争有多激烈！"

陈靖回就坐在位子上，看都不看沈艺茹一眼。

再看看沈艺茹，她低着头，抿着嘴，额头出了许多汗，锦上添花的两绺头发都湿了，就贴在太阳穴上。垂在裤腿两侧的拳头攥得紧紧的，骨节都泛白了。

闫椿看热闹的心突然就收起了一半，看到沈艺茹低下的脑袋掉了一滴汗，她站不住了，伸手说了一声："是我让沈艺茹帮我把纸条递给陈靖回的！"

反响特别好，包括陈靖回在内的所有活人，都看向了她。

闫椿一次性接收那么多目光，说不后悔是假的，可开弓没有回头箭，牛皮都吹出去了，总不能这时候再说"闹着玩呢"，那多没面子？

她在众人的注视下，梗着脖子嚷了一句："我就是喜欢陈靖回，喜欢得不行！"

主任快步走到闫椿跟前，憋了半天，差点一口老血吐在她脸上。

闫椿也不是第一次得罪这位势利眼的主任了，之前他想竞选歧州优秀主任，让陈靖回和单轻舟参加市里举办的竞赛，结果单轻舟的成绩不尽如人意，这位主任就当着全校师生面骂单轻舟不知感恩。

还有一句最过分的："你学习那么差是怎么考上我们三中的，是抄哪个同学的？"

闫椿天生暴脾气，不好惹。当时正好嚼着口香糖，就到主任办公室走了一趟，直接吐在了他的口袋里。听说他黏了一手，把当时进去汇报工作的老师也一顿骂。

闫椿还没解气，就不知道被哪个天杀的打了小报告，这势利眼直接赏了她领早操一个月。

主任伸手指着闫椿，胸脯快速起伏，跟坐过山车一样。

"你！跟我上办公室！"

闫椿无所谓，双手抄裤兜里，跟着去了。

赵顺阳这会儿悔得肠子都青了，本来是想让闫椿看个热闹，谁知道她的热心肠根本不分对象。对单轻舟就算了，毕竟青梅竹马，对沈艺茹一个八竿子打不着的人竟然也同情心泛滥。

赵顺阳走到沈艺茹跟前："你得跟主任说清楚，不能让闫椿给你背锅啊，她本来就有遗臭万年的趋势了，这一替你挡枪，还不得天天被主任提到办公室去？"他越说越痛心疾首，"再被写进反面教材，每一届都拿出来说一说，以后还怎么找对象？"

沈艺茹也没想到闫椿会跳出来当替罪羊，主任的话太难听，她早蒙了，这会儿也还没完全回过神来，对赵顺阳的指责她也无能为力，从始至终只说了一句"对不起"。

赵顺阳看她是不要脸了，想打她又怕进了警察局还得让闫椿把他捞出来。

单轻舟听见闫椿的声音，也从教室里冒出头来，正好对上赵顺阳失魂落魄的脸。

"她呢？"

赵顺阳不怎么待见单轻舟，没给他好脸色："你说呢？也不知道你们上辈子对她施了多大恩德，她这辈子要这么死乞白赖地还。"

单轻舟耸耸双肩，去了电话亭。

办公室里。

闫椿站也不好好站，吊儿郎当的，看得主任窝火。

主任用手指头使劲戳她脑门："你说说我们三中怎么就出了你这么个败类，啊？"

闫椿不以为意："您不也是三中这么多年唯一一个连优秀主任都没评上过的主任吗？"

主任被她这句话气得脸红脖子粗，抄起桌上的教科书就要砸下来。

闫椿不紧不慢地说了句："您要是再因为体罚被教育局通报，那就更与优秀主任无缘了。"

主任差点抽搐起来。

冷静冷静，她这话还真有道理！可是想揍她这个问题要怎么解决？

他越看她越来气，最后还是一个电话转移了他的注意力。

接完电话，主任茅塞顿开，他治不了这个猴崽子，她父母一定治得了。

主任找到闫椿妈妈的电话，打了三次全是在通话中。

闫椿心想，有单轻舟给她妈打电话占着线，他以为叫李大头就能打进去了？瞎闹。

她跟单轻舟早有约定，只要她被主任揪走，他就去电话亭给她妈打电话，寒暄寒暄，目的是占着电话线，这样，主任的电话就打不进去了。

闫椿还没为自己的机智暗自庆幸，主任就找到她爸的电话打过去了。

闫椿波澜不惊的脸色突然被撕开一道口。

她爸，闫东升，抛妻弃女的渣男代表，要不是主任这通电话，她都不敢信他竟然还活着。

主任上来先问："您是闫椿的家长吧。"

那头也不知说了什么，主任又说："是这样的，闫椿在学校犯了点小错误，我们校方想请您来一趟，就孩子的教育问题聊聊天。"

闫椿不认为闫东升愿意来，结果主任第三句就是："好的，您到了给我打电话。"

电话挂断，主任瞪了一眼闫椿，"等会儿有你哭的。"

闫椿真想告诉他，他想多了。除了她妈，她可没在怕的。

闫东升来得挺快，不到一个小时，就已经衣冠楚楚地站在主任办公室了。

主任一看，不得了，这不是闫部长吗？

是的，闫椿她亲爹，闫东升，是他们市第一企业对外贸易部门的部长，如果不是有抛妻弃女的履历，他一定会比现在看起来更加道貌岸然，只可惜，现在要在后边加一个"伪君子"。

闫东升看了闫椿一眼，很快把视线收回来，问主任："闫椿她，犯什么错误了？"

主任专业拍马屁一万年，看见闫东升都忘了男儿膝下有黄金了，几乎要给他磕头了。

"大错误倒不至于，就是现在孩子身上普遍会出现的一些小问题。"

闫东升被主任引到真皮沙发上，即使是小问题，他也想知道。

"什么小问题？"

主任干脆跳过这个话题："我们校方觉得对闫椿同学的教育很吃力，主要体现在她明明很聪明，成绩却一直在文理总排名二三十名晃悠。"

闫东升倒是有自知之明，知道闫椿不会搭理他，所以也不跟她说话，全程只跟主任交流。

闫椿看他们一个阿谀奉承，一个故作姿态，觉得恶心，转身出了办公室。

还是罚站比较舒服。

赵顺阳担心闫椿的状态，在门口蹲了半天，看见闫椿出来，紧张兮兮地左瞧右看："有没有事，他有没有揍你？"

闫椿把他扒拉开：“你不上课在这干吗呢？”

赵顺阳立马一把鼻涕一把泪的：“你都被逮走了，我能有闲心上课？”

闫椿看他哭，觉得他没出息：“行了，别哭了，不上就不上吧，反正你多上一节课也考不上大学。”

赵顺阳才不想考大学，他就想给闫椿当小弟，当一辈子。

闫椿又问他：“老张找我没有？”

“老张监完操就出去了，上午没他的课，估计下午才来。”

“你去找沈艺茹，问那纸条写了什么。”

说起这个女的，赵顺阳就有气：“能不能不要提这晦气的东西？”

“不知道那纸条写什么，到时候大头问我，我一问三不知，不是白背锅了？末了沈艺茹被叫过来一通批评，我也好不到哪儿去，懂不？”

赵顺阳的智商想不到这层，被闫椿一点拨，懂了。

“那行，我去找她要。”

闫椿看他扭头就跑，两只手都没薅住他。

差不多十分多钟，他无功而返，垂头丧气的德行让闫椿都后悔曾经对他进行了救赎。

“她说没在她那儿。”赵顺阳说。

闫椿忍住呼之欲出的脏话，说：“废话不？她给陈靖回纸条，那肯定是在陈靖回手里。我是让你去问问她写什么，不是让你去问她要。”

赵顺阳壮壮实实，一米八几大高个，噘起嘴来真是辣眼睛。

“那怎么办？我再去他们班找她一趟？不过我估计她不出来了。”

闫椿要是有劲一定打死他。

“去跟陈靖回要。”

赵顺阳歪着脑袋，一脸不服气，可闫椿的话他还没忤逆过，权衡之下，还是乖乖去了。

他走了半天，闫椿才想起还没吃饭，这都快到中午了，唯一果腹的优酸乳也给陈靖回护肤了，肚子还没叫唤，胃就不行了，出口气的工夫就疼了起来。

　　她摁着胃，靠在墙上，脸色在以肉眼可见的速度变难看，变更难看。

　　这会儿，主任和闫东升已经聊完了，出来时又客套了两句，闫东升就走了。

　　主任再看向闫椿时，眼神里多了一抹难以置信："真是人不可貌相，海水不可斗量，你这么个不起眼的小人物，竟然是闫部长的闺女。"

　　闫椿再疼也能呛他："不起眼，那你是怎么在茫茫人海中单把我拎出来惩罚那么多次的？！"

　　主任势利眼到了晚期，早就把脸视为无物了，任闫椿再放肆，他也会看在闫东升的面子上原谅她的出言不逊。

　　"给我把纸条上的内容写出来，你就可以回去了。"

　　闫椿就知道他手里没有，不然以他那让人诟病的德行，一定会当众念纸条上的内容。

　　被他逮住，还没被他拿到纸条，就只有一个可能——这纸条在陈靖回手里。只有陈靖回才是他想得罪却不敢得罪的人，不止是因为陈靖回能保证三中的升学质量，还因为他妈妈是学校股东，物理实验楼和食堂，都是他妈出资兴建的。

　　闫椿看着他："我忘记我写什么了。"

　　主任有恃无恐："那你就在这儿站着吧，反正闫部长也认同我们严格教育你。"

　　闫椿觉得他这副拿鸡毛当令箭的狗腿子模样真是可笑，就笑了。

　　主任哼了一声，走了。

　　闫椿终于坚持不住，顺着墙面滑到地上，跟摊烂泥一样。

　　这个胃可能是被天使吻过，尝过了天使的滋味，隔三岔五就作死地召唤她一下。

　　她双手摁着胃，疼痛让她蜷起腿，然后眼前开始出现幻觉。

　　迷糊中，陈靖回俊俏的脸蛋越靠越近，声音跟加了混响一样："不是逞能说你写的吗，那还问我要什么？

　　"你手在干什么？别抱我腿！起来！

"你要碰瓷？！"

　　后面还说了什么，闫椿不记得了，就记得风吹乱了头发，也开封了河面的冰，不到八九月却见雁去雁来，好像是今年的春天来早了，也好像来的是闫椿的春天。

第二章
你有人间烟火气，最抚我心

闫椿醒来发现自己正在校医务室吊水，手里死死地抓着一件校服，看大小，是个爷们的。

校医看她醒了，照本宣科："你是热伤风，有鼻塞、流鼻涕、脑袋不清楚等症状，还伴有一定程度的炎症。口服药给你开盒康泰克，吊水两天。"

闫椿望了一眼吊瓶，心想是哪个不长眼的把她送到这个庸医这儿来的？

她正琢磨着，有人进来了，黑白条纹的针织衫正好跟她手里的校服配成一对。她没想到，竟然是陈靖回，本来呼之欲出的国骂都变成了："你，你怎么……"

陈靖回黑着脸，看她醒了，把衣服从她手里拽过来："失忆了是吗？"

闫椿在他的眼神里看出了不友善的意味。

陈靖回没待多久，拿了衣服就走了。

闫椿看了一眼庸医，庸医不负期望地告诉她："你晕倒了，是陈同学把你抱过来的，还给你付了医药费。"

她不想知道医药费的部分，只想知道……

"那衣服怎么回事？"

庸医说："你死抓着人家不松手，就只能把衣服脱下来给你了。哦，还有，你舔他脸了。"

闫椿闻言只觉得五雷轰顶。

庸医说得很起劲："舔得人家几次想把你甩下去，无奈你死拽着人家衣服，你……"

闫椿没空听他继续叨叨了，她把针头一拔，出了校医务室。

在楼外，闫椿碰上了冒冒失失的赵顺阳，他那一头的汗比一脸的痘还晃眼。

赵顺阳手里拎着面包，怀里揣着热牛奶："我把你没吃饭这事忘了，给，先吃点垫垫肚子，晚上我弄两张假条，咱们出去吃小肥羊。"

闫椿把他怀里那瓶奶拿过来，插上吸管喝了两口。

赵顺阳跟着她走："要不你去医院看看吧？做个胃镜。"

"我有病？"闫椿喝着奶，"你不是去找陈靖回了吗？怎么着，他说什么？"

赵顺阳一提这个就来气："甭提了，'踮'得跟二五八万似的，说什么让你亲自去要。我看他油盐不进，也没再废话。"

也就是说，陈靖回是因为赵顺阳找过他，他才在路过办公室门口时跟她说话的，看她身体不舒服，顺便把她带去医务室？

她喝着牛奶，想起为什么舔陈靖回的脸了，她是饿了啊。

"幸亏是脸。"她念叨。

赵顺阳听她嘟哝，凑近了一些，问："说什么呢？"

"没。"

赵顺阳本来就线条粗，也没在意。

"大不了大头要是问你那纸条写什么你就说你忘了嘛，反正他每次都拿你没辙。"

闫椿看了他一眼："你还真是个小机灵鬼。"

赵顺阳一点都没听出讽刺来。

"把你撵出三中，那被'985''211'录取的第一批学生就少一个，他就算恨你恨得牙痒痒也不能不管校长怎么想。"

闫椿还是头一回在他嘴里听到这样的高论："可以啊，也不是一直蠢。"

赵顺阳得意了："一直很优秀，从未被超越。"

闫椿把奶瓶搁他手上："行了，别吹牛了，你该回班上了。"

"你不跟我一起回去？"

"那大头就得扒了我的皮。"

赵顺阳想了想，觉得有理。

闫椿又说："你回去看看老张回来没，没回就给他打个电话，说主任更年期又犯了，非要拿我杀鸡儆猴，要是还想看见他亲爱的左膀右臂，就赶紧回来。"

赵顺阳撇嘴："你真恶心，还亲爱的左膀右臂，这几个字你是怎么说出来的？"

闫椿没搭理他，重新站在了主任办公室门前。

赵顺阳不明白："你要是早想到老张这张王牌，干吗还要那张纸条啊？我这又找沈艺茹，又找陈靖回的。"

闫椿也不知道，反正女人都善变，说不定她只是想让赵顺阳跑腿呢。

赵顺阳见她不说话了，也没再废话。

也不知道是赵顺阳效率高，还是张钊效率高，很快，闫椿就见到她亲爱的班主任了。他看她的眼神还是那么恨铁不成钢，那么熟悉，那么亲切。

张钊卷了教科书朝闫椿冲过来，到了跟前还是没有打下来。他跟主任不一样，主任是为了自己的前程收手，他对闫椿是真疼爱。

闫椿嬉皮笑脸："老大，这事不赖我。"

张钊瞪眼："哪回都不赖你，你的意思是咱们老师都吃饱了撑的，就挑你一人欺负是吗？"

闫椿郑重其事地点点头："有可能。"

张钊整整袖口："行了，别贫了，回去上课吧。"

闫椿立马跟只猴子一样上蹿下跳起来。

张钊看闫椿风一样消失在视线里，呼了口气，也不知道自己什么命，摊上这么个活祖宗。

他敲敲主任的门，主任回了一句"进"，他突然有点后悔自作主张把闫椿叫回去了。

主任看见张钊，比看见闫椿还头疼。

"又跟我保证来了？"

张钊的保证早被闫椿透支完了。

"没，我就是说一下，闫椿是文科第一名的好材料，咱们学校能不能在首大的录取名单榜上有名，她挺关键的。"

主任都听烦了："人家首大也不是什么学生都收，闫椿这种货色……"

张钊没让他把话说完："什么叫这种货色？你说话注意措辞，闫椿是我的学生，我为她骄傲。相反是你，身为主任毫无德行，就你能评上优秀主任那就有鬼了。"

他说完直接转身离开，没管主任一张脸红了白，白了又红。

开门前张钊又说："我把她带回去了，不管她犯了什么错，都有我管束，用不着你越俎代庖。"

这件事到这里，就算剧终了。

张钊没问闫椿怎么回事，对她的信任就像春天的风，它一定会来，也一定能带来温暖。

闫椿也知道张钊为她承受了一部分恶心，下午格外乖顺，赵顺阳弄到的假条也没有用。

正常九点半下晚自习，赵顺阳撺掇闫椿，说："CF（《穿越火线》）？"

闫椿拒绝。

"晚上这么美，能不能睡觉？"闫椿说完甩包走了。

赵顺阳的印堂突然有点发黑，冲闫椿喊："之前哪回不是你要通宵打 CF 的？"

闫椿家在市里，离学校也近，就走读了。

她家在东城百花齐放小区 5 号楼 5 单元 605，一套两室一厅的房子，是闫椿她妈祝自涟的陪嫁，除了这套房，再没别的陪嫁了。

闫椿进门就看见祝自涟在看报纸，很认真，要不是知道她有白内障，闫椿都要信了。

祝自涟看过来："放学了啊。"

闫椿浅浅地应了一声，走到厨房，菜一如平常地洗好了，规整地放在案板上。她随手拿起一个土豆，熟稔地削皮，切丝，秀了一把刀工也秀了一把速度。

炒完两个菜，闫椿把馒头从蒸屉里拿出来，摆在盘子上，最后数出两副碗筷。

"妈，吃饭了。"说着，她给祝自涟倒了杯热水，"今天没汤，喝水吧。"

祝自涟拿起一个馒头，也不顾烫，撕下一块递给闫椿："今天小舟给我打电话了。"

闫椿接过来，搁进嘴里，她当然知道。

"他说什么？"

"没说什么，就说你在学校表现挺好，好像那个什么期末考试，文科又是第十名。"

闫椿略有停顿，缓解了下嘴里的空间："嗯，前十守门员。"

祝自涟对她的学习也不大操心："你知道为什么你理科最好，我却一定要你学文吗？"

闫椿夹菜的手顿了一下，她都快要给自己洗脑成功了，她学文是因为喜欢历史。怎么祝自涟又旧事重提？祝自涟就必须得让她记得，是亲妈改了她的分班申请书？

祝自涟丝毫不管闫椿什么反应："因为你那个挨千刀的爹就是理科男！"

闫椿没胃口了，放下筷子："明天晚上我有事，你自己做点东西吃。"

她往房间走，还没到门口，祝自涟的拖鞋就扔过来了，正中她的后脑勺。

"你就不管你妈了？"

闫椿面无表情："我总有被事情绊住的时候，你应该学会自己照顾自己。"

你女儿迟早会长大，也迟早会离开。

这句话闫椿没说出口。

回到房间，闫椿把门关上，靠在门上，看着对面从那一方窄窄的窗户透进来的月光，姥姥当时是怎么对她说的来着？

哦，对，姥姥告诉她，祝自涟因为被闫东升抛弃，精神出现了问题，要尽量依着她。

闫椿的人生就是在那时候被改写的。

她的底子是这样，再好也好不到哪儿去，所以她从来随心所欲，反正不会比现在更差了。

闫椿把外套脱下来，一个纽扣不知道从哪儿掉出来，她一眼就看出来不是她的，二眼就看出来是陈靖回的，完全没给 1.5 的视力丢人。

陈靖回怎么做点好事还留下证据？

她把那枚纽扣拿到月光下，看了一会儿，最后得出一个结论——有钱人的纽扣也是塑料的。

她随手把那扣子扔进垃圾桶，拿着毛巾去洗澡了。

次日，闫椿一到学校就看见桌上有个牛皮纸袋子，打开是瓶装的三元牛奶，还有两个酱牛肉烧饼。

她正想问是不是赵顺阳买的，他已经站在她旁边阴阳怪气地说话了："谁给买的早餐啊？"

那就不是他了。

闫椿掰开一块烧饼，吃得毫无心理负担。

赵顺阳没完没了地叨叨着："比我这个万年老三来得都早，怎么，这个送你早餐的人还怕被看见？"

闫椿本来是没必要跟他解释的，但他一直叽叽喳喳实在太烦，就给他分析了一下："我在学校什么人缘你不知道？不比你好到哪里去，再加上成天跟你混迹在一块儿，我屈指可数的几个小粉丝都要脱粉了，所以这个，不是爱心早餐。"

她还特意加重了"爱"这个字的发音。

赵顺阳勉强接受这个理由，可是……

"万一有人不知道你不是东西，就看你长得还挺好看，说不定也会偷偷做这种事。给你买个早餐，给你送个热水袋什么的。"

闫椿瞥了他一眼："就你满世界宣传我丧尽天良的频率，全学区能找出一个不认识我的都难。"

赵顺阳"嘿嘿"笑道："也是。"

闫椿吃完一个烧饼，喝了一口牛奶，说："这个牌子的牛奶，咱们学校附近只卖盒装和袋装的，瓶装的只供应给东山区那边的社区。而咱们学校是封闭式管理，即使是市里的学生，也只允许距离学校三条街以内的走读，所以，这人不是学校的。"

赵顺阳就更想不通了："校外的谁，隔壁一中的？"

闫椿说："这早餐正好在我犯病的第二天出现，那就是看到我昨天那副颓样了。"

赵顺阳眯起眼，不确定闫椿昨天见没见过他，却还是说："你别告诉我是陈靖回。"

闫椿怎么就有赵顺阳这么个蠢得感人的胏友？

"刚说不是学校的，陈靖回不是学校的？"

赵顺阳一愣，挠挠后脑勺："这不一时没反应过来吗？"

这时候，上课铃没眼力见地响了，赵顺阳带着疑惑回到座位上。

"下课告诉我哈。"

闫椿喝了一口牛奶，话说到这儿就好了，闫东升的名字能不提还是不提的好，她本来胃就不好，省得犯恶心。

早在看到瓶装的三元牛奶时，她就知道是住在东山富人区的闫东升送的了。

要是这天底下所有的错误都能用一顿早餐弥补，那还有法律什么事？当然，法律也不是什么都能管，比如抛弃妻女的人就不能通过法律的手段让其付出代价。在一段失败的婚姻里，法律能做到的仅仅是保护财产而已。

闫东升的早餐，闫椿吃了，不吃白不吃，恶心的是人，又不是饭。

只是没想到，第二天、第三天，一直到周五，早餐就没断过。一天换一个样，看得前后桌的女同学垂涎三尺，觉得这可能是并不温暖的春天里，最温暖的呵护了。

赵顺阳一直没从闫椿嘴里明确知道这个人是谁，就自以为是地认为是陈靖回。

闫椿任他猜测，也不解释。

算起来，她之所以会被大头拎到办公室教育，还不是陈靖回勾搭的小姑娘太多了，她又是那种对弱势群体不能袖手旁观的人，说是陈靖回的锅，也不是全然不对。

周五下午，距离这星期的校园生活进入尾声还有一个多小时，不过是两节课的时间。

赵顺阳喝着瓶装奶茶在楼道里晒太阳，搭在栏杆上的手跟用了飘柔一样，乌黑亮丽。

闫椿出来看见他还挺享受。

"干吗呢？"

赵顺阳闭上眼："我正在享受这个星期里最后一抹降临到校园的阳光。"

"说人话！"

赵顺阳："你不觉得这个星期太无聊了吗？"

"比如？"

"比如居然没有一个回家反省的。"

"那是因为那群回家反省的还没回来。"

赵顺阳想了想，也对，不过……

"某些暗度陈仓给你送早餐的人还在学校呢。"

他在说陈靖回。

闫椿真不想纠正他："暗度陈仓这个词不是这么用的。"

赵顺阳难得不想接她的话。

说到陈靖回，闫椿问赵顺阳："他上回打架，大头是不是说让反省一个星期？"

赵顺阳挑眉："还说不是暗度陈仓，你以前关心过谁？"

闫椿很坦然："他这是明目张胆地无视大头的权威，整个行为引起我极度舒适，打听两句怎么了？你高一入学让人偷了学费也是我在茫茫人海中给你揪出那个贼子的，我这不是关心你难道是母爱泛滥？"

赵顺阳瞠目结舌，他的反应能力和文化水平不足以支持他迅速消化闫椿的话，可他还是听出来了。

"不要以为我反应慢就不知道你占我便宜。"

占便宜？

闫椿又看了一眼他黑得发亮的手："我还是有最基本的审美的。"

赵顺阳感觉自己受到了伤害。

闫椿看了一眼快要落下去的太阳，回到班里，老实混完两节课，就放学了。

整个学校就没有比这会儿更热闹的时候了，那些死了一个星期的人，全部活了。

闫椿拎上包往外走，一只手抄在裤兜里，本来是想扮帅，结果摸出来五十块钱……被赶上来的赵顺阳看见，抢走了。

"请客请客！我要吃米线，过桥的那种，多加一份荤菜的那种！"

闫椿正好也饿了，就没反对。

从学校南门出来，往前走，两百米处有个小胡同，胡同里有驴肉火烧，还有过桥米线。

平时受地理位置影响，生意惨淡，一到周末，就看见一颗颗攒动的脑袋了。

赵顺阳人长得横，说话办事都横，大手一挥就让学弟妹们给他腾地方了。

闫椿坐下来，一阵风吹过来，正好把驴肉的香味吹进她鼻腔里……她突然想吃驴肉火烧了。

到驴肉火烧摊位前，老板冲她笑："姑娘吃什么？"

闫椿抬头看屏幕上的菜单，板肠还不错吧？她张了张嘴，还没发声，有人抢先了。

"老板，来两个板肠火烧。"

老板利索地从烧饼炉子里取出两个火烧："好嘞。"

闫椿扭过头，哟，这不是陈靖回的那个小跟班吗？

看见他的还有赵顺阳，米线都不吃了，走过去："今儿就你一人啊，你老大呢？"两人打闹起来。

闫椿不喜欢什么"老大""小弟"这种年代感颇强的称呼，文明社会，叫个"爸爸"不好吗？

她今天兴致缺缺，而且板肠火烧还没吃，就看他表演了。

赵顺阳一看闫椿没制止，当她默许了。

跟那人一道来的也没袖手旁观，一个劲拉他："回哥不在，咱们好汉不吃眼前亏。"

这一带的摊贩对这些学生打打闹闹已经见怪不怪了，老板从容不迫地给闫椿上了火烧。

闫椿吃完一个，看了一眼现场，赵顺阳稳居上风，举手投足间颇有点二百五的风范，渐渐地，边上聚了人，不敢靠太近，却也管不住双脚往前蹭，还有拿手机偷拍的。

这就很没品了。

闫椿把最后一口板肠火烧吃完，把那人的手机拿过来，删了照片，还特意检查了一下视频。

那头赵顺阳也鸣金收兵了，弹弹裤腿的土："舒坦。"

闫椿把包扔给赵顺阳："周一给我带来。"

"你直接放学校不就好了？"

"你以为张钊在教室安摄像头是为了美观吗？他是想看谁放假不带作业回去。"

赵顺阳如梦初醒："那你怎么不早告诉我？"

闫椿撇嘴，她看起来很像一个善良的人吗？

赵顺阳看着闫椿往回家相反的方向走，问："你干吗去？"

闫椿没答。

闫东升要结婚了。

早在一个星期前，闫椿就从歧州市的新闻联播上知道了，通过几个晚上细针密缕地调查，终于让她知道婚礼现场在哪里举行。

也不怪闫东升保密做得密不透风，实在是祝自涟的杀伤力太大了，连续搅黄他两次恋情，歧州记者评价她是闫东升幸福路上的绊脚石也不算人身攻击。

闫椿作为闫东升的亲生闺女，虽然他没有尽过一丁点父亲的责任，但也对他赋予她生命铭感五内，不去现场露个脸，都不能抒发这一腔激动。

婚礼在歧州市东六环的一家温泉店举行，场地烟雾缭绕，看不清楚彼此的脸，为周围酒店日业绩的飙升打下了一个很好的基础——只要荷尔蒙能对上，就是让两个人更进一步的关键。

闫椿乘公交车，倒了三趟，全程三个半小时，总算赶在晚上八点的典礼前到了，还客随主便地换了身泳衣。

已经长成的少女前凸后翘，再加上老天馈赠的桃花粉面和娇艳红唇，几乎是行走的回头率。

走进宴客厅，闫椿找了个位子坐下，接过服务员为女顾客准备的长衫，把胸前的风光都藏进了薄纱里。

八点整，司仪开始走程序，在他高亢的主婚词中，两个小花童开道，领着新娘子从舞台正对面的红色大门里走出来，四个伴娘紧随其后。

看得出来，她们精心排练过，每一步都恰到好处，T台两侧踩点的礼炮声也为整个婚礼增了不少气氛。

闫椿免不了想，闫东升当年给过祝自涟这样一场婚礼吗？

答案自是不言而喻。

家里有关闫东升的东西，满打满算一个整理箱都还有富余，可想也没什么美好的回忆。

她正想着，身边空位上坐了人。

闫椿本能地抬眼看过去，哟，还是熟人。

陈靖回一身白衬衫黑西裤，少年老成的模样像是一枚手榴弹，炸得她一颗少女心七零八落。再看看左邻右舍，粗粗一数，他在这个鱼龙混杂的场合吸引的妖魔鬼怪不比她少。

出于对一件美丽物品的尊重，闫椿给他倒了杯茶。

"你是在跟踪我吗？"

陈靖回高高在上的灵魂是不会允许他跟闫椿这种女土匪说话的。

闫椿没等到他的回答，也不气馁，干脆拉着椅子坐近一点，调戏他："你是不是喜欢我？"

陈靖回的脸被舞台的光铺满，在闫椿说完这话时，竟然闪过一丝赧然，但他也不是什么善茬，能好好说一句话的时候屈指可数。

"你可以去买一本《自知之明》。"

闫椿不蠢，听得出他的讽刺，可又有什么关系？

"讲什么的？"

陈靖回喝了一口她倒的大麦茶："类似于不要脸的自我修养，这书在没皮没脸的人群里，销量非常可观，我觉得挺适合你，也不贵。"

闫椿横了那么多年，身边能跟她贫两句的寥寥无几，她浅笑："那你买来送我啊。"

陈靖回大概是没见过这么不要脸的人，没忍住，扭头看她，她一双勾人的眼就钻进了他的视线里。匆匆一眼又别离，自然无半点差池。

要不是闫东升要给新娘子戴戒指了，闫椿一定再跟陈靖回多聊两句，可这个模样的陈靖回实在少见，闫椿在站起时轻轻蹭了一下他的脸，用手。

她发誓不是故意的。

平时连根头发丝都不带乱的陈靖回差点没把眼珠瞪出来，低喝一声："你找死？"

闫椿绕到他身后，双手穿过他的脸侧，不细看以为她是从后面抱住他，其实她只是丢了东西。

她在陈靖回耳畔说："你再在我面前穿一次白衬衫试试！"

说完，她拿上东西，高高举起："还是用这枚戒指。"

闫椿的声音不比司仪小，话毕，她赢得了最大的尊重——万众瞩目。

闫东升看见闫椿，脸都白了，把新娘子护在身后，两道剑眉拧起。

"保安！"

闫椿沿着新娘子走过的路，畅通无阻地站在一对新人面前，打开手里的盒子。

"恭喜啊。"

闫东升拽住她的胳膊，小声说："椿椿！你要干什么？！"

闫椿挣开他的手："别紧张，我只是来给你送祝福，顺便告诉你这位新娘子一句话。"

保安来得及时，在他们上台时，新娘子伸手制止了他们接下来的动作，对闫椿说："你要跟我说什么？"

闫东升不知道她要说什么，却也不允许她继承她妈的衣钵，破坏他的婚礼。

"保安！还愣着干什么？赶紧把她拉下去！"

闫椿手快，把新娘子拉过来，在她耳边说了句话。

新娘子怒火中烧，把盖头拿下来，砸在闫东升脸上。

"你干的好事！"然后愤然离场。

台下一片混乱。

陈靖回的方向只能看见闫椿的背影，看不清楚她的表情，可就是觉得她毁了别人婚礼，也不见得有多高兴。

很快，工作人员带着闫东升的歉意来疏散宾客。

本来参加婚礼的都是闫东升要巴结的，或者是要巴结他的。现在他后院着了火，感情问题被搬上台面，不仅能看热闹，还能让他欠了人情，怎么想都是一桩稳赚不赔的买卖，就卖了他一个面子提前回家了。

整个会场只剩下闫椿和坐在地上失魂落魄的闫东升。

闫椿抽给他的两张纸巾在他头顶飘下。

"擦擦你廉价的汗水，看起来跟真的紧张一样。"

闫东升站起来瞪着她，早没了道貌岸然，只剩下一副撕破脸的伪君子嘴脸。

"你跟你妈一样，自己不上进也拒绝别人上进！"

闫椿觉得好笑："上进的前提是自己付出努力，不是杀死别人还踩着她的尸体达到你的目的。"

"我踩着谁的尸体了？！啊？！谁的？！"

闫椿也不介意跟他掰扯掰扯："祝自涟嫁给你那天起，就爱你像是爱生命，她把娘家掏空来为你实现你那荒诞不经的事业。你不满足，又把她所有房产变卖，连祖上的四合院你都哄了她抵押出去，然后拿着这些她对你的'爱'去碰瓷富家小姐。一个又一个，你把她弄成一个一天到晚紧张兮兮的神经病，自己倒是爱情事业双丰收，试问这是什么道理？"

到这份儿上，闫东升已经视脸皮为无物了。

"她蠢！她乐意！跟我又有什么关系？！"

闫椿也觉得祝自涟蠢，可蠢就该被欺负吗，这世界还能有点底线吗？

"她乐意，我不乐意。"

闫东升就是知道祝自涟的精神病每况愈下，才在距离上一次婚礼被她破坏两年后的今天举办婚礼。为了安抚她们娘俩，他甚至作为家长去了闫椿学校，还给她买早餐，就是希望她念在他们还在一个户口本待着的情分，放他一马。没想到，祝自涟下岗了，闫椿上岗了。

他看闫椿摆出一副要跟他斗到底的架势，说不怵是假的。

"椿椿，我错了。"

瞧瞧他信手拈来的楚楚可怜，闫椿但凡心肠软一点，就信了。

"收起你这套，狗只要吃了一次屎，就免不了第二次、第三次，更何况你还不如狗。"

闫东升也不费劲了，脸变得比天都快。

"你们娘俩要是铁了心搞我，我也不是没办法应对。"

闫椿好怕哦。

"我告诉你的新娘子，你还没有跟前妻办离婚手续，所以才不能跟她领结婚证。你心里知道，祝自涟不放过你，是因为你出卖了你们之间的感情，伤害了她对你的一片真心。而我，就想要回那套四合院。"闫椿面无表情。

闫东升的脸一下子白到底。

闫椿早把他从里到外看了个透彻。

"你拖着祝自涟不办离婚手续就是知道她疯了，但祝家人没疯，只要你提离婚，便会跟你就财产问题一一说清道明，稍有对不上的，便会闹上法庭。你好不容易漂白了自己，在上流社会分了一杯羹，你是不会离婚的。"

闫东升只生不养，这么多年也不知道闫椿成长成什么模样，今日她在他的婚礼上"大放异彩"，还真是叫他措手不及，偏偏她还有备而来，他只能跟吃了黄连一样，被她打得叫苦不迭。

闫椿还没说完："只要你把四合院给我，其他的就当我们积德行善了。"

闫东升不敢信她能做这个主，要不是祝家已经迁居海外，恐怕连他的命都不想放过的。

"你一个还没成年的小女孩，说话有什么分量？"

闫椿接着说："我以祝自涟的名义找了律师，起草了一份赠予协议，协议里除了那套四合院，其他房产、铺面和钱财都给你。就是说，你只要把四合院还回来，我们就跟你到民政局办理离婚手续。"

如果是这样，那把房和车都抵押出去换回四合院给她也值啊，闫东升心里盘算着。

"附加一条，你要在电视台公开对我道歉，挽回我的名誉，并跟我的未婚妻解释清楚。"

只要可以彻底摆脱这个男人，把四合院拿回来，她没意见。

"可以。"

就这样，闫椿带着胜利果实回家了。

终于可以开始新的生活了。

虽然她也知道，祝自涟不会允许她自作主张，可祝自涟现在都经常分不清小猫和小狗，又能为自己做什么主呢？

反正拿回一件是一件，一件不拿就一件都没有。跟闫东升这种毫无道德底线的社会败类纠缠不清，搭进去的只会越来越多。

陈家的车上，陈靖回和父亲陈茂坐在一起。

陈茂回想起刚刚在婚礼上那一幕："这位部长，故事有点多啊。"

陈家世代从商，钱多却不粗俗，早在陈茂父亲那一辈就教育孩子上善若水、厚德载物，到他这一代，颇有成效，就是隔辈宠太严重——陈靖回从小被爷爷开小灶，聪明是聪明，可也实在太招摇，要不是生得好看，就冲他目中无人那个德行，也早上了报纸，被唾沫淹死了。

对于闫东升他们家这场闹剧，家风严谨的陈茂，也只说了那么一句。

陈靖回的浮想却止也止不住。

闫椿碰到的那个位置现在还火辣辣的，他长这么大，就没见过这么浑蛋的女生。

她在学校什么做派他也听过，跟他一起被称为"三中门神"，可事实上，他们并未打过交道，平时也没个照面，自然而然就形成了"她走她的阳关道，我过我的独木桥"这种并不相干的关系。

最近也不知道是不是两个人的星盘撞了，接触频繁得有点超越普通同学之间的距离了。

她在他脸上喷优酸乳那次，他没当回事，反正学校里利用各种突发事件引起他注意的女生只多不少。后来把别人的纸条说成是她的，倒是让他吃了一惊。

陈靖回路过主任办公室看她晕倒，她揪住他不松手，他不得已把她带去了医务室，当时多看了她几眼，长相可以算十分，可不修边幅这一点又给她减了两分。

之后便是枯燥无味的校园生活。

一直到今天，陈茂强行带他来参加这个刚刚走马上任的部长的婚礼，他被闰椿占了便宜，才确定一件事，看来他们要有很长一段时间朝夕相对了。

反正他以后会躲着她走的。

第三章

没别的毛病，就是喜欢交朋友

　　闫椿回到家很晚了，祝自涟已经睡了，客厅的垃圾桶被倒扣在地上，垃圾耀武扬威般地铺满了地板。她走进自己的房间，果然，她房里的垃圾桶也没能幸免。

　　祝自涟隔三岔五就要翻一翻垃圾桶，说是里头有闫东升出轨的证据。闫椿也懒得管她，都是默默收拾她的战场。

　　闫椿收拾好，洗完澡，已经是后半夜了。

　　闫椿躺在床上，理了理白天发生的事，除了不小心碰到陈靖回的脸的那一下，都没有值得回味的。

　　想到陈靖回，闫椿又摁不住少女心了，它似乎拼了命地想躁动。

　　她用她可以秒杀多半歧州学子们的大脑反复思考，总算是找到个比较靠谱的原因——她对他非常感兴趣。

　　不然干吗让赵顺阳跟他要纸条呢？

　　不然干吗舔他呢？

　　不然干吗打听他反省几天呢？

　　不久前还"摸"了他一下，虽然是她不小心蹭到的，虽然她也曾对着电视亲过哪个明星，但心情完全不一样。

她很成熟，这要感谢祝自涟和闫东升这对跟别人不太一样的夫妻。她也很理智，还很浑蛋。

反正从小没人管她，她就按照自己喜欢的方式成长了，别人喜不喜欢她不知道，但她自己挺喜欢这样的自己，当然，也包括对陈靖回心怀不轨的模样。

头一次心里这么满当地进入睡眠，闫椿这一宿睡得格外安稳。

似乎一眨眼的工夫，假期就结束了，闫椿在这两天如愿以偿，拿回了祝家的四合院。看着房产证上祝自涟的名字，本来半碗饭量的她，直接吃了一碗。

祝自涟起初还不愿意离婚，主要她的精神病犯起来，谁都摁不住。幸亏闫椿吃透了她妈，知道她什么顾虑，也知道她什么诉求，仅一句"这婚一离，闫东升人财两空，咱们是最大的受益者"，就轻轻松松让她签了字，领了小本本。

闫东升从民政局出来就让闫椿去电视台发声明。

"可以恢复我的名誉了吧？"

闫椿是那种信守承诺的人吗？

"我什么时候说说恢复你的名誉了？再说，那东西你有吗？"

闫东升的脸涨得通红，眼珠子差点没瞪出来，要不是他好面子，对"大庭广众之下"这个因素耿耿于怀，一定吐一口血出来。

"你要知道，我作为部长，让你一个普通小老百姓低头是轻而易举的事。"

闫椿以为他有多大能耐呢。

"靠吃软饭当上的部长能有多大含金量，你有能耐去告我啊，我眉头皱一下算我输。"

闫东升早见识过她的"勇气"，也知道她软硬不吃，可名誉关系到他还能不能继续担任这个部长，也事关他能不能成为价值百亿集团的乘龙快婿……

"你答应了却做不到，我一告一个准。"

父亲告女儿，要是案情精彩说不定能成为经典案例。

闫椿笑："咱们之间只有一个赠予协议，并没有你说的什么恢复名誉的条约。"

闫东升把协议从包里掏出来，手抖得几乎看不清楚字。待他反复确认之后，终于接受了这个事实——所谓的附加款项，闫椿的律师并没有加到协议里。

是他大意了，以为闫椿最多也就是有点胆量，没想到在算计他这件事上，也显得那么专业。

闫椿好心提醒他："口头协议须有第三方在场才具备法律效应，不然白搭。"

闫东升咬牙，为了把四合院的抵押合同拿回来，他几乎倾尽所有财产和人脉，就想跟祝家分道扬镳，好开开心心娶新人，没想到这一遭竟赔了夫人又折兵。

怪他生了个这么厉害的女儿吗？

不，怪他自己，好好的人不做，要做条狗。

周一开学，闫椿在校门口碰上赵顺阳，从他肩膀把书包拿过来。

赵顺阳问她："这两个星期你干吗去了？人也找不着。"

闫椿一扭头就看见陈靖回单肩背着包往学校走，旁边女生只敢在距离他一米的地方徘徊，是有多怕他？

她一乐，快步走到他身边，自然地钩住他的胳膊："早上好啊。"

陈靖回处事不惊的人设立得住脚，淡漠地收回手："离我远点。"

闫椿又揽上去，还朝他拉链拉到一半的校服里看了一眼："没穿白衬衫啊，怕我看上你？"

陈靖回停住脚，也不顾周围惊诧的眼神："你是故意让人以为我跟你怎么着了，是吗？"

"我是那么心思缜密的人吗？我就是单纯地想跟你说话。"

陈靖回第二次扳开她的手："说完了？"

闫椿还有最后一句："中午我去找你吃饭吧？今儿周一，二食堂有西芹炒百合，我想吃。"

陈靖回不想吃。

"我知道了，你可以滚了。"

闫椿目送他进校门，他的背影有毒，叫人挪不开眼，仿佛他在哪里，光就在哪里。

赵顺阳骂骂咧咧地走上来："你怎么突然变成这样了？他都让你滚了你还盯着他看，就那么耐看？长得也不怎么样啊，细胳膊细腿的，就那还吹能打呢？扯淡！"

闫椿恍若未闻："你说，我怎么快高三了才碰见他呢？真是白瞎我长这么好看了。"

赵顺阳一脚踢在门口的石台子上，可以说是很难受了。

"你变了。"

直到陈靖回的身影看不见，闫椿才收回视线："废话，一成不变的是死人。"

进到班上，桌上没有早餐了，幸好闫椿得失心没那么重，也不在意。

可前后桌就不这么想了："看样子这人就是三分钟热度，你没答应他吧？"

她们一直以为给闫椿送早餐的是她的追求者。

闫椿说："不能够，几顿早餐就能被收买的人太便宜，不符合本人昂贵的自我定位。"

赵顺阳进门第一件事也是看闫椿的课桌，没有早餐！刚刚才被伤害过的灵魂瞬间治愈了。

"人啊，贵在有自知之明，不错，孺子可教。"

闫椿跟他们这一帮蠢货真没得聊，还是陈靖回聪明，跟她就算不能用势均力敌来形容，也算是棋逢对手了，她喜欢。

就这样，她想了一上午陈靖回，还在新买的作业本上写满了陈靖回的名字。

陈靖回，这名字真是好听，以前怎么没觉得呢？还有眼不识金镶玉地管人家叫"憨大"，他一双大长腿，一张眉清目秀的脸，怎么就憨大了？

她想着想着，万年铁树一样的脸居然有点发烫，嘴角不自觉地上扬，作业本上写了"陈靖回"三个字的地方也被她画上了小心心，是情窦初开的模样没错了。

最后一节课下课，闫椿又耗子上身，第一个溜出了教室，早早等在陈靖回的教室门口。

陈靖回他们班还没放学，给他们上数学课的是张钊，他看见闫椿，本来平和的眉目又扭曲起来，他匆匆收了课本，走过去："干什么呢？"

闫椿嘻嘻笑："老大，我不找你。"

张钊瞥她一眼："你这个狗屎一样的人缘，还能交到赵顺阳以外的朋友？"

闫椿捂住心口："老大，你在伤害我。"

张钊看她的戏说来就来，眼疼了。

"行了，赶紧去吃饭，别跟个幽灵似的满世界晃悠。"

闫椿用力地点点头："好嘞。"

张钊一走，闫椿的脑袋就伸进了一班，跟前桌说："帮我找下你们班的陈靖回。"

前桌女生的面部表情很精彩："你找谁？"

闫椿瞧着陈靖回的方向，用力地喊了一声："陈靖回！"

一班还没去吃饭的同学都露出了精彩的面部表情。

这闫椿，牛啊，先是大庭广众之下说喜欢陈靖回这种不要脸的话，现在居然敢找上门来了。

陈靖回烦，他的前桌项敌可不烦，有热闹不看是王八蛋："怎么回事，后宫没安抚好就来上学了？"

"滚。"陈靖回嘴唇微启。

项敌看闫椿那架势，估计是等不到人不罢休了。

"你要不去问问她啥事，别让她等到下午上课。"

陈靖回看都不看一眼她："关我什么事！"

项敌笑了："那怎么着，你还吃不吃饭了？"

陈靖回不想吃西芹炒百合："不吃了。"

"那我去了，用不用我给你带点啊？"

少吃一顿也饿不死，他回答："不用。"

项敌又朝闫椿的方向看了一眼："瞅瞅你这魅力，十里八乡的小姑娘全被你斩获了，那些庸脂俗粉也就算了，闫椿这朵出淤泥而不染的，怎么也没能免俗？"

陈靖回掀起眼皮："喜欢拿去。"

项敌可拿不住这个，闫椿在三中留下的神话，他现在都没消化过来呢。

一眨眼的工夫，教室里只剩下陈靖回一个人，他本来以为只要他不出去，闫椿凑上来的可能性就不大，可他忘了她不是什么好鸟，他不出去，她没说不进来。

他刚刚感觉不太好，闫椿就进来了，款步走到他的桌前，大大方方坐在前座的椅子上。

闫椿双手叠在课桌上，下巴垫上去，看着陈靖回："你不饿啊？"

陈靖回这会儿让她滚出去也不太现实，就顺其自然了："看见你饱了。"

闫椿不要脸，笑得花枝乱颤："我这么秀色可餐的吗？"

陈靖回"呵"一声："书没看？你倒是比那里头所有不要脸的案例都有过之而无不及。"

闫椿有钱就吃冰激凌了，买什么书？

"你都是这么夸人的吗？我好害羞。"

陈靖回把随身听的耳机塞进耳朵里，拒绝再跟她说话。

闫椿也不失落，坐到他同桌的椅子上，把她用心叠了一节课的东西偷偷塞进他手心里："我去食堂了，给你打饭。"

说完，她就跑掉了。

陈靖回张开手，一个手工不怎么样的粉心，还用黑色中性笔写了歪歪扭扭的一句话：

"今天星期一，闫椿在想陈靖回。"

陈靖回随手扔进了垃圾桶，字太难看，差评。

闫椿喜欢吃二食堂的饭，据说二食堂掌勺的师傅是新东方出来的，难怪她每次味蕾满足得跟下馆子一样。

她到时，已经错开放学高潮，菜色也没那么让人有胃口了。

还是赵顺阳贴心，看见她就把人截来了。

"你干吗去了？给你发消息也不回。喏，给你打了你最爱吃的红烧排骨，还有西芹炒百合和松仁玉米。"

闫椿乐了，拍了拍赵顺阳的肩膀："好兄弟！"

赵顺阳还没来得及膨胀，闫椿就端起餐盘去窗口要包装盒了。

闫椿打包好，匆匆朝外走。

赵顺阳追上去："老张不是不让往教室里带饭吗？"

"老张是不让咱们班往教室里带饭。"

赵顺阳不明白这里面有什么玄机："所以呢，你不是咱们班的吗？"

闫椿懒得跟他废话，一路小跑回到教学楼，从一班后门进去，把饭放在陈靖回桌上。

"不要饿肚子，人家会心疼的。"

项敌进门正好看到这一幕，目送闫椿出门，看了一眼陈靖回桌上满满当当的四个打包盒，冲他竖起大拇指："牛。"

陈靖回不吃，看着他："没吃饱吧？"

"不能再饱了。"

陈靖回把袋子拎到项敌桌上："你那是错觉。"他明白"吃人嘴软"的道理，尤其对方还是闫椿。

项敌只有恭敬不如从命了。

"早知道你这有免费的午餐，我干吗还花二十块钱吃一碗刷锅水煮的面，她明天还来吗？"

还来？陈靖回觉得血压有点高。

项敌看他让人肖想得脖子爆出青筋了，哈哈大笑。

"以前给你送东西的，至少还会尊重一下你的意见，你要摆明不要，人也不会死乞白赖的。这个猛，爱要不要，反正是给你了。"

陈靖回又把耳机戴上了。

项敌摘下他左耳朵的耳机："张志新那事，你管不管？"

陈靖回早说过别打着他的旗号出去胡作非为，被欺负了就想起他来了，那他开个慈善堂得了，一准对他们有求必应。

项敌看他这态度是不管了。也是，陈靖回护犊子，却也不是不分青红皂白。

"据说就在驴肉火烧他们家,刚要了两个火烧,对方就过来找碴了。"

驴肉火烧，不就在学校边上？

陈靖回问他："咱们学校的？"

"嗯，哪个班的不知道，张志新也没说清楚，下午放学问问他。"

要是三中的，陈靖回还真是好奇。

不光他好奇，项敌也好奇。

"你说，半个歧州，只要还在上学的，哪个不知道你？不过我倒是钦佩他的勇气。"

陈靖回把耳机塞上："下午再说吧。"

赵顺阳回来看到闫椿已经在了，桌上却空空如也。

"这么快吃完了，你那是嘴还是下水道？"

在闫椿的熏陶下，赵顺阳也潜移默化地学到了她的说话方式。当然，只是皮毛，要在天时地利人和全占满的时候，才能发挥出一句。

闫椿虽然是刚开始有点小心思，却也一发不可收拾。

"西芹炒百合和松仁玉米都是清口的，这两个菜的性质撞了，换个丸子汤合适。"

赵顺阳没听懂："你干吗呢？"

闫椿看他一眼，嫌弃起来："打个饭都不能做到荤素搭配、营养均衡，你那脑袋里都是积水吗？"

赵顺阳被噎住，想不出话来反驳。

还是得自己打，闫椿想。

赵顺阳心情复杂，又是挨骂的一天。

他悻悻地回到座位上，同桌实在看不过了："她这么对你，你干吗还死心塌地的啊？"

赵顺阳瞪他："你懂什么？她就是嘴贱，你看她有对我不好过？"

同桌闭上了嘴，他还真列举不出来。

午自习，大家都睡了，只有闫椿在写卷子，本来她打的是"要有不会写的直接去问陈靖回"的主意，没想到现在模拟题都太简单了，一个多小时的工夫，她写完了两套半，一道难题都没有。

下了自习，她撑着一双对教育局失望透顶的眼，飘到了单轻舟跟前，一股可怜劲。

单轻舟看她又过来卖惨，了然。

"这回写什么作业？"

"我是想问问你，你有没有那种特别难的题，就是解一道要用一两天那种的。"

单轻舟看着她："你想干什么？"

闫椿说实话："咱们那高考模拟测验我都做两套了，毫无难度。"

单轻舟轻笑："那已经有一定难度了，你要是还嫌简单，只有去做高数题了。"

闫椿顿时来了劲儿："从哪儿搞？"

"书店吧，学校门口那个书店应该有卖的。"

闫椿搂住单轻舟的脖子，使劲晃悠了两下："好兄弟！"

下午第二节课是体育，没老师占课，二班跟放了羊一样开开心心去操场上奔驰了。

闫椿把赵顺阳攒的签过字的假条拿过来一张，随便编个理由出了校门。

赵顺阳想跟她一起去，但一听她要去书店，瞬间蔫了。

闫椿找了半天才找到单轻舟说的书店，可见她长这么大来这种地方的次数真是屈指可数。

"愿心书店"匾额高悬，进门往右是书架，设计洋气，书按照类别摆放上去，左边还有休闲区，一张长书桌，桌上有个缩口花瓶，插着几支跳舞兰。

整体布局大气，不失格调。

闫椿无心品鉴，走到柜台单刀直入："有高数真题库吗？"

老板给她取来，包好。

"二十六块五。"

闫椿付给他钱，又想起陈靖回说的《自知之明》。

"老板，有没有《自知之明》？"

老板想不起来："谁写的？"

闫椿哪知道？

"就是一些不要脸的人的案例，应该是。"

老板没听过，也没看过，遗憾地摇摇头。

合适，反正闫椿也不爱看书，"没有"是老天对她的成全啊。

回到学校，正巧陈靖回要出校门，闫椿一看，不上去打个招呼都辜负了这样的缘分。

陈靖回是去帮张钊选高二巩固基础知识的套题。

要说张钊，也是有趣，虽然教一、二班的数学，但他担任班主任的二班明明有一个榜眼苗子单轻舟，他却老是使唤陈靖回。

闫椿蹦蹦跳跳地到陈靖回跟前，一靠近他，就没骨头了。

"逃课！让我逮着了吧？赶紧堵我的嘴，不然我说你擅自离校，让大头喂你吃处分。"

陈靖回眉毛要拧成一股了，把她推开："你好好站！别往我身上靠！"

闫椿拉起袖子来闻了闻："有什么味道吗？昨晚用的还是茉莉蔻玫瑰味的沐浴露呢。"

陈靖回不想跟她周旋："我对你过敏，你要是为我好，就跟我保持三米以上的距离。"说完赶紧走了。

闫椿细细回味他的话，三米以上？没问题啊。

陈靖回出了校门，朝里看一眼，闫椿已经走了，要是一直有自知之明那他还废什么话？

他走进书店，"高二巩固基础知识"都到了嘴边，却还是说："老板，有《自知之明》吗？"

老板开始怀疑他们是在讽刺自己了，不然怎么前后脚的两个人都跟他要《自知之明》呢？

作为一个有基本素质的人，老板还是礼貌地回答他："哪个作者写的？"

陈靖回也不知道，只记得以前在祖父的书房看过，文笔诙谐，故事生动。

"忘记了。"

老板再好的脾气也被撞了个缺口："有完没完！啊？"

陈靖回莫名其妙地看着老板。

老板作势轰他："出去出去！有这时间多上两节课，搞什么恶作剧！"

陈靖回这下彻底蒙了，他站在书店门口，看着老板关上门，都不知道自己做错了什么。不过时间不等人，为了高效率完成任务，他很快把疑惑忘掉，穿过两条街，在另一家书店购到了套题样本。

他很想再问问老板，有没有《自知之明》，却被理智控制住了嘴。

回到学校，下午的课只剩一节了。

体育课一下课，闫椿就去了教职工超市，赵顺阳看她神秘兮兮的，也跟了上去。

闫椿买了一条防丢绳，这东西主要是控制宠物的行动路线，一头拴住它们的脖子，一头套在主人手上，想去哪儿都得主人说了算。

陈靖回不是要跟她保持三米以上的距离吗？她就买条三米的防丢绳，拴住他，这样又能满足他的条件，又能解决自己的需求，两全其美。

赵顺阳见她拿了条狗链子出来，好奇地问："你要养狗啊？"

闫椿瞥他一眼，觉得他很无知："人家这叫防丢绳，用在狗身上叫狗绳，用在人身上就是防丢。"

赵顺阳把手伸到后面，脖子也往边上缩："你别给我戴！我丢不了。"

闫椿笑："我去年给你的生日礼物多少钱？"

赵顺阳回忆了一下："去年生日，你给了我张贺卡，超市买的，五毛一张，然后写了一句'生日快乐'，还是用我的圆珠笔写的。"

闫椿又问："那你觉得我会花十五块钱买条绳拴住你吗？"

"不会……"

闫椿忙着往前走："洗洗睡吧。"

六点半，准时放学。

这个时间，天还没黑透。陈靖回和项敌提前十分钟出来，听张志新交代事情的经过。

说完，项敌看了一眼面无表情的陈靖回，说："不是冤家不聚头啊，赵顺阳是闫椿的人吧？之前上初中就听说过他，人品一般，闯的祸不少。上了高中，跟闫椿混到一块儿之后，倒是安生多了，不过这绝对不能当成他'目中无你'的理由。"

闫椿一下课就去一班门口堵人了，却被告知陈靖回提前走了。她立马奔向校门口，猜测这会儿赶过去应该还能捞一个热乎的。

刚出教学楼，她就被赵顺阳守株待兔了。

她看着他，越看越发愁："放学不回家，你干吗呢？"

赵顺阳一脸不高兴："你是不是去找陈靖回了？"

"不明显吗？我就差在脸上写'我去找陈靖回了'这几个字了。"

赵顺阳就不明白了："那会儿沈艺茹被大头逮着，你替她出头，我还以为你是见义勇为，现在想想，你根本就是利用那件事让陈靖回注意你。"

闫椿睨他："你这语气是怎么回事？弄得我对不起你一样。"

他跟了她那么久，没有功劳也有苦劳，他只是希望能有个身份，也没毛病啊。

"以前你对谁都一样，我也不给你施加压力，现在你对陈靖回不一样了，我也必须要个说法。"

闫椿知道了，从包里掏出一个笔记本，撕下一张纸来，大笔一挥，写了几个字："闫椿指定总管赵顺阳，一人之下万人之上。"

闫椿跟他说："你放心，谁也取代不了你的位置，我死了也把你带走给我捏腰捶腿。"

赵顺阳听见她这么说，总算放心了。

"反悔吃屎。"

"你恶不恶心，谁愿意吃你？"

赵顺阳龇牙一乐："走了走了，我请你吃麻辣烫。"

闫椿被他推着往外走。

赵顺阳细细琢磨闫椿给他写的那句话，不对劲啊。

"总管听起来怎么那么像太监？"

闫椿能承认吗？

"别瞎说，你哪儿能跟太监相提并论？"

"好吧。"

闫椿咧嘴一笑，赵顺阳多好蒙啊。

到门口碰上张钊，作为他最恨铁不成钢的学生，闫椿当然就被叫住问话了。

赵顺阳先走一步，还没来得及庆幸他入不了张钊的眼，就被一群人拦住了去路。

校门口是个三岔口，总共三条路，这人倒是精明，堵在他做选择之前。

赵顺阳舔舔牙，比他还不友善："怎么的？没完了？"

张志新有陈靖回撑腰，现在是底气 Plus（增加），逼近一步，跟他肩膀撞肩膀。

"少在这吹牛，上回要不是碰见猪队友，能让你占了上风？"

赵顺阳笑了："还赖队友，你别是个娘们吧？"

张志新忍得住："回哥找你，你要不怕，就跟我走！"

赵顺阳是个胆比脑子多的愣货，明摆着十面埋伏，还是跟他去了。

到现场一看，嗬，陈靖回、项敌、卓文理，三中的几位担当都在，他还给他们找了一个搭得上此情此景的成语。

"你们这是要瓮中捉鳖啊？"

项敌嗤笑一声，除了陈靖回和卓文理，其他人差点没笑死过去。

"这年头，自称王八还理直气壮的，真是不多了。不过不得不说，你的自我认知倒是挺准确。"

赵顺阳反应过来，也觉得丢人，就有点气急败坏。

张志新往前迈了一步："之前你怎么横，今天你就得怎么给我还回来。"

赵顺阳啐一口："少废话！老子就在这，来啊！"他拿拳头捶了捶肩窝，当下表明了态度。

张志新走上去，其他几个看陈靖回脸色行事，见他没喊停，也凑上去。

赵顺阳为了不让他们逮着，跑来跑去，没五分钟就累趴了，瘫在地上。

陈靖回叫停，走过去，蹲下来，单薄的三个字进出嘴唇："服不服？"

他对于让别人臣服并没有执念，也没有瘾，更没有闲心教别人怎么做人，只是每个人都应该为他所做之事负责。

赵顺阳梗着脖子，满头的汗。

"我！不！服！"

旁边的卓文理沉不住气，气得吼了起来："再说一遍！服不服？"

赵顺阳满脸汗，撇头闭紧了嘴巴。

好在，他不是一个人。

"不服。"

一个声音在他们身后幽幽扬起。

所有人都转身看过去，陈靖回没有，他认出了那个声音是谁的。

一眨眼的工夫，赵顺阳就不见了，闫椿还以为他被狗叼走了，找了半天，还真是被狗叼走了。

她步调轻佻，并不着急，看了看在场的人，陈靖回在，他两个老搭档，项敌和卓文理也在，赵顺阳好大的面子啊。

她笑："哥几个都在啊？"

赵顺阳这才听清闫椿的声音，身体里跟注入一股神秘的力量一样，起身走到闫椿身后。

项敌是个笑面虎，第一个接茬："小问题，无伤大雅。"

闫椿掀起眼皮，一对颇为随性的眸子陡然布满寒冰。

"那你们这是干吗呢？"

张志新高二才转来，那时候闫椿已经乖顺多了，所以之前她弄陈靖回一脸奶，张志新直接呛她了，所以他现在又没管住嘴。

"娘们滚一边去！伤着你可不给医药费！"

闫椿的余光看过去："哪儿轮到你说话了？"

项敌一看，情况不妙啊！他立刻搬出他那套"见人说人话，见鬼说鬼话"的本事："误会，误会，一点小摩擦，不至于，消消气。"

闫椿不跟他说话，看向赵顺阳："道歉。"

赵顺阳以为自己听错了，眼瞪得很圆。

"什么，我道歉？"

闫椿话不说二遍。

赵顺阳看她是认真的，咬着牙，头也低下去："对不起。"

项敌鼓掌："好了，皆大欢喜。散了吧，散了吧。"

闫椿确认了一遍："别勉强，你们确定接受他的道歉吧？"

闫椿那骇人的往事还历历在目，别说跟女人动手没品，就说动手，他们也不见得打得过她，就纷纷说："接受，接受。"

她笑笑："那来算算我们的账吧。"

闫椿看他们一个个瞠目结舌，好心地解释："没听懂？既然你们接受了赵顺阳的道歉，那就是你们的账清了，而我们的账，我另有算法。"

赵顺阳那个少螺丝的脑袋都听懂了。

"听见没有？还没完呢！"

项敌控制不了了，求助陈靖回。

陈靖回是见过闫椿怎么毁掉闫东升的婚礼的，对她的手腕可不能说是略有耳闻，自然也知道，她对她要做的事，都赋予了多大的信心。

闫椿说："刚才'欺负'他的，请上前一步。"

这个"请"字用得恰到好处，先礼后兵，给多大的尊重就下多狠的手。

没人敢上前。

眼看要僵持下去，陈靖回说话了："我替他们。"

没这规矩。

闫椿看着他："你的账我等会儿再跟你算，放学提前走，害我扑了空，怎么的？我不好看还是没身材？让你这么避之不及。"

陈靖回答非所问："你能不分青红皂白为赵顺阳出头，我自然也能替他们。"

青红皂白？那闫椿要掰扯掰扯了。

"首先啊，那天我弄你一脸牛奶，是我有错在先，但态度算是谦逊吧？也道歉了是不是？那哥们当时说什么，记得吗？不记得我帮你回忆下。"

陈靖回还真不记得了，扭头看张志新："你说什么了？"

张志新不敢说话了。

闫椿还真的替他回忆了一下："他说，我和赵顺阳，眼瞎。"

陈靖回想起来了，原来是因为这件事吗？

"我要是眼瞎，能把你放在眼里吗？到这份上了，我再不教育教育他，你在三中还怎么混？他们在背后说你颠倒是非黑白，我能让这种事发生？"

众人顿时安静了下来。

牛！颠倒是非黑白的可不就是正妖言惑众的闫大小姐吗？

即使该教训，也远轮不着他们越俎代庖，说起来，还是赵顺阳的错。

陈靖回说："你要算你的账，可以，但我也有应不应的权利。一句话，我替他们。你要接受，我等会儿跟你走。"

"我跟你走"这几个字的诱惑力实在是太大了，闫椿几乎没有犹豫："你跟我走！"

众人越发无奈。

早说是奔着陈靖回来的不就得了，还放什么狠话啊！

赵顺阳就知道闫椿关键时刻靠不住。

"走吧，走吧！"

闫椿看了一眼赵顺阳，真想不通，有人的智商居然是她的万分之一。

她走到赵顺阳跟前，小声说："傻子吧你，我把陈靖回带走，项敌和卓文理也就撤了，剩下的还有谁是你的对手？"

赵顺阳恍然大悟："还可以这样吗？"

春宵苦短，闫椿也不跟他废话了，转向陈靖回："咱们走吧。"

陈靖回并未挣扎，乖乖地被她带走。

项敌和卓文理见状，也撤了。他们对陈靖回还是比较放心的，他可不会让自己吃亏。

"就这儿吧。"闫椿把陈靖回带到没人的地方。

陈靖回倒是配合，没再往前走。

闫椿看着天上月亮皎皎，周围静悄悄，不做点什么她还是人吗？

她悄悄去摸陈靖回的手，刚摸到，陈靖回就把手收到背后，好在她并不知难而退，左右包抄，总算没给她练了十多年的手速丢人，稳稳拉住了陈靖回的手。

陈靖回的手肉不多，用老话说就是劳碌命，却极其符合现代人对手的审美，纤细修长、骨节分明，摸起来也细腻光滑。

"摸够了吗？"陈靖回的声音冷冷清清的。

开玩笑，怎么够？

陈靖回把手从她的魔爪里抽出来："你真以为我说跟你走就是让你摆布？"

"不是吗？"

"你真当我不知道你对赵顺阳的嘱咐？"

"是吗？"闫椿眼里溢了笑意。

"你精，别人也不傻。我跟你过来，是让他们知道我不会对他们挨欺负袖手旁观，可我也不会放任他们蛮横无理地找碴挑事，所以我允许你的行为，但是，仅此一次。"

闫椿只笑不语。

"看好你的人，我也看好我的，再有一次，西南那个废弃的车间就是你的归宿。"

说完，他就走了。

闫椿对着他的背影，大声喊："陈靖回！你这是在犯罪你知道吗？"

第二句声音小得只有她自己能听见。

"偷走了我的太阳，还取而代之成为我的阳光。"

第四章

... 偷偷地，让我成为你的秘密

回到家，祝自涟搬了个小板凳，在电视剧前看家庭伦理剧，看得津津有味。

闫椿提醒她："你要不再离近点？还能瞎快点。"

祝自涟抽空瞥她一眼："你能不能稍微看在我是你妈的分上，好好说话！"

闫椿不能，不过也不介意恶心恶心她。

"亲爱的母亲，不要那么近看电视哦，对眼睛的损伤实在是太大了，您这样让女儿很担心呢。"

祝自涟脱口而出："你还是照之前的方式说话吧。"

闫椿笑，拿起她的保温杯看了一眼："我都把饮水机给你放在电视旁边了，你还老忘了喝水。"

祝自涟说："我喝了，你回来时刚喝完一杯。"

闫椿拆穿她的瞎话："里边的枸杞是我早上搁的，到现在都没被完全泡开，你说你喝了多少？"

祝自涟没理就要无赖了："起开！起开！挡着我看电视了！"

闫椿告诉她："你要是这个态度，那明天我就去把有线电视掐了，让你只能看本地频道。"

祝自涟撇嘴，又开始骂骂咧咧："跟你那个王八羔子的爹一个德行！"

闫椿转身进了厨房，听不见心不烦。

待炒的菜都规整地放在盘子里，煸香用的葱、姜、蒜末也弄了出来，她打开门打断祝自涟的喋喋不休："怎么又吃西葫芦，吃不腻吗？"

"西葫芦怎么了？怀你的时候倒是山珍海味，也没见你长得跟别人不一样！"

这都哪儿跟哪儿？闫椿不说话了，快速炒了菜，煮了两碗白米粥。

饭桌上，祝自涟不知道从谁嘴里学来的："咱们这房子现在市价也有一万五了吧？咱们不如卖了，接着住四合院去，反正你不也跟闫东升那个天杀的要回来了吗？"

闫椿很谨慎："谁教你的？"

祝自涟说："就小区物业的杨姐，说有人看上咱们这套房子了。"

闫椿告诉她："不卖，让她该哪儿哪儿去。就歧州现在的发展趋势，往后数五年，咱们这房得翻两倍，你现在卖了，别人都得说你蠢。"

祝自涟也听不懂："哦。"

闫椿又说："还有，那四合院是我的，现在写你名字是因为我还未年满十八周岁，不具有完全民事行为能力，等我过了十八岁生日，你就得跟我去做一个过户手续。"

祝自涟对钱没有概念："你掉进钱眼里去了。"

"你是没掉进钱眼里，结婚时跟皇帝嫁女儿似的气派，嫁妆都要数出半里地，然后呢？你现在还有什么？"

祝自涟也回忆不起来怎么就没钱了。

"别人都知道你好骗，都来骗你，所以什么东西，还是放在我这儿。"

祝自涟斜眼瞧着她："那你哪天要是卷钱跑了，我怎么办？你爹就不是个好东西，万一你继承了他的基因呢？"

闫椿笑："可以，也不算一点心眼没有。放心好了，只要你活着，我一不会比你早死，二不会让你比我过得次。"

祝自涟一双眼睛狐疑地瞧着她。

闫椿接着说："你要有顾虑，等你跟我办四合院过户手续时，我再跟你签个赡养协议，条件你开，当然，太过分不行，我要违背其中一项，四合院还归你。"

祝自涟一听，这还差不多，乐了，给她夹了一口菜："吃饭吃饭。"

吃完饭，闫椿给银行打电话，查了下户头还有多少钱，想想现在她跟祝自涟不至于穷困潦倒，但也快要差不多的生活，就把那套四合院挂在网上，租出去了。

租方是个海归，回国后想要开工作室，不想在CBD（商务区）那种人挨人、人挤人的地方，就想找个古色古香的巷子，网上一搜，看到被列入歧州文化遗产的四合院群里有一家要出租，立刻联系了闫椿。

闫椿年龄不大，但账算得清楚，歧州二环以内的四合院，规模大、地理位置优越，市场价在八万到三十万之间不等。既然是租，也不能租得太便宜，就跟他讨价还价到了一万二一个月。包括十二间房，两个车位，外加街后花园子永久免票资格，押一付三，免服务费和卫生费。

第二天去签合同，闫椿跟班主任请了半天假。

闫椿多长了个心眼，约在人多的景区咖啡馆，到时对方已经等候多时了。

是一位女士，长得很漂亮，也挺有气质的，举手投足间已然暴露出身大门大户。

她看到闫椿时，略微惊讶："你成年了吗？"

闫椿笑："我以为我长了一张着急的脸就不容易被人质疑年龄。"

她说："我也经历过你这个时候，很容易看出来。"

闫椿自我介绍："我叫闫椿，以后租房过程中有什么事，找我就行，合同上也有我的电话。"

她点头："我叫陈雀翎。"

接下来签合同，顺风顺水。

闫椿回到学校时，上午的课已经上完三节，最后一节是自习。

赵顺阳跟闫椿的同桌换了座位，向她汇报："真痛快！昨晚可算是出了一口恶气。"

闫椿正在写高数真题，中性笔尖在纸上簌簌不休。

"以后离陈靖回那伙人远点。"

赵顺阳挑眉："干吗？弄得怕了他们似的，昨天你霸气得让他们魂都没了，我刚尝到点叫人闻风丧胆的舒坦，你就打退堂鼓哦？"

"以后你们就是亲家了，不指望你们相亲相爱，互不干涉总能做到吧？"

赵顺阳莫名其妙："什么亲家？"

闫椿抬起头来："我早晚要跟陈靖回在一起的。"

赵顺阳"噗"一声笑出来："说得他已经计划着对你表白一样，不是你屁股后边追着人家跑吗？"

闫椿瞥他："你懂什么，我这是策略。"

赵顺阳敷衍："嗯嗯，是，策略。"

闫椿一腔热血怎么能忍受他在这儿泼冷水，一脚踹在他屁股上。

"滚蛋，回你座位上。"

赵顺阳捂着屁股嗷嗷叫唤，想拍她个马屁弥补一下，看她表情不对，便灰溜溜回去了。闫椿刚做到第二套真题，一笔一画地把不会的题誊抄在印着画的笔记本上，赵顺阳的打击压根影响不了她。

心有鸿鹄，焉能被燕雀乱了方向。

为了不唐突，她还专门写了一张小纸条，打算先询问下陈靖回的意思，再向他讨教，他要是同意，那皆大欢喜，要是不同意，她就再写一张纸条。

下课铃响起，闫椿又第一个溜出去，堵在一班教室门口。

前桌女生都知道她要干什么了，扭头喊："陈靖回，有人找！"

闫椿敏感的灵魂一下子就听出她在说"陈靖回"时，明显比"有人找"温柔。

呵，迷人的男人。

项敌看了闫椿一眼，问陈靖回："昨晚你们干吗去了？"

"回家了。"

项敌瞪大眼："回你的家还是她的？"

"各回各家。"

项敌"喊"了一声："没劲。"

陈靖回昨天中午没吃饭，指望晚上多吃点，结果晚上也不饿，看来中午这顿很关键。可一看那尊门神，他真迈不出腿。

项敌收拾好，问他："走吧？吃饭去。"

陈靖回犹豫了。

项敌知道他顾虑什么。

"要不我给你带，吃什么？"

陈靖回拒绝在吃饭的地方学习，在学习的地方吃饭，他眉头一皱："走吧。"

项敌笑："你很反常啊，有察觉到吗？"

"我是用'无视'这种最简单的方式处理最难的问题，不是怕她。"

"那也得有用，才能配称得上'处理'。"

他们从后门出来，闫椿的眼睛一直盯着陈靖回，看见他往外走，很快挪到后门等着了。

陈靖回看见她就发愁，堂堂一米八几的大高个竟往后退了两步。

闫椿冲陈靖回一乐，眉眼盈盈处是万种风情，她把纸条塞进他手里，跑掉了。项敌开始还给陈靖回面子，憋着笑，闫椿一走，他也不憋了。

"不怕你往后缩什么？人家就是给你个纸条，又不是手榴弹，你的表情可以柔和一点。"

陈靖回："有吗？"

项敌打他那纸条的主意："给我看看写什么。"

陈靖回躲了一下，把纸条抄进裤子口袋："有什么好看的？！"

项敌把他这小动作收进眼底，"啧"了一声，正要损他，卓文理来了。

"你们磨蹭什么呢？"

陈靖回顺势朝楼道走。

卓文理饿得前胸贴后背，揽住落后的项敌："我要吃西芹炒百合！"

项敌忍不住笑了，陈靖回却笑不出来。

卓文理看他们表情不对："怎么了？"

项敌看着陈靖回，话说得不怀好意："没怎么，就是我昨天吃过了。"

"扯淡，昨天咱俩一块儿吃的余面。"

项敌继续补刀："我加餐了。"

卓文理推他一把："贱不贱啊？加餐不叫我！"

项敌笑起来："以后再有这好事，一定提前跟你打招呼。"

卓文理这才罢休。

三人一前两后往食堂走，是三中最亮丽的一道风景线没错了。

他们也在二食堂吃饭，挑了靠窗户的一张桌子，陈靖回占位子，项敌和卓文理打饭。

计划得挺好，就是忘记总有发生在计划之外的事了。

闫椿本来在排队，听到食堂里一阵喧哗，扭头就看见陈靖回坐在窗边，都是一样的校服，偏他那么醒目。

她匆匆打了饭，在一众觊觎陈靖回却不敢上前的人里脱颖而出，坐在他对面。陈靖回本来看MP4（一种播放器）的眼，随意掀起，接触到闫椿那张笑脸时，惯有的平静无波被撕开一道裂缝，起身就要走。

闫椿拉住他，要说点什么，结果盯着他的手腕出了神，她出来时应该把那条防丢绳拿上的。

陈靖回挣开她的手："你喜欢这儿，那让给你。"

闫椿回过神来，一双剔透的眼看着他："我喜欢待在你身边啊。"

陈靖回眼睫翕动，一句"干我屁事"都到嘴边了，竟然没说出来。

项敌和卓文理回来就看到陈靖回和闫椿"含情脉脉"地对视着。

卓文理没项敌司空见惯，眼波里晕出惊恐，用肩膀撞了撞他："怎么回事？"

项敌笑了下，没答，在闫椿旁边坐下："一块儿吃吗？"

当然不。

闫椿说："没看见这里有人了？你们去别的地方。"

项敌和卓文理无语地面面相觑，倒是陈靖回嘴角有细微的浮动。

项敌不服气："这是我们占的位子。"

闫椿跟他说："学校严令禁止食堂和自习室占座行为，你这是公然杠上啊。"

项敌总算领教了闫椿的无赖。

陈靖回打破了僵局："是我给他们占的。"

闫椿"哦"了声："这样啊，那你们在这儿吃吧。"

项敌酝酿了半天："我说闫椿，你这就有点看人下菜碟了，占座这事，我是公然杠上，阿回就是理所当然啊，区别对待也稍微收敛点行不行？"

闫椿给他举了个例子："一把洋钞票，一把人民币，你会把哪个整整齐齐好放进口袋里？"

项敌不疑有他，答道："人民币啊。"

闫椿把他的话原封不动地还给了他："区别对待也稍微收敛点行不行？"

项敌拱手投降。

吃完饭，项敌以"上厕所"为借口，把陈靖回和卓文理拖走了。

呼吸一口大世界的空气，项敌的无所适从才淡去一些。

"这女生太厉害，是谁高一那会儿还说她是校花接班人来着？可打脸了啊。"

卓文理说的，年代久远，项敌要不提，他还真忘了。

"性格不行，但长得确实不错啊。"

项敌说："看过《河东狮吼》没有？"

卓文理接："张柏芝演的那个？"

项敌点头："这个故事深刻反映了一个社会现象。"

"什么？"

"这女人只要是太辣，就算美成张柏芝那样，也是个河东狮。"

卓文理笑："你这是小心眼，人不就呛你一句吗？"

项敌睨他一眼："我看你是又管不住胡思乱想的脑袋瓜了。"

卓文理回忆了一下闫椿刚才那小劲，放眼整个三中，没一个能相提并论的。

"之前没接触，我几乎都要把闫椿这个人从我脑袋里删了，昨天那一亮相，真是不赖。"

项敌看他还当真了："她可不好惹。"

卓文理眯起眼："她还没对象吧？"

"你是傻子吗？她那么明显地被回哥的磁场吸引，你没……"项敌话没说完就发现陈靖回停住了，不敢说话了。

卓文理不怕死，还接着说："她不是凡胎，怎么可能跟那些没脑子的女生一样，光凭肾上腺素就决定喜欢一个人呢？那都是假象，她其实是醉翁之意不在酒。"

项敌总觉得陈靖回的表情应该不怎么和善，可还是嘴贱地问卓文理："你想干吗？"

卓文理颇有自信："我要追她，你没看见刚才她那眼神有意无意地看我吗？"

"没看见，我就看见你坟头三米的草了。"

卓文理吼："滚。"

陈靖回这时候转过身来，说了："你什么时候瞎的，她哪儿不赖了？"

卓文理说得理直气壮："首先脸蛋就不赖啊。"

项敌一手揽住一个，没让他们继续这个话题："走了走了，再磨蹭一会儿迟到了。"

陈靖回和项敌一个班，卓文理学习不行，在吊车尾的班。

进班之前，陈靖回调转脚尖："你先回吧。"

项敌挑眉："干吗去？"

已经走出数步的陈靖回没答。

他去了西南角的楼道，侦查了一眼环境，把闫椿递给他的纸条拿出来看，这回字倒是规整多了，可依然不怎么美观——

"我有两道题不会做，下午学校大扫除的时候我去找你。啾咪！"

最后那个"啾咪"真是辣眼，陈靖回赶紧丢进了垃圾桶。

"你干吗呢？"

陈靖回身后突然出现一个声音，他做贼心虚似的转过来，冷汗和紧张感双管齐下，让他脸色有点白。

闫椿真是神出鬼没的！

她手里抱着作业本，看见陈靖回惊喜得往他跟前凑。

"你偷偷摸摸藏什么呢？"

陈靖回毕竟是个成精的狐狸，恢复到处变不惊还是轻而易举的。

"管得着吗？"

闫椿抬头看一眼楼上，再低头看一眼楼下，说："你不是在跟踪我吧？"

陈靖回上下打量她，答案全在眼神里了。

闫椿视而不见，还有空端详他屁股的弧度。

"之前在食堂我就好奇，你这样一副天生的衣架子是不是没有屁股，看来是我想多了。"

陈靖回的表情别提多丰富了，饶是再能管理好情绪的人也架不住这么一而再、再而三的挑衅啊！

他眼皮跳动两下，最后从牙缝里挤出几个字："你！个！土！匪！"

闫椿可委屈了，她不过是有点好奇嘛。

陈靖回不听她解释，转身走了。

回到班上，他的情绪才稳定下来。

这是什么人啊？！

周二下午大扫除是学校惯例，除了高三学生，没有人能幸免。

闫椿最喜欢大扫除这个时间，她可以满学校晃悠，大头看见了也无可奈何。她凭借一双如炬的眼，找到个好地方，在智学楼三层，本来是学校用来宴客的，后来因为太小被淘汰了。

从此，搁置下来。

钥匙在教导主任手里，但这个后门是坏的，攥住门把手，往上一提，插销自己就掉了。

闫椿把防丢绳搁进口袋里，拿上笔记本，到一班去找人。

赵顺阳看着她往外走，叫她："你干吗去？不擦窗户了？"

闫椿没有回头："什么都我干了，也不知道要你们有何用。"

赵顺阳："我……"

闫椿站在一班门口，踮起脚往里张望，正好有个男生往外走，她拦住人家，还没开口，对方就扭过头："陈靖回！隔壁的又来了！"

闫椿纠正他："什么叫又？我明明好久才来一回。"

这位同学就给她算了算："一天三顿饭你都在，十分钟的课间也没能幸免，说'又'都是我嘴下留情了，照我们班主任那说法，你们这些喜欢陈靖回的女生恨不得长在他身上……"

他还没说完，闫椿早就没听了，她看见陈靖回从后门出来了，小跑过去，突然跳出来。

陈靖回看见她过来了，没被吓到。

"你又干什么？"

又……没关系，他说"又"，没关系。

闫椿晃晃手里的笔记本："我有两道题不会写。"

陈靖回："恭喜。"

闫椿跟他说："你教我，我要是会了，明天就不来找你了。"

陈靖回："你的话要能信，那你都能上树了。"

闫椿不介意他讽刺她，打开笔记本，撕下来一页，写上一句话——

"我保证，只要我会做这两道题，明天就不来找陈靖回了。"

她拿给陈靖回看："给你这个。"

陈靖回没空："我还要扫办公室。"

闫椿把笔记本给他，从他手里拿过扫帚："我给你扫。"

主任在办公室看到闫椿时心脏病差点犯了。

她这是……顿悟了？

闫椿看见他，笑笑："主任不用太惊讶，我经常以德报怨的。"

主任反应再慢也知道这不是一句好话，把她轰出去了："滚！滚！别给我添堵！"

闫椿走向不远处的陈靖回："高效率完成任务。"

陈靖回也挺鸡贼的："谢谢。"

闫椿："嗯？"

陈靖回把笔记本还给她，从她手里拿回扫帚。

他有张良计，闫椿也有过墙梯。

她找他们班一个不出众的男生去一班，说是他们班班主任让陈靖回去趟智学楼三层，搬两把椅子过来。她早观察过了，他们班后门那里有两把坏了的椅子。

项敌听见这消息，觉得不对劲："搬椅子不去器材室去什么智学楼？"

陈靖回："我去一趟。"

项敌："用我跟你一起去吗？"

陈靖回："不用。"

此时的闫椿已经在宴客厅设下圈套，等他自投罗网了。

很快，陈靖回上来了，他平静地走到后门，一只手握住门把手，往上一提，插销自动脱落，门开了。

闫椿坐在沙发上朝他笑："上当了吧？"

陈靖回走过去："你以为谁都跟你那小跟班似的那么好骗？"

闫椿扬眉："你知道是我？"

陈靖回没答她，在她身侧坐下，掀开笔记本，审一遍题，拿笔把已知条件勾出来。

"这个题，你……"

闫椿不信："你知道是我又怎么会来？"

陈靖回："我不来你还会有别的套路，谁有空老跟你玩？"

闫椿更不信了，把脸凑近他："你想跟我单独相处，就是有点不好意思。"

陈靖回看过去，真不想打击她："少看点言情小说。"

闫椿的热情冷却了一半，她坐好，听陈靖回讲题："已知这些，然后呢？"

陈靖回不紧不慢，以让她听懂为目的，一字一句地讲给她听。讲着讲着，手腕沉重起来，他抬起胳膊，就看见自己的左腕被一条绳子拴上了，绳子的另一头，在闫椿手上。

他拧着眉："干什么？"

闫椿大眼睛眨一眨，星辰大海全然不及："我怕你跑了。"

陈靖回："什么意思？"

闫椿给他解释："你看啊，你来一趟都心不甘情不愿的，万一讲着讲着，发现我太笨了，一气之下拂袖而去，我不白折腾了？"

陈靖回："我是不是还得为你的机智鼓鼓掌？"

闫椿摆摆手："不用不用，你能感受到我的用心良苦就好了。"说着话，她还把绳子拉起来，"你让我跟你保持三米以上的距离，我就买了根三米长的绳子。"

陈靖回："你……"

闫椿多精明啊，看陈靖回要怒，乖乖拿起笔，顺着陈靖回给她的思路解题。

"已知……"

陈靖回真是有气也没劲撒出来。

闫椿不是个笨的，陈靖回只稍稍一点，她就明白突破口在哪儿了，之后便不用手把手教了。

也不知道是不是因为闫椿这副乖巧的模样十分少见，陈靖回教完，跟她说："以后要找我，直接发短信，别拿两道题假模假式地约我出来。"

闫椿只注意后边那句话了："你还不让别人上进了？"

陈靖回："你问我的是高数，高考用高数公式解题，也是没分的。"

闫椿那点小聪明，在他面前根本无所遁形，她也不装蒜了。

"那你还教我？"

陈靖回："不是你作妖非让我教？"

闫椿就跳过了这个话题，又朝陈靖回挪了挪，说："好啦好啦，是我吃饱了撑的。那个，趁着现在没人，你夸我一句'我觉得闫椿宇宙超级无敌可爱'行不行？"

陈靖回能在一天内连续两次被她占便宜？

"不行。"

闫椿有时候的问题，看似是疑问句，其实是陈述句。她说着话，手已经伸向了陈靖回，礼义廉耻那些东西，她个没皮没脸的，是半点没有的。

陈靖回摁住她的手腕，给了她两个选择："我的手机号码和尬夸，只能选一个。"

闫椿是活在当下的人，陈靖回这话明显就是打发她，她能上他的当吗？

"我要你夸我。"

反正她动动嘴皮子就能问到他的手机号码。

陈靖回知道有个道理是——唯女子与小人难养也。敢情是写闫椿的，她两样都占了。

要是让他来文的来武的，他一点不含糊，对付女人，就算一肚子盘算，也架不住碰上闫椿这么个不按套路出牌的啊。

陈靖回猛地站起来："不要拉倒，也没有很想给你。"

他往外走，还没到门口，就被闫椿的防丢绳拽住了，他转过身来，看着她，神情不悦。

闫椿跳过去给他解开了，不是她良心发现，是她尿了，陈靖回什么脾气，满歧州都知道，真把他逼狠了，他不见得会顾虑她是女生。

陈靖回没说话，走了。

闫椿跑到门前，扒着窗台，朝外看着陈靖回走进楼梯间。

——以前的感觉就通通不作数了，陈靖回啊，你那么好，我这么不害臊，哪儿配得上你啊？

要是有人听见她的心声还以为她痛改前非了，结果后一句就是——

我要是配不上，还有人配得上吗？

闫椿把防丢绳丢了，以后这东西就不用了，陈靖回这样的人，值得她堂堂正正地认识。

出了智学楼，闫椿是打算回班里的，结果被高三教学楼那边吵吵嚷嚷的声音给吸引了过去，她到跟前时已经围了里三层外三层了。

场面有点眼熟。

赵顺阳是个看热闹的，早早占了一个好位子。闫椿看见他，过去把他的位子抢了。

赵顺阳也没忘记问她："你怎么这么大半天？昨晚吃了多少全拉出来了？"

闫椿看了一眼场中央那个低着头、紧攥着拳头的主人公，想起来为什么觉得眼熟了，又是校花沈艺茹的戏场啊，一个月唱好几回，也不嫌观众腻得慌。

"这次，怎么回事？"她问。

赵顺阳给她一把瓜子："就刚才，沈艺茹几个被主任叫去擦高三走廊的窗台，然后沈艺茹就跟高三一个男的刁起来了，那男的还掐了她脖子。"

闫椿嗑了两颗瓜子："为什么啊？"

赵顺阳摇头："不知道，据说是占她便宜了？"

闫椿挑眉："真的假的？"

赵顺阳用下巴点点不远处趾高气扬的男生："就那男的。"

闫椿看过去，那男生个子有一米八，有点驼背，上身是一件紫色的无帽卫衣，下身是一条防水面料的运动裤，一双不怎么干净的白鞋，戴着眼镜，留有胡子，光靠外貌无法分辨人品。

赵顺阳有点幸灾乐祸："上次我让沈艺茹帮你澄清，她就挺矫情的，德行可见一斑，这次又闹出这样的事，十有八九是她的问题，要不是，那我把名字倒过来写。"

闫椿嗑着瓜子，没说话。

没一会儿，主任来了，拨开人群，看见沈艺茹，立刻横眉竖眼的，指着她："怎么又是你？！"

沈艺茹这次没有闷到底，抬起头来。

"他摸我！"

她话一出，现场一片哗然。

主任一张老脸替她不好意思了。

"你这个女生怎么一点都不要脸？"

沈艺茹牙咬得嘴唇发白，漂亮的脸蛋毫无畏惧，只有一腔对得起自己的激情，她放弃畏畏缩缩，勇敢指控。

主任还记得上次她给陈靖回递小纸条的事，虽然被闫椿搅和了，可事后怎么琢磨怎么不对劲，他向来是最擅长践踏别人自尊的。

"还摸你？我都替你害臊！上次给陈靖回递小纸条的不是你吗？这回又是你，你是万人迷？他们都爱你？要点尊严吧！"

沈艺茹红了眼，睫毛湿湿的，几根粘在一起，显得楚楚可怜。

"他就是摸我了！我没骗人！有什么人会用这种事情开玩笑？！"

她转过身来，走向人群："你们相信我，就在我擦窗台的时候，他真的摸我了。"

主任不会让她在这儿败坏风气，冲人群挥挥手："散了散了！该干吗干吗去！"

沈艺茹抓住一个女生："你相信我！我没有骗人！"

女生正好是这个男生的同学，她拨开了沈艺茹的手："胡磊学习好，平时也老实，你说他摸你？你问问我们整个班，谁信？是你自己作风不好，妄想别人都上赶着侵犯你，只可惜，你栽赃陷害错了人，胡磊是绝对不可能碰你一根手指头的，所有认识他的师生都可以为他担保。"

闻言，沈艺茹的眼泪很快掉了下来，砸在她的圆头皮鞋上。

闫椿看了一眼胡磊，看他的样子很是赞同他同学这番话，要不是人多，他都能捶胸顿足地接她话茬抒发个人感受了。

主任指着沈艺茹："你去给你家长打电话，让他们来一趟，我们三中不要你这样不自爱的女生！"

沈艺茹扭头瞪过去，眼里是一片恨意，她大嚷了一声："我没有！"

周围的人谁又在乎她有或者没有呢？他们只是觉得这个场面有趣，可以为枯燥无味的校园生活增添一抹刺激，反正这戏台拆了，他们各奔东西，也不用为此时此刻的嘲笑负一点责任。

主任对她的声嘶力竭无动于衷："你还委屈？你委屈什么？诬陷别人摸你，这是一个正经的女孩子能说出来的话吗？真没见过你这么不要脸的学生！那你倒是说说，他怎么摸你了？但凡你有一点磕巴，那就是你在造谣人家，就去把家长给我叫来！"

沈艺茹攥着拳头，指关节比她本来就白皙的肌肤还白，她瞪向胡磊，指着他："我跟几个同学被班主任叫去高三的教学楼擦窗台，擦到五班时，正好下课，当时出来很多人，我感觉到有人摸了我……我的后腰一下，我猛地扭头，只有他也刚好回头看我，嘴角是怪笑。"

主任在让她陈述之前就已经戴好一副有色眼镜，允许她辩白不代表她的辩白就有效。

周围的议论声越来越大，胡磊从始至终不解释的表现为他加了太多分，大家都觉得，他一定是清白的，他这副姿态就是在告诉大家——清者自清。

沈艺茹的眼泪一直在掉，在这个初春，却不能开出一朵朵花。

赵顺阳的瓜子都被闫椿吃完了，闫椿还说他："就带那么点，还不够塞牙缝的。"

赵顺阳委屈啊。

"那也是塞了你的牙缝了，我总共没吃几个。"

闫椿使唤他："再去买一包。"

赵顺阳冲她伸手："给钱。"

闫椿掏出九块五递给他，那五毛还是五个一毛的硬币。

赵顺阳："呃……"

闫椿不知道沈艺茹是不是真的不要脸，但沈艺茹应该没说谎，她上次挺身而出是脑子一热，这一次……也是脑子一热。

赵顺阳刚走，闫椿就走到了场中央。

主任看见她就一个头两个大："你，你干什么？"

闫椿："我就说几句话。"

主任："哪儿都有你！这有你说话的份儿吗？上回没让你写检查手痒痒是不？"

闫椿不搭理他了，转向那戴眼镜的男生，问了个没营养的问题。

"你认识沈艺茹吗？"

胡磊摇摇头："不认识。"

闫椿也摇摇头："说谎。"

胡磊的眼睛突然睁大："我真的不认识她！"

闫椿跳过这个问题："你在哪个班？"

胡磊不知道这个跟这件事有什么关系，可还是答："三班。"

闫椿："你们班在几楼？"

胡磊："一楼。"

闫椿："一个只有十分钟的小课间，对于你们高三学生来说，会做点什么？"

胡磊："上卫生间、打水、去超市。"

闫椿："那你一般是去卫生间呢？还是去超市呢？"

胡磊开始慌张，额头也泛起一层细密的汗珠。

"我一般……我一般去……去卫生间。"

闫椿："一楼卫生间有几个？"

胡磊吞咽一口口水："一个。"

闫椿："在哪边？"

胡磊："在……在左边。"

闫椿："刚才下课，你去卫生间了吗？"

胡磊："是。"

闫椿："那你为什么出门朝右边走了？"

胡磊擦擦汗："我去右边……去右边是……"他的汗越来越多，最后瞪起眼，"我没有去右边！我是去了左边，卫生间在左边。"

闫椿微笑："我来告诉你，你为什么去了右边。"

胡磊摇摇头："我没有！我没有去！"

闫椿："因为沈艺茹在右边五班的门前擦窗台。"

胡磊当然不会承认："你放屁！你胡扯什么鬼？我是……我是去卫生间了，我没有去五班！"

闫椿又回到她的第一个问题："你认识沈艺茹吗？"

胡磊形同失心疯："我不认识！"

闫椿走到沈艺茹跟前，拉起她的手，走向他。

没来由地，胡磊直觉又一阵恐惧袭来，下意识地往后撤了一步。

闫椿在他跟前停住，勾起沈艺茹的下巴："你再看看。"

胡磊慌了神："不认识就是不认识！你问几遍也是一样！我为什么要认识一个有作风问题的女生？父母送我来三中是让我读书的，我一直好好读书……好好读书……"

闫椿转过身，面对人群："你们认识她吗？"

人群中纷纷传来——

"认识啊！高二（四）班沈艺茹！"

"校花啊！怎么不认识？"

"刚上高一就认识了。"

"美女有谁不认识？"

"学校贴吧都是她的照片。"

闫椿再次看向胡磊："怎么全校都认识的人，你不认识？你刚转来的？"

胡磊的脸瞬间惨白，嘴角以不规则的频率跳动起来。

闫椿又说："刚才你那同学信誓旦旦地为尔保证时，要不是你立场不允许，应该就赞叹一番了吧？你也知道，学习好和老实是你的优势，反正你犯贱时，除了沈艺茹也没人知道，而她因为漂亮已经遭受过许多次非议，只要一口咬定她是污蔑，那谁也奈何不了你。"

胡磊撑到现在已经消耗太多勇气了。

"你……你这是主观臆测，你跟沈艺茹一样！"

闫椿："你不是不认识沈艺茹吗？怎么叫起她的名字来这么熟稔？跟念过多少遍一样。"

胡磊别过脸去，不敢再看闫椿。

"我不跟你说……让学校定论……"

闫椿："沈艺茹作为三中的形象大使，博物楼大厅现在还贴着她的照片，你却说你不认识她，要不是心虚，干吗说瞎话？"

胡磊歇斯底里起来："我只是见过照片！不认识她人！有毛病吗？"

闫椿："没毛病，既然你不认识，我就来跟你介绍介绍。"

她拢拢沈艺茹的长发。

"沈艺茹，一个偷偷给喜欢的人塞纸条，被发现后低着头不敢说话的女生，既怕学校会批评她，又怕抬起头来喜欢的人正看着她。试问，她冒着被全校师生议论的风险，一改性格，大庭广众地指控你，扩大这件事的影响，对她有什么好处？"

胡磊不挣扎了，低下脑袋。

他的同学看他默认了，难以置信地说："全班都相信你，你怎么能辜负我们的信任？"

闫椿跟这个女生说："他要真有你说的那么品学兼优，就不会当众撒谎说不认识沈艺茹了。别的且不说，他在下课去了哪里这个问题上，就已经露了马脚。"

女生失望透顶，觉得丢人，走了。

主任也听明白了，手指调转指向胡磊："你！给我到办公室来！"

闫椿提醒他："希望主任公平处理，既然不打算把骂沈艺茹那些话原封不动地转给胡磊，就送他回家反省半个月吧。"

高三生马上就要高考了，闫椿这一招也是毒得可以。

主任咬牙切齿地说："不用你教我！"

当事人走了一个，这戏就散了，可观众不想散。

赵顺阳刚回来，见局面被扭转还吃了一惊。

"剧情反转了？怎么做到的？"

闫椿把他手里的瓜子抢过来："买个瓜子用了十多分钟，你是去买还是去炒了？"

赵顺阳嬉皮笑脸："我炒的瓜子你敢吃吗？"

闫椿有什么不敢的，正要说话，沈艺茹走过来，张了张嘴，出来一句小声的"谢谢"。

赵顺阳一听就知道是闫椿又见义勇为了，瞥了那一脸矫情的沈艺茹一眼："道谢还不大点声？怕别人听见？"

沈艺茹提了一口气，大声地说了句："谢谢你，闫椿"。

闫椿笑："我也不是白帮，你不用谢我。"

沈艺茹是愿意回报她的："你需要我为你做什么？"

闫椿说："我需要你移情别恋。"

沈艺茹秀气的眉毛拧起："嗯？"

闫椿指指高二教学楼三楼第二扇窗户前站着的人："我看上陈靖回了，你别喜欢他了。"

沈艺茹顺着她指的方向看过去，那道身影一入眼，她就哭了。

窗前的项敌往后退："她们是不是发现我们了？"

陈靖回又没有在看她们。

项敌还挺喜欢沈艺茹那种柔柔弱弱、风一吹就能刮跑的类型，被她看久了都会脸红。

"沈艺茹是不是在看我们？"

陈靖回要是个贱人，这会儿就会说："不是我们，是我。"

可他不是，所以他不说话。

项敌来得晚，没看到最精彩的部分，也不知道现场发生了什么，而陈靖回从头看到尾。看到闫椿如何使诈掀翻胡磊的情绪，看到她朝自己看了一眼，让沈艺茹放弃喜欢他。

呵，女土匪。

楼底下的沈艺茹握住闫椿的胳膊："为什么？"

闫椿轻轻拿掉她的手："我心眼很小。"

沈艺茹又握上去："你为什么喜欢他？"

闫椿想了想，没有正面回答这个问题。

"他穿白衬衫的样子，很好看，我不小心蹭到他的脸时，他会脸红，很好看，他让我离他远一点的时候，很好看。"

沈艺茹的手慢慢垂了下去，再没有话说。

闫椿回班里之前，故意绕了一圈，从左侧楼道上去，悄悄走到陈靖回身后，想吓他一跳，结果他已经转过身来了，她咂嘴："没劲。"

陈靖回没理她。

闫椿追着跟他说话："我打退了情敌，厉害不？"

陈靖回一只脚已经迈进教室，结果被她一把拽住，另一只脚就没迈进去，他转过身来："是你的情敌，又不是我的。"

闫椿想想，还真是有道理。

这时候，项敌不知道从哪儿冒出来："那个，沈艺茹怎么了？"

闫椿目送陈靖回回到座位，才有空搭理项敌。

"没怎么。"

如果可以，她并不希望沈艺茹被摸这件事跟病毒一样在几个学校被扩散。

项敌摁不住怜香惜玉的灵魂："我看她哭了，没事吧？"

闫椿："没事，不过你还是可以到她跟前献献殷勤的。"

项敌面子比天大，不会承认的。

"我这只是出于对同学的关心。"

闫椿恍若未闻："记住，别跟查户口似的什么都问。"

项敌手都摆不过来了，连忙解释："你误会我了，我不是……"

闫椿没空误会他，转身回班里了。

赵顺阳从门口把她劫到自己座位上，给她一盒老酸奶。

"你先救命、再算账的行为太无耻了，狮子大开口啊，上来就让人放弃心上人？"

闫椿撕开塑料膜，拿小勺舀一口酸奶："你懂什么，我是为了沈艺茹好，陈靖回是不会喜欢沈艺茹的，她本来就脆弱，根本禁不住他无情的拒绝。"

赵顺阳"啧"了一声："你怎么知道陈靖回不会喜欢她？"

闫椿："因为陈靖回会喜欢我啊。"

赵顺阳把酸奶拿过来，不给她吃了。

"不要脸。"

闫椿吃了几口，觉得那个牌子的酸奶味道也不怎么样。

"在你面前，我怎么配说不要脸呢？"

赵顺阳正要回嘴，上课铃响了。

第五章

闫椿，我可以跟你做朋友

隔壁一班是自习课，最近学习任务繁多，班主任体谅他们的脑袋瓜，特意准他们看场电影。

班长站在多媒体放映机跟前，问大家："你们想看什么？"

项敌说："*Ice Age: Dawn of the Dinosaurs*《冰川时代：恐龙的黎明》。"

一班啊，学习从后往前数第一也就项敌了，他都能念出来的英文句子，对其他人来说，更是小菜一碟。

"不看不看，与其看个动画片，我宁愿看个爱情片。"

女生们倒觉得《冰川时代》挺好的："你们男生陪我们女生看动画片就已经是一个爱情片了。"

这话太撩了，男同胞们全部沦陷。

"行行行，看看看。"

班长笑笑，把去年拿到八百多万票房的《冰川时代3》放给大家看。

项敌是在电影院看的这电影，跟陈靖回一起，还闹了个笑话。

当时刚放寒假，项敌先陈靖回一步出校门在地铁站等他，结果等来隔壁学校一个长得挺漂亮的女生，她红着脸将一封信塞在他手里，然后匆匆进站了。

项敌长得没有陈靖回扎眼，也没他那么高的回头率，跟他在一块儿时间长了，几乎成了一个背景板，就为衬托陈靖回那张洋气的脸，可还是有人注意到他了。他表面从容，实际方寸已乱，生怕把激动表现出来。

他一路上按兵不动，甚至拒绝了卓文理一起去开黑的请求，下了地铁马不停蹄地回到家。

拆开信封，是一张电影票，就是这部《冰川时代3》。

电影开场是三天后，他想去，又怕会显得自己不矜持，男人嘛，还是要摆出一副高冷的态度才更招人喜欢，详情参见陈靖回。

纠结了两天，他给陈靖回打了个电话，邀请他看电影。

陈靖回："不去。"

项敌就知道："我请客，顺便管你晚饭。"

陈靖回："没空。"

项敌："去氽街吃羊蝎子，然后五张魔兽点卡。"

陈靖回："十张。"

项敌咬咬牙："成……"

就这样，他把陈靖回拉上了，如此，碰到那女生时，他就可以说他是跟朋友一起来的，既然遇到了就一起看之类的理由。

计划很丰满，现实很骨感，他们到电影院时，那个女生已经在等了，看到他们也确实很激动，只是她的眼神不太对劲，她不加掩饰地盯着陈靖回。

陈靖回很不舒服，电影看了一半就找借口走了。

项敌也很郁闷，后知后觉地发觉，带陈靖回来是一个错误的决定，但也只能硬着头皮看完了电影。

出来时，女生比他还郁闷，甚至埋怨他："我看到你把他带过来，还想说交你这个朋友，结果他那么早就走了，真是太让人扫兴了。"

项敌被指责得一脸蒙，反应过来时，下一场电影都开始了。

他垂头丧气地回到家，把那封他本来小心存放的信拿出来，正准备撕了，掉出来一个小纸条，展开一看，他别提有多难受了——

"帮我把这张电影票给陈靖回，谢谢哥们了。"

项敌把纸条撕得粉碎，倒头睡觉了。

一直到第二天，陈靖回来找他，给了他十张点卡。他还没从昨天的打击中回过神来，真不想搭理这个一天到晚散发魅力的人。

项敌："没说不给你买，还值得专门来提醒我？"

陈靖回："看个电影她一直说话太烦了，我就走了，卡是给你的补偿，还有一顿羊蝎子。"

项敌一个大男人，只觉得泪腺有点不受控制："你个儿子。"

陈靖回嘴唇轻启："叫爸爸干什么？"

那时候他就明白了一个道理，虽然男人之间很虚，表面是兄弟，暗地里都想做对方爸爸，却又不得不说，不管被女人伤得多狠，只要有兄弟，那都是扯淡。

项敌把飘远的注意力拉回来，看陈靖回一眼，陈靖回看得还挺认真。

陈靖回认真不是因为电影多好看，也不是拉上窗帘后眼睛控制不住地看向光源，是他竟然想起了闫椿。

如果那时候，是跟闫椿看的这场电影，是她一直吵吵闹闹、一直偷偷摸摸占他便宜……他还觉得烦吗？

这想法刚在陈靖回脑袋里溜达一圈，他就敛起眉。

想什么闫椿？不管是谁，一直像个小蜜蜂一样在他耳朵边上嗡嗡嗡，他都觉得烦。

小蜜蜂？闫椿吗？他刚才是把她比喻成小蜜蜂了？为什么不是小苍蝇？！

陈靖回反应过来时，一身虚汗。他竟然把她们放在一起做比较，然后又把闫椿从这个选择题里拉出来，他觉得她们不一样。

他竟然觉得她们不一样！

是从什么时候 开始，他从谁都看不起沦落到对闫椿区别对待了？

他只能用不动如山来掩饰自己被打得措手不及的内心，但愿在场一双慧眼都没有，那就没人知道他把闫椿拽进心里了。

可是，他知道啊。

隔壁二班，张钊火急火燎地进了门，教室里顿时一片鸦雀无声。

张钊扫了一眼在座的学生："刚才主任把我叫到办公室，说我们班有些人又出风头了。"

所有人看向闫椿，反正无论是什么事，只要张钊这么阴阳怪气地说话，那就是闫椿的锅，要是笑眯眯地说，那就是单轻舟的。

张钊指了一下闫椿："你，站起来。"

闫椿好整以暇地站好。

张钊说："来，说说，刚才又干吗了？让主任眉毛都竖起来了。"

闫椿可委屈了："主任差点听凭一面之词给一个无辜的学生处分，我身为三中这个大集体的一分子，怎么能眼睁睁地看着主任犯下这种弥天大错？"

张钊看她戏精上身似的："照你这么说，我还得表扬你。"

张钊"啪"的一声拍在桌子上："你现在都成我们高二的重点照看对象了！所到之处，一片狼藉，弄得我天天给你擦屁股。"

闫椿扮起小可怜，可像了。

"我知道错了。"

张钊的火气被冲散了七八成。

整个班，他最疼闫椿，她聪明、明事理、三观很正，在他教书那么多年，可以说是头一回遇见这样的学生，可她任性、胡作非为，也是头一个。他现在还是她的班主任，还能护着她，可主任视她为眼中钉、肉中刺，要是哪天他不是她的班主任了呢？

闫椿的成绩总在校二三十名晃悠，事实上，她真实水平不比稳居前三的单轻舟差，要知道高考一分就能分裂出无数种命运，这么好的孩子，他怎么能让她毁掉？

前排女生以为闫椿这回在劫难逃了，帮她说话："老师，闫椿不敢了，你就原谅她吧。"

"对啊，老师，她就是看着虎，其实可乖了，这次之后肯定痛改前非。"

"老师，要不这样，我们帮您监督闫椿，她要是再捣蛋，我们帮您收拾她！"

闫椿一直对外称自己没有人缘，只有一个低分段左右手赵顺阳，很多人也喜欢侃她人缘不行、品质堪忧，无非因为她不喜欢与人深交，也鲜少为自己解释。可她从来护短，只要是自己人，就会被她尽全力保护。

那群没有是非观念、只听自己情绪的中学生，是这个世界上比坏人还要恐怖的群体，多文明的社会也不能限制他们的破坏力、规避他们带来的灾难。

张钊也是恨铁不成钢，叹了口气，留下一句"行了，上自习吧"，便走了。他走后，班上却没有像往常一样立马热闹起来。

闫椿追出去，赶上张钊。

"老大。"

张钊停下来，眼睛一旦很疲惫就像老了好几岁，他看着闫椿："下个礼拜又要月考了，你要是拿不了歧州前十名，就给我麻利地有多远滚多远吧。"

闫椿的眉头抖了抖："您干吗啊？给我这么大压力。"

其实是主任给闫椿下了任务，要她一定要拿到全歧州前十名，不然就要她在下次犯错误时，有多远滚多远。

尽管知道这主任明摆着公报私仇，而且闫椿也没有哪一桩是死罪，可张钊还是得低头，毕竟人家是主任，能决定一个学生适不适合在三中待着。

"压力就是动力，努力吧。"张钊说。

他对主任突如其来的火气看不懂，而闫椿却猜到个大概。

闫椿了解张钊，他不会平白给她什么任务，还这么不情愿，唯一的解释就是主任又寻衅了。以这位高二年级主任的势利程度，一定会把闫椿今天又把他得罪了这事跟闫东升汇报汇报，闫东升刚在她这儿吃了个大亏，自然不会让她多痛快，那主任的发难就也说得过去了。

她跟张钊说："成，不就前十名吗？我考。不过我有一个要求。"

张钊的手指戳在她脑门上："你还敢有要求？"

"疼……"闫椿揉揉脑门，说，"等我考到了，你拿着我的成绩单，狠狠羞辱一回大头。"

张钊一怔，瞬间又恢复正常："等你考到再说吧。"

当然，闫椿这点自信还是有的。

回到班上，赵顺阳凑到她耳边喋喋不休："老张跟你说什么？是不是让你回家反省？你又高兴了，我也要去挑衅挑衅大头，我也要回家反省。"

闫椿瞥他一眼："滚。"

赵顺阳看她脸色不对："说不好听的了？"

闫椿没搭理他，拿出书包，走到单轻舟旁边，对他同桌说："跟我换换。"

那女生摇摇头："不换不换，你都第六排了。"

闫椿拿出她的英语笔记本。

那女生接过她的英语笔记本："好的。"

闫椿坐到单轻舟旁边，呼了口气。

单轻舟看课本的眼睛没有挪到她身上："又下军令状了？"

闫椿很丧："别提了，你把地理笔记给我看看。"

单轻舟早给她准备好了，递过去："上周末你又没去补习班。"

闫椿说："我不是忙嘛。"

单轻舟："编。"

闫椿说："我不是忙着CF嘛。"

单轻舟叹口气，把自己的地理真题也给她："这套卷子还挺好的，涵盖了我们高一、二年级的知识点，月考押题率特别高。"

闫椿随手翻翻："要是押题率高，那就是我们月考出题的老师直接扒的。"

单轻舟："反正你多背背没坏处。"

闫椿："嗯。"

单轻舟重新戴上 MP4 耳机，默写英文单词，刚写两个，想起来一件事，又摘下耳机。

"椿。"

闫椿奋笔疾书，敷衍地应一声："嗯。"

单轻舟抿抿唇："没事。"

闫椿很快写完选择题："怎么还吞吞吐吐的？有事说。"

单轻舟就问了："你对陈靖回不太一样。"

闫椿脱口而出："这不是很明显吗？"

单轻舟另一个耳机滑出了耳朵，他拿起重新戴上。

"嗯。"

闫椿写着题，还能扭头冲单轻舟笑笑："之前我觉得三中、一中那些女生太肤浅了，陈靖回有什么好的？顶多算是长得人模狗样，学习好点……"

单轻舟指指她刚做完的选择题："这道做错了，应该选 B。"

闫椿重新审题，皱眉："扬州、长沙？为什么？"

单轻舟背过无数遍了："冷锋降水主要在锋后，暖锋降水在锋前，你看图中等压线及锋面气旋的分布，很明显扬州位于暖锋锋前，长沙位于冷锋锋后。"

闫椿一点就透，立马明白过来："受教了。"

单轻舟没有聪明脑袋，却有笨拙的方式让他熟能生巧。

"等等你多做两道这个类型的。"

闫椿："我挨着写吧。"

单轻舟想让她多巩固巩固，所以把卷子拿过来，圈了几道一个方向的题。

"你先做这些。"

闫椿："很负责任啊，学委。"

单轻舟没应她，把另一只耳机也戴上。

后排的赵顺阳看闫椿又开始"一月一刻苦"，百无聊赖地趴在桌上看小人书了。

忙于学习的闫椿没有时间去骚扰陈靖回了，一连三天没去一班门口堵人，没假装偶遇，没给他送各种乱七八糟的东西。

贴吧上热议的"闫椿恋上陈靖回"也沉了下去，很多人说，闫椿就是一时兴起，喜欢一件事物的速度根本比不上厌恶一件事物的速度。

这话轻飘飘地传到了陈靖回耳朵里。

闫椿刚开始消失在他世界的时候，他的耳根子总算清净了，可她一连消失了三天……

周五中午吃饭时，卓文理没眼力见地问两人："你们最近看见闫椿了吗？"

项敌听见这两个字，出了一头冷汗，使劲给他使眼色，心想：快别说了，你这个蠢驴！

卓文理神经大条，一边问一边左右看："是不是你们跟她说什么了？"

项敌钩住他的脖子，拉到一边："瞎琢磨什么，我们能说什么？"

卓文理说："那哪有准？你们这么见不得我好，肯定是跟她说我坏话了。"

项敌真不想打击他："你从哪个方面看出闫椿喜欢你的？"

卓文理想起那天在食堂……

"她难道不是为了我才跟我们一起吃饭的？"

项敌一巴掌捂住双眼，太不忍直视了。

卓文理："总不至于真是为了阿回吧？她有这么想不开吗？我刚夸她跟那些庸脂俗粉不一样，她就这么打我脸了？"

项敌遗憾地点点头。

卓文理捂住心口："我的天！我失恋了！"

项敌拽住陈靖回："我们走，让他一个人骚吧。"

站在食堂门口，项敌问："吃哪个？"

陈靖回："二食堂。"

项敌想起那道西芹炒百合。

"你占位子，我去打。吃什么？"

陈靖回："西芹炒百合。"

项敌："呃……"

陈靖回还坐在窗边，背朝太阳，光落在他的脊背上，让他像一个发光体。

闫椿一进食堂就被陈靖回夺走了注意力，她端着午餐，差点没迈过去，幸亏关键时刻想到跟张钊信誓旦旦地保证能考到全歧州前十名，遂决定考完再想儿女情长。

不能半途而废嘛，是不？

赵顺阳看闫椿又回来，有点惊讶："转性了？"

闫椿把餐盘放下，塞了一口豆芽："等下个礼拜三，月考完，我一起找他补回来。"

赵顺阳"啧"一声："你现在吹牛都跟真的似的了，说得你能近陈靖回的身一样。"

闫椿瞥他一眼："大白天的，还是在学校，瞎琢磨什么？我能不能近他的身是你该操心的事吗？"

赵顺阳："是是是，我不操心！"

闫椿被赵顺阳戳到点，没胃口了，把餐盘端到餐具回收区，走了。

赵顺阳是哪壶不开提哪壶，真讨厌。

她并不知道，她出去时，陈靖回看见了。

项敌打完饭回头找他，放餐盘时往外瞄。

"刚才出去的那个女生，是不是闫椿？"

陈靖回用力掀开餐具，没说话。

项敌最擅长察言观色，在陈靖回这个粗鲁的动作后，确定他真有点不对劲。

卓文理在吃饭前准时出现："我刚收到条短信，说是下星期四晚上，剧院有舞台剧，原著拿过奖。"

项敌："你什么时候对这种矫情的文艺情调感兴趣了？"

卓文理："我打算邀请闫椿去看。"

项敌下意识地看陈靖回一眼，他的反应倒是平淡。

卓文理："你们谁赞助我两张门票？"

项敌："多少钱？"

卓文理："D区一百二，A区四百，VIP（贵宾）区五百六。"

项敌没有，"这么贵？"

卓文理："第一次请女孩子看剧，买两张VIP的吧？"

项敌："我可没有，别打我主意。"

卓文理看向陈靖回："靖靖宝贝。"

项敌一阵恶寒："恶不恶心？"

卓文理不理他，凑到陈靖回跟前，问他："借我一千块钱呗？"

陈靖回："我也得买。"

卓文理："你买什么？"

陈靖回："票。"

卓文理："你……"

在项敌意料之中。

陈靖回："你不说原著拿过奖吗？我也想看看。"

卓文理："你们家那么大书房，说不定就有原著，还看什么剧？"

陈靖回："我们家也有大厨，我不还在这吃饭？"

卓文理完败。

又是一个枯燥的下午，时间似乎在负重前行，走得很慢，很慢……

下午六点半，总算是放学了。

赵顺阳想去打游戏，故意大声嚷嚷："组队开黑！有去的没？"

闫椿收拾好书包，对单轻舟说："走吧。"

单轻舟："嗯。"

赵顺阳见闫椿无视他，过去挡住他们。

"我很生气。"

闫椿拨开他："别挡道。"

赵顺阳委屈："你说这个周末跟我来狙击枪solo（单挑）的。"

闫椿："你先把蹲起练熟再来找我。"

赵顺阳："我……"

闫椿拉住单轻舟的胳膊往外走。

单轻舟被闫椿拽着，蓦地红了脸，他本来就脸皮薄，即使从小跟闫椿一起长大，被她一碰也还是会心里痒痒。

闫椿没注意，她满脑子都是好久不去补习班了，老师会不会把她轰出去？

"我这个月补习费都没缴，听课卡还是上个月的，我能不能进门还真是一个不小的悬念。"

单轻舟："不会的，最多让你把补习费缴上。"

闫椿："凭什么？我又不是做慈善，她讲的我都会了，还给她钱，我钱多吗？"

单轻舟："那你当初……"

闫椿没让他说完："当初是你孤单寂寞冷，加上你妈让我监督你的学习，我才报的，我那是被赶鸭子上架，而且钱还是你妈掏的，不去白不去。"

单轻舟听了她十多年直来直往的话，反驳道："你这么口无遮拦的，不怕伤害到我？"

闫椿："你要是能被我伤害，多少年前就不理我了，还轮得着我现在跟你一起去补习？"

单轻舟："好了。之前报的钱也是钱，你都没上满，老师会让你进门的。"

闫椿的直觉一向很准："那我们打赌，要是老师不同意，你就给我买一套 POC 的盲盒。"

单轻舟听都没听过："盲盒？是什么？"

闫椿把图片发到他手机上："就是这个，小娃娃什么的，今年十一月份我们市开第一家旗舰店，到时候会放出一套限量摆件，你要是打赌输了，到时候给我买一套。"

单轻舟不知道闫椿也喜欢这样少女心的东西，他笑笑："好。"

他们下楼时，正好被从班里出来的陈靖回和项敌看见了。

陈靖回往他们那个方向看了一眼，转过身去。

项敌在他左侧，正好可以看到他并不柔和的表情，轻咳两声："那个，我们去哪儿？"

陈靖回："回家。"

项敌心想，这闫椿也太不识抬举了，久不了干吗招惹陈靖回？

这会儿的陈靖回让人发怵，项敌试图让他舒坦点："就没见过闫椿这么不知好歹的人。"

陈靖回无半点反应。

项敌看不怎么管用，也就不说话了。

两个人一前一后走出校门，在老地方，跟赵顺阳狭路相逢了。

赵顺阳正吃着鸡脖子，扭头吐骨头时弄到了项敌的腿上。

项敌眼见剔得干净的鸡骨头飞到他的大腿上，然后又以一个并不优美的弧度弹出去，怒了。

"你没长眼吗？"

赵顺阳扭头一看，嗬，大帅哥陈靖回和大众脸项敌。

他又咬一口鸡脖子，在嘴里捣鼓半天，吐出去。

"有何贵干？"

自从横空出世一个闫椿，他们的光辉履历上就多了两道嚣张的身影，**想想都憋屈。**

"上回的教训不惨痛？现在又是谁给你的勇气？"

赵顺阳看了一眼这条马路："这马路你们家买了？我就吐个鸡骨头，扫街的大爷都没说话呢，你这么激动干什么？"

"你大爷的。"项敌气不过，想冲过去找赵顺阳理论理论，幸好陈靖回及时拽住了他。

赵顺阳扭头跟扫大街的大爷说："大爷，他骂你。"

大爷犀利的眼神甩过去。

项敌是有底线的，不在长辈身上找存在感。

"没有没有，您扫您的。"

赵顺阳被逗得直乐。

项敌咽不下这口气，他缓了缓，扭头问陈靖回："我刚听说闫椿要去南六环，你知道吧？"

"没听说。"

赵顺阳感兴趣了："怎么？她说的？她没告诉我啊。"

项敌跟他说："你是人物？我们还至于骗你？"

赵顺阳想去找她了："南六环哪儿？"

项敌说："我俩带你去，正好我也有空。"

赵顺阳缺心眼儿，防范心不行，跟着去了，结果俩人把他送到南六环就说有事先走了，还说跟他借点钱，把他兜里的毛票也拿走了。

赵顺阳站在一条鸟不拉屎的石灰路上，看看左边，没车，看看右边，没人。

他早知道这两个人有多阴，应该防一手的！

这是哪儿啊？

赵顺阳在马路上等车，结果半天连狗都没见着一只。

他给闫椿打电话，嗷嗷哭："啊——"

闫椿刚被补习班老师轰出来，正不知道干点什么呢。

"号丧呢？"

赵顺阳委屈啊。

"陈靖回和项敌那两个傻子把我扔在南六环了。"

087

闫椿乐了："你又怎么人家了？"

赵顺阳哼一声："你怎么不说是他们故意找我碴？"

闫椿："你知道这种可能性有多少？"

赵顺阳开始胡搅蛮缠："反正我现在回不去了，你快点来接我！"

闫椿没空："自己想辙。"

赵顺阳："行吧，行吧，你不来也可以，不过再见就是我的尸体了。"

闫椿怕他吓？"啪"的一声把电话挂了。

赵顺阳听着手机里的"嘟——嘟——嘟——"，心情有点复杂。

他又给闫椿打过去，这回姿态放得极低。

"我错了。"

闫椿："地址发过来。"

赵顺阳看了一眼旁边的路标，说："屯雀店 187 号。"

挂断电话，闫椿给单轻舟发去短信："你输了。"

单轻舟："好吧……盲盒我会买给你的。"

闫椿："你这个心态可有点问题，世上要是好人多，历史书上那些悲剧都是怎么来的？"

单轻舟："不能一概而论的，那是世道的错。"

闫椿："那是人的错。"

人做了恶，然后推给世道。

收起手机，闫椿打车去接赵顺阳，一百一十九块钱打车费，全程耗时两个小时半，到时天都黑透了。

赵顺阳看见闫椿跟看见亲人一样，抱着她大腿又一顿号："你说他们还是人吗？"

闫椿踹都踹不开他，低喝一声："起来！"

赵顺阳乖乖站起来。

闫椿把小票给他："两百块钱，给我报销。"

赵顺阳哪有钱？

"他们把我的钱都借走了，总共也才五块二毛钱。"

闫椿差点没一巴掌把他抽回娘胎里。

"没拿走你的手机？"

赵顺阳摇摇头："没有。"

闫椿唇瓣翕动，给赵顺阳一百块钱，瞥了一眼还没走的出租车，说："跟师傅回去吧。"

赵顺阳："那你呢？"

闫椿："我有点事。"

赵顺阳不信："你能有什么事？还是在这种地方。"

闫椿打开车门，一脚把他踹进去了，关上车门，冲司机师傅说："师傅，原路返回。"

师傅好意提醒她："姑娘，你要不走，得等到明天才有车了。"

闫椿笑了笑："没事。"

车开远了，闫椿看看四周，也没有藏身的地方，可还是叫人了。

"行了，别躲着了，我都来了，想干什么把握机会。"

约莫半分钟，才有一个人从沙丘旁走出来。

闫椿转过身，看不到那人。

"想见我有那么多种方式，你非选一种又费钱又费时间的。"

那人慢慢走近。

"你想多了。"

不是陈靖回的声音，闫椿嘴角的笑容被风吹走。

"你有病？"

项敌还没见过变脸这么快的人。

"不是阿回，语气立马换了……"

闫椿没耐性了。

"耽误我时间。"

项敌："我就是出于无聊，留下来看看他会不会给你打电话，你会不会来。"

闫椿："你现在看见了？"

项敌笑着说："看见了。"

闫椿："那就把爸爸带回去。"

项敌："车在路上了，最多十分钟就到。"

闫椿不说话了。

项敌问她："你就这么喜欢阿回？"

闫椿本来认为他们这个行为非常无耻，但因为是陈靖回，她觉得也没什么关系，可现在告诉她，不是陈靖回，是项敌，那她就没必要拿出什么好脸色了。

项敌没等到她的回答，也不气馁，又说："你也就骗骗别人。"

闫椿很好奇："我骗什么了？"

项敌说："你其实水性杨花，见一个爱一个，之前喜欢阿回，现在喜欢你们班那个万年老二。"

闫椿："我不光水性杨花，我还阴险毒辣呢。最重要的，我有让半个歧州闻风丧胆的腿法，你要不信，我可以当场给你示范示范。"

项敌嘴上说着不怵，脚还是往后挪了挪。

"我就开个玩笑。"

很快，出租车来了，闫椿先项敌一步上了车，对司机师傅说："师傅，他想非礼我，快走！"

师傅一脚油门，喂项敌吃了一嘴尾气。

这时候，沙丘后边，另一个人露了脸。

项敌拍拍胸口："你没听见她说什么吗？她说你想见她有那么多种方式，为什么选一种费钱又费时间的？我觉得也是。"

陈靖回薄唇微启："不是你说在这儿等等看她会不会来？"

项敌："我……"

陈靖回："我陪你浪费了那么半天，你还在这含沙射影？"

项敌："呃……"

要不是他打不过陈靖回，他一定掐死他，然后分尸埋了。自己想见人家，磨磨蹭蹭不愿意走，宁愿躲起来看赵顺阳那个傻子抠脚、吃脚皮，也要等到人家来。

闫椿什么智商？当下猜出来怎么回事，他倒好，还端着，就是不出来。项敌好心好意替他出来缓解尴尬，他倒顺理成章把锅甩在项敌脑袋上了。

闫椿回到家已经十点半了，祝自涟睡在沙发上，她看了一眼餐桌，早上炒的菜已经空了。

她走到祝自涟旁边，轻轻拍醒她："进屋睡了，等等着凉了。"

祝自涟半梦半醒间揉揉眼："你回来了啊……你看我的水杯……我今天喝水了……"

闫椿扭头一看，枸杞都泡烂了，看样子是喝够了八杯水。

"嗯。"

祝自涟接下来又说："既然我喝水了，明天就炖个酱肘子吧。"

闫椿笑："好，我给你炖两只。"

祝自涟一把钩住她的脖子："谢谢妈。"

闫椿的笑容僵在脸上。

祝自涟从沙发上起来，一蹦一跳回了房间。

闫椿持续了那个姿势好久。

明天得去医院了啊。

她收拾好房间，洗漱一下，躺在床上时十二点刚过。

QQ 在她闭眼之前响起提示音，她伸手摸过来，是赵顺阳的消息。

赵顺阳："回来了没？"

闫椿回了一个句号。

赵顺阳："懒成什么样了，就打个句号。"

闫椿看他没事，把手机锁屏，放到枕头边上。

赵顺阳："你快看看贴吧，有人拍到沈艺茹跟陈靖回在一块儿的照片了。"

赵顺阳："虽然有点糊，但就是陈靖回，是女的都不会认错的。"

闫椿很累了，可看到这消息，还是直接坐起来，到电脑前，开机，连接宽带，上贴吧。

歧州三中贴吧置顶的帖子就是——《沈艺茹恩将仇报抢走闫椿目标——三中校草陈靖回》。

闫椿皱眉，什么狗屁标题，说得她跟沈艺茹之间有什么交易一样，自己两次出手相救都是闲得慌，她们喜欢陈靖回，跟半个歧州都喜欢陈靖回的女士，并没有区别。

点开帖子，主楼是一张照片，一男一女站在新华书店的画面，都看不清脸，可通过沈艺茹标志性的大红外套，以及陈靖回那款全校唯一一双的篮球鞋，大家还是确认了他们的身份。

跟帖的都不理智了。

"校花最近负面新闻那么多，陈靖回居然还跟她说话。"

"椿哥那个暴脾气，你们说，她明天会不会给沈艺茹'一枪爆头'？"

"我现在就想知道陈靖回为什么要跟沈艺茹说话？！为什么？！而且沈艺茹哭什么？谁怎么她了？一天到晚戏那么多，男人的审美真是烂。"

"听说沈艺茹被摸了啊，我们班主任不让我们议论这件事，我觉得八九不离十了。"

"喜欢一个永远不会喜欢自己的人？闫椿这么精的人应该不会干这种事，陈靖回跟她算是一个类型的吧？喜欢上另一个自己？我是不信。"

"有没有两位的朋友去求证一下啊？陈靖回是不是喜欢沈艺茹啊？我都睡不着觉了。"

"赶紧再看两眼，感觉这帖子不会活过明天！"

还真让这个回帖的人说准了，吧务同时收到来自两个人的删帖警告——闫椿和项敌。

闫椿是为自己，项敌是为陈靖回，也是为沈艺茹。

这两个人吧务都惹不起，只好乖乖把帖子删了，还把发帖人发配到小黑屋三天。

闫椿把那张照片保存了，反复看了几遍，果然，是陈靖回就是陈靖回，看几遍也还是他。

她登上QQ，在高二（二）班的班级群里发了一条消息。

闫椿："陈靖回的手机号码给我。"

发完，她想了下，又补充一句。

闫椿："QQ也给我。"

慕良风："23917××××"

赵顺阳："你干吗？"

闫椿添加陈靖回的QQ时，验证消息写："陈靖回同学吗？我是歧州市中心医院倪芭芭医生。"

要不是知道"你爸爸"不会被通过，她才不起个谐音。

过了五分钟，消息回来，被拒绝了，还有拒绝理由——

"市中心精神病医院？是要说闫椿病人的事？没空。"

闫椿不淘气了，乖乖打过去："我是闫椿。"

结果又被拒绝了——

"早说你是闫椿，我早就拒绝了。"

闫椿直接给他打电话，接通后没给他说话的机会。

"你差不多得了，不要仗着我纵容你就老调皮，我找你是有正事。"

对方沉吟一会儿，说："你是找阿回吗？"

怎么是个女声？

闫椿反应快，立马笑笑："阿姨，您好，我是陈靖回的同学，我找他有点事。"

对方也笑："同学啊，他的手机丢在楼下了，你等一等啊，我给他送上去。"

闫椿趁着这工夫，琢磨着，这算是见家长了吗？

电话那头一阵窸窸窣窣的声音过后，陈靖回磁性的声音传来："说。"

闫椿："刚阿姨说很喜欢我，让你毕业就娶我。"

陈靖回："啊？"

闫椿："是真的，我以我的人格担保。"

陈靖回："我妈没走。"

闫椿："什么？"

陈靖回："就在我旁边。"

闫椿："所以……"

陈靖回："我开了免提。"

闫椿："阿姨，我开玩笑的，挺好笑的吧？哈哈，好笑。"

蒋漾说："那我们阿回要是在毕业后给你求婚，你能立马就答应吗？"

陈靖回："妈……"

蒋漾无视他的警告，问她："小姑娘，你是歧州人吗？"

闫椿正要答，陈靖回就把电话挂了，没一会儿，他同意了好友添加。

闫椿："你妈让你娶我，你听见了吗？"

陈靖回："我妈也让我当总统。"

闫椿："……"

陈靖回："你不是有事？"

闫椿发了一张图片："给我一个交代！"

陈靖回点开，果然是他和沈艺茹站在一起的照片。

那是周四放学后的事，她跑来跟他表白，说了一堆前言不搭后语的话，还哭哭啼啼的，他一拒绝，她哭得更厉害了，还非问他是不是因为闫椿。说实话，他当时想转身就走，可他是多有心机的一个人，余光扫到有人在拍照，就多留了会儿。

照片登上贴吧比他想象得要晚一些，不过总算是管用。

陈靖回："你是我的谁？我为什么要给你交代？"

闫椿："对啊，我是你的谁？你怎么还不给我一个名分？"

陈靖回："你要没事，我睡觉了。"

闫椿："谁说我没事？既然沈艺茹这事你不说清楚，那就把上次的选择题重新提上日程。夸我可爱和手机号，我选了夸我，你还记得吗？"

陈靖回："不记得了。"

闫椿："不记得了啊？那我现在提醒你了，赶紧夸我！"

　　陈靖回不回了。

　　闫椿有点累，趴在桌上等陈靖回回复，最后把自己等睡着了。

　　闫椿醒来是半个小时后，她手脚凉凉的，电脑屏幕还亮着，与陈靖回的聊天窗口还开着，他在五分钟前回："以后再说。"

　　闫椿笑了。

　　闫椿："以后不是无限期的，超过五天要加一个夸我的形容词。"

　　陈靖回："睡觉了。"

　　闫椿发了一个"亲亲"的表情包。

　　陈靖回的手指头缩了缩，没回。

　　闫椿关机，躺回到床上，钻进被窝里，棉花被子跟她的体温相辅相成，很快暖和过来。

第六章
从此陈靖回不考试

第二天，闫椿早早起来，煮了粥，煎了鸡蛋饼。

祝自涟醒来已经恢复，出房间门看见闫椿在厨房忙活，也不说帮忙，就坐在客厅看她的电视连续剧，倒是记得给自己倒杯水，放上几粒枸杞。

闫椿看一眼表，七点半了。

"洗手吃饭，等等去医院。"

祝自涟："你病了？病了吃药，去医院干什么？"

闫椿过去把电视机关了。

"是你病了。"

祝自涟被她拉到桌前："我没有病，我好着呢。"

闫椿递给她筷子："很多有病的人，都爱说自己没病，我带你去医院是让医生给你检查检查，你还记得二号楼那位樊大姐吗？平时跟没事人一样，过年在社区进行老年检查，直接查出了瘤子。"

祝自涟吃了一口鸡蛋饼："越胖的人身体各项指数越不正常，她下个楼都费劲，肯定是病根深种了。我不一样啊，我本来就瘦。"

闫椿笑她，"你这都是胡扯，哪个医院看胖瘦诊断你有没有病？"

祝自涟："反正我没有，你要去你就去，给你检查检查也好，你脾气那么差。"

闫椿："我脾气差是遗传。"

祝自涟瞪过去："我知道你在说我呢。"

闫椿喝口粥，说："你要是跟我去医院乖乖接受检查呢，我就给你买张麻将桌，让你约着小区的大姐、太太们打麻将。"

祝自涟果然感兴趣："好，我去。"

八点多，闫椿带祝自涟出了门，打车前往市精神病院，找一位姓修的医生。

托了一百种关系，终于约到了这位收治全国病人的精神病研究专家，他只来歧州一个星期，愿意抽出时间面诊祝自涟，真是她们娘俩的运气好。

临结束，修医生啰唆了几句："你母亲不能说是传统的失忆症，她对某些事物错误的成像是短暂的，而且很快能恢复过来，我们把这个称为 Deja vu（既视感）和 jamais vu（未视感）交叉出现的现象，是一种受过刺激之后，身体里的某些机能在保护主体时，所留下的后遗症，我这里把它定性为一种过激的心理暗示，只要不再让她接触刺激源，就不会有大碍。"

闫椿似懂非懂："那要吃药吗？"

修医生说："不用，也不是病。"

闫椿笑了下，家里现在还有之前那些医生给开的药呢。

从医院出来，闫椿放了心，想领祝自涟去下趟馆子，正琢磨吃什么，手机响了，打来的是租四合院的租客，她接通。

"陈小姐。"

陈雀翎说："电费是你那边帮缴的吗？院里没电了。"

闫椿："嗯。等等我去趟电力局缴一下。"

陈雀翎："远吗？不远我跟你去一趟，以后没电我就不用给你打电话了。"

闫椿："没事，电费被我纳入房租里了，这是我该做的。"

陈雀翎笑："那谢谢了。等等你缴完，要是没事，我请你吃个饭吧？"

闫椿还真有点事。

"刚打算跟我妈一起去吃。"

陈雀翎："可以带上阿姨，顺便我也带上我弟弟。他帮我搬了些东西过来，中午是打算一块儿吃饭的，结果活刚干一半，没电了。正好你跟阿姨也要吃饭，那我们一起还能省下一顿饭钱。"

她这话说得跟她条件拮据一样，这么贵的房租，押一付三眼睛都不眨一下，会介意区区一顿饭钱？闫椿看向祝自涟，她也确实很久没见过外人了。

"好。"

电话挂断，祝自涟还没忘记吃什么这茬。

"不是说给我炖肘子吗？"

闫椿给她挽起袖子，露出手来。

"我带你去吃别的。"

祝自涟："那是什么？"

闫椿没答，拦了一辆出租车。先去电力局缴电费，然后去赴陈雀翎的约。

陈雀翎约在四合院那条胡同口的一家爆肚老店，闫椿她们到时她已经点了一大堆菜。

闫椿小声地提醒祝自涟："不要多说话，不然麻将桌不给你买了。"

祝自涟还真是只有"挨打"的份儿，家里财政大权在闫椿手里。

陈雀翎看见闫椿，站起来打招呼。

闫椿在她的指引下入座，扑鼻一阵香喷喷的炖肉香。

陈雀翎给他们拿碗筷："我弟弟临时走了，我们吃。"

闫椿无所谓："嗯。"

陈雀翎盯着祝自涟看上许久："你妈妈真漂亮。"

这倒不是瞎话，祝自涟有四分之一的英国血统，不说当年在他们那个年代是大家小姐，就光论这个长相，也是能嫁个好家主，一辈子吃喝不愁的，可她偏偏"恋爱脑"这一块没长全。

祝自涟冲她笑："你比我好看。"

闫椿说："我们再夸下去，这爆肚可要凉了，凉了就不好吃了。"

陈雀翎："来，先吃。"

饭吃得还算愉快，其间还加了两斤爆肚，腾腾热气里，春天的氛围倒是有了，几人都脱了外套，里面穿着裹身的，玲珑身段也显了出来。

吃完，陈雀翎说："等等我弟来接我回家，你们住哪儿？让他顺路送你们吧。"

闫椿想带祝自涟逛逛街："谢谢，不过不用了，等会儿我们去前街几个商场逛逛。"

陈雀翎："好吧，那我就不管你们了。"

说着话，陈雀翎的弟弟过来了，副驾驶座车窗打开的那一刻，闫椿觉得，还是回家吧。

三人走过去，陈雀翎介绍道："闫椿，我租那套四合院的房东。陈靖回，我弟。"

陈靖回看见闫椿只是稍稍挑了下眉毛，没更多反应。

闫椿就不一样了，刚才席间的冷淡一扫而光，跟陈雀翎说："我想了一下，还是回家吧。"

陈雀翎只当是闫椿看陈靖回长得好看，想认识一下。

"好啊，让他先送你们。"

陈靖回不愿意："送阿姨可以，你就算了。"

闫椿挽住祝自涟："我跟我妈不分彼此。"

陈靖回的"那就不送了"还没说出口，陈雀翎就替他做主了。

"当然是送两个。你们认识？"

闫椿："当然，他还欠我不少东西呢。"

陈雀翎皱眉，看着陈靖回："什么？"

陈靖回没答。

上了车，祝自涟瞧着闫椿那模样，也知道她对这个来接人的小帅哥什么心思，也没分场合，直接问："你们在谈恋爱吗？"

陈靖回："没有。"

闫椿坐的位置可以看到陈靖回半张脸，她的眼睛不曾挪开一下。

"这个可以有。"

一来二去，陈雀翎也看懂了，难怪大早上她妈就打电话说陈靖回有点不对劲，吃饭也能走神，眼睛盯着手机一看就是半个小时……

她回国顺利租了工作室办公地点，结果房东竟然是陈靖回那兔崽子的心上人？

这是大水冲了龙王庙，一家人不认一家人？

闫椿早知道她跟陈靖回不会是剃头挑子一头热，却也没想过这么有缘分，上天眷顾啊。

陈靖回可能是碍着长辈在场，格外像个人，全程没暴露他比闫椿更贱的嘴。

到小区门口，陈雀翎约着闫椿哪天回家玩。

"既然是阿回的朋友，那有空就来家里玩吧。"

陈靖回张张嘴，正要说话，闫椿已经答了："好啊。"

回去的路上，陈雀翎饶有兴致地盯着陈靖回看："这就是你一直看手机的原因？"

陈靖回不耐烦："你怎么跟妈一样？"

那就是了。

陈雀翎笑起来："可算是出现个能管你的人，以后再打架被要求回家反省，就没收你的手机，然后把人家扣押住藏起来，让你见也见不着。"

陈靖回："停车。"

司机应声下了主路，把车停到一旁。

陈靖回走下来："你这么有主意，活自己干吧。"

陈雀翎要是一个人干得了，她还把他叫过来看他脸色吗？

她扒着车窗，对他的背影喊："你把我扔在这儿不怕我给你的小女朋友打电话让她来接我吗？"

陈靖回走自己的。

陈雀翎："本来没你这层关系，我给她打电话也是随叫随到，现在托你的福，我要跟她说我被你放鸽子了，你说她会不会飞奔过来？她看起来也不像是个干活的，要是累着了……"

陈靖回转过身，往回走。

陈雀翎吃了一惊，本来只是想调侃他，谁让他从小到大浑得很，就没有畏惧的东西，结果他真的回来了，虽然脸色不太好看。

陈靖回重新上车，司机发动车子。

陈雀翎笑得不怀好意："都喜欢到这种程度了？"

陈靖回答非所问："你那男朋友是不是 JEEP（吉普）4S 店的大堂经理？还死过一个老婆？"

陈雀翎的笑容僵在脸上。

陈靖回又说："真为你的前途堪忧。"

陈雀翎瞥他一眼："说你的事呢，扯我干什么？怎么？要跟我互相伤害啊？"

陈靖回可不敢："你现在是整个陈家吹牛的对象，高学历，还没毕业就仅凭一个想法融到三百五十万，人也是秀外慧中，等着上门说亲的富家子弟从东城排到西城。"

陈雀翎不信陈靖回只是想夸她，果然，他下一句就是："结果反其道而行，不爱少爷，爱鳏夫。人我不了解不评价，爸妈乐不乐意你应该很清楚。"

"你少在这儿胡说八道，我回来是事业至上，知道吗？事业。"陈雀翎不认。

陈靖回才不管她什么，只说："要让我三缄其口，你也得拿出点诚意来。"

陈雀翎怎么就摊上这么个鸡贼的、独树一帜的弟弟？

"不就是不打扰你的小女朋友吗？我就给你这个面子，没事不给她打电话，可以了吧？"

这个话题才算告一段落。

是夜，窗外无月，寂静异常。

闫椿给麻将桌专卖店打完订购电话，平躺在床上，看着天花板。脑袋里空空的，手在床上胡乱摸，突然，她在枕头下摸到一枚小东西，拿出来一看，竟然是陈靖回的衣服扣子。

不是丢进垃圾桶了吗？

想起来了，那天祝自涟翻了她的垃圾桶，把她房间弄得一团糟。这扣子，应该是那时候钻到她枕头下的。

以前对陈靖回无感，现在不一样了，看这枚扣子就差把它看成是玉制的了。

她跑出房门，差点撞到刚从卫生间出来的祝自涟。

祝自涟站好："慌慌张张的干什么？"

闫椿："我出去买条项链。"

祝自涟挑眉："什么项链？"

闫椿给她看一眼陈靖回的扣子，说："我要把它穿起来。"

祝自涟一看就懂了。

"是送我们回来的那个男生的？"

闫椿对祝自涟这不稳定的智商也是佩服。

"这都能看出来，夫人厉害啊。"

祝自涟得意了，扬扬下巴："我年轻时也是谈过恋爱的。"

她那个恋爱？要不是顾虑她的身体，闫椿真想把闫东升拉出来进行一番深入肌理的谴责。

"你自己在家看电视，我很快回来。"

祝自涟拉住她："都几点了，金银器、珠宝什么的店，都关门了。"

闫椿："那怎么着？"

祝自涟笑，握起闫椿的手，走到自己的房间，让她坐在椅子上。

102

闫椿看着她从床头柜里的保险箱里拿出来一个盒子，很老气，还雕着大朵的牡丹。

"你这是什么年代的物件了？还值得放保险箱里。"

"我的钱一大半都被闫东升那个浑蛋坑走了，另一半在你手里，总不能让我的保险箱空了吧？"祝自涟可小心呢。

"仔细着，这盒子是紫檀木的。"

闫椿笑："我就想知道盒子里的是什么。"

祝自涟瞥了她一眼，嘴角的笑未消半分。

"小财迷疯了。"

闫椿已经迫不及待了。

祝自涟把盒子上的小锁打开，里头的珠宝首饰重见天日。

闫椿随手拿起一件："还藏着这么好的东西呢，都不告诉我！"

祝自涟："这都是我结婚时，你姥姥给我的。"

闫椿："我姥姥真有钱。"

祝自涟："反正我也用不着这些东西，你喜欢就都拿去。"

闫椿不要："又不是给我的，我拿过来多不好。不过你现在可以准备我结婚时的东西了，陈靖回他妈让他毕业就娶我。"

祝自涟："男人的承诺都是靠不住的，更何况还是他妈说的。"

闫椿："嗯，我知道，你是我血淋淋的前车之鉴。"

祝自涟没理她，给她挑了一条细链子，银的，大概是里头最便宜的一件。

"试试这个。"

闫椿咂嘴："刚才还说都给我呢。"

祝自涟："我让你穿你那枚扣子。"

闫椿差点把这事忘了，赶紧拿出来，把扣子穿起来。别说，还挺合适，连颜色都对上了。

祝自涟给闫椿戴上，退远一点看："好看。"

闫椿："那是人好看，其次才是链子好看。"

祝自涟挑眉："那是。小时候，带你去逛园子，那来来往往的人，一看见你就走不动道了，就想着逗逗你，你大眼睛扑闪扑闪的，也不怕人。"

闫椿撇撇嘴，走到祝自涟身边，钻进她怀里。

"妈。"

祝自涟搂住她，用下巴摩挲她的头发，说："我的椿儿，苦了那么多年了。"

闫椿不想哭，可鼻子还是酸了，她在祝自涟怀里蹭："我一点也不苦。"

祝自涟拍着闫椿的脊背："我们家的苦日子过去了，以后会越来越好的。"

闫椿点点头："嗯，一定会！"

周一开学，闫椿在校门口碰上张钊。

张钊是相信她的能力的："复习得怎么样？周三可就月考了。"

闫椿笑："准备好羞辱大头了吗？"

张钊："你还是先考到再说，别到时候是他羞辱我们。"

闫椿："老大，你就不能对我有点信心吗？"

张钊瞥她一眼："我对你还不够有信心？就差拿个喇叭全世界广播你是我教过我最给我长脸的学——"话没说完，他反应过来，红了一把老脸，咳两声，"赶紧进班里，瞎晃悠什么！"

闫椿看着他匆忙离开，冲着他的背影喊："您放心，我从不吹牛！"

正好进校门的赵顺阳听见这一句。

"你这不就是在吹牛吗？"

闫椿看一眼他："不说话能憋死？"

赵顺阳嬉皮笑脸："你应该说，你吹的牛都牛了。"

闫椿："这倒还像是句人话。"

赵顺阳还没忘记那帖子的事。

"你让吧务删帖的？"

闫椿："那种帖子不删留着下小的？"

赵顺阳："你没问陈靖回到底怎么回事吗？"

说着话，两人已经进了班级。

闫椿坐到自己位子上，拿出课本和套题。

赵顺阳刨根问底："说说啊，怎么回事，沈艺茹真跟陈靖回好了？"

前桌一个女生听见了，扭过头来："沈艺茹这是恩将仇报啊。椿，你给她挡枪一回，还给她伸冤一回，她不感激你，反倒对陈靖回下手，还有比她更无耻的人吗？"

闫椿："我都不着急，你们操什么心？"

女生："能不操心吗？帖子出来，我那个小群都炸了，全在分析这事的真实性，以为你会杀过去撕掉她伪善的面具呢，谁知道你这么云淡风轻的。"

闫椿停下手里的动作："你们都是瞎操心，有这工夫多刷两道题。"

女生："看不到你手撕'白莲花'，还有心情刷题？"

闫椿告诉她实情："沈艺茹之所以在前不久跟陈靖回告白之后又找他，应该是我让她放弃喜欢陈靖回，她慌了神，去确认一遍陈靖回是不是真的不喜欢她。"

女生狐疑："是这样吗？"

闫椿："陈靖回拒绝了。"

女生瞪大眼："你找陈靖回了？他说的？"

闫椿确实找陈靖回了，不过没有从他那里得到什么答案，她那天晚上找他也单纯是"好久不见，分外想念"，他和沈艺茹那个帖子，不过是她加他 QQ 的敲门砖罢了。

沈艺茹或许有些"白莲花"的属性，可她不坏，闫椿让她放弃喜欢陈靖回，不过是猜到这能让她禽困覆车，不顾一切去探明陈靖回的心意。

陈靖回喜不喜欢闫椿是未知数，却一定不喜欢沈艺茹，不然纸条事件他就挺身而出了。

现下，沈艺茹知道陈靖回心里没她，再加上项敌的关切，应该会好好学习、天天向上了。

陈靖回这种纯祸害世界的产物，就应该是闫椿这样不畏凶险的救世主出手才能皆大欢喜。

闫椿掀开英语单词表："行了，别八卦了。"

女生撇撇嘴，扭过头。

赵顺阳眼尖，看见了她脖子上的项链："你居然戴起项链了？"

闫椿没理他，戴上耳机背英文单词了。

中午吃饭，闫椿没去找陈靖回，项敌都替她着急。

"这闫椿三天打鱼两天晒网，就这个尿性，怎么能追到你？"

陈靖回看他的书，无动于衷。

项敌是看出陈靖回近日状态不对，想着他千年铁树终于要开花了，不要错过才好。

"要不，晚上我去找她一趟？邀请她跟我们吃顿饭？"

陈靖回抬起头来："马上月考了。"

项敌没反应过来："嗯？"

陈靖回说："你不如把你操心我的时间用在看书上，也不至于老在百名开外了。"

项敌捂住胸口："过分了。"

陈靖回不说话了。

项敌也不管他了，要能成，怎么都成，不成，怎么都不成。他有这时间真不如看看书，或者关心关心他的心上人——沈艺茹。

沈艺茹被陈靖回拒绝之后，就不在人多的场合露面了，广播体操都不做了。知道她被拒绝的，左不过是陈靖回以及项敌，再加一个聪明的闫椿，不会再有第四个了。

他们三个，根本不会在这件事上对她有什么看法，她这样封闭自己，倒有点掩耳盗铃了。可项敌也明白，一个光鲜灿烂、万众瞩目的女孩，被喜欢的人直言拒绝，得有多难过……

她的蝎子辫都改成简单的马尾了。

失去一段年少时最该惊艳的时光，她连爱自己，都变得不熟练了。

这周开始，学校的氛围变得压抑了，饭点和课间也没了打打闹闹，学习好的都在巩固知识，学习不好的，要么是在临阵磨枪，要么是被大家的紧张传染，也收敛起来。

压抑的气氛一直延伸到周三，月考如期而至，这种压抑才不攻自破。

上午第一场考试在八点十分，闫椿在七点半时，肚子疼了起来。

赵顺阳急坏了，跑了好几趟医务室，路上直接用手推："让让！让让！救命了！"

项敌刚从卫生间出来就见他风风火火地跑去医务室。

"痔疮犯了？"

回到班上时，陈靖回正盯着手机看。

"看什么呢？"

陈靖回闻声，收起手机："没事。"

项敌自作聪明："是不是想起闫椿了？你可以去给她送个祝福，比如考试顺利什么的。"

陈靖回从不做这种事。

"比起这傻子似的话，还不如考考她知识点。"

项敌："呃……"

陈靖回："祝福有用的话，为什么还有那么多人没有长命百岁？"

项敌："管不管用放在一边，是一份心意，收到的人会很开心啊。"

陈靖回："我就从来不会因为收到这种东西开心。"

项敌不忍心说实话了："那是你从来没收到过吧？"

陈靖回一直考第一名，自然没有在考试前祝他金榜题名的，那就跟对一对奉子成婚的夫妇说早生贵子一样，多此一举。

然而，他手机在这时候振动了，他第一时间掏出来，是一条QQ消息。

闫椿：“考试顺利！我们两个争取横扫全市高二年级！”

陈靖回的嘴角不知道怎么回事，不受控制了。

项敌看他笑了，往他跟前凑：“谁的消息？乐成这样。”

陈靖回把手机收起来：“垃圾广告。”

项敌提眉：“垃圾广告现在都能有这个功效了？要知道让你乐一下可是我们半个歧州小姑娘愿意毕生为之奋斗的事业。”

陈靖回：“那你应该很骄傲。”

项敌：“骄傲什么？”

陈靖回：“你在我身边那么久，比垃圾广告还厉害，能轻而易举地完成半个歧州小姑娘毕生的事业。”

项敌：“你……”

转眼，距离开考仅剩二十分钟了，第一个预备铃声响起，考生进入各自的考场。

三中的考场是按照上一次月考成绩分布的，全校学生分文、理两拨，每拨前四十名在第一场考，后面考生每四十人一个考场，文、理科生考生各占了十三个考场。

陈靖回与闫椿都在第一考场，一个在理科考场，一个在文科考场。

闫椿的肚子，关键时刻掉链子，疼得她嘴都白了，赵顺阳劝她放弃得了，下次再考也一样，她不干，这不光事关张钊的期望，还事关能不能让大头栽一个跟头。

进考场前要关手机，项敌的消息正好在陈靖回进门之前发来，他点开。

项敌：“之前上厕所碰到赵顺阳慌慌张张的，刚才才知道，闫椿肚子疼一早上了。”

陈靖回皱眉。

监考老师见他立在门口不进不出的，说：“别挡着门。”

陈靖回就出去了。

他去了趟超市，买了个热水袋，又到水房接了满满一袋热水，揣在怀里，生怕冷空气一吹给它降了温。他绕到文科考场，穿过走廊时，所有师生都在看他。

他是谁啊？他是陈靖回，三中理科的神话，都已经开考了，他怎么会出现在文科考场这边？

陈靖回无暇顾及他们的目光，快步走到第一考场，站在后门朝里张望。

监考老师看见他也很惊讶，走过去："陈靖回，你这会儿不在考场考试，在这儿干吗呢？"

陈靖回把热水袋递给老师，瞎话张嘴就来："闫椿家长给她送的。"

监考老师还没疑惑，陈靖回已经转身了，她只得返回考场，把热水袋递给闫椿。

闫椿还以为人间自有真情在，差点没对着老师痛哭流涕。陈靖回却因为迟到，缺席了第一科考试，一百五十分，与全省第一名失之交臂了。

幸运的是，闫椿因为他的用心良苦，第一场顺利考完，后面几场也是越战越勇，一直到最后一天，所有科目考完，她总算舒了一口气，去感谢监考老师的厚爱。

监考老师也不敢邀功："你家里给你送来的。"

要不是闫椿当时是清醒的，就当着老师面喊一句"瞎扯淡"了，祝自涟到现在都不知道她学校的门朝哪开，怎么可能给她雪中送炭？

这个疑惑一直到回班里，听前后桌议论，她才大概猜出一点。

"你们听说没有？陈靖回缺席了语文考试，他们班主任知道这事后，脸都绿了。"

"真的假的？他是吃错药了吗？要知道他只要每次月考都是第一名，就能拿到保送名额，他这是拿自己的前程开玩笑吗？"

"人家没有这保送名额，也考得上全国最高学府，你就别操心了。"

"也对，就算高考失利，也还有家族企业，出国念两年MBA（工商管理硕士），回来一接手，也前途无量。"

闫椿从包里把那个热水袋拿出来，陈靖回？他有这么愚蠢吗？

应该说，在他心里，她有这么重要吗？

赵顺阳突然出现，把热水袋抢走了。

"哟，还买了个热水袋？你不是说这东西最影响你钢铁一般的人设吗？"

闫椿伸出手："拿过来！"

赵顺阳也冷："给我使使，正好脚丫子有点凉，我焐焐。"

闫椿上去就是一脚，把热水袋抢了过来。

赵顺阳捂着屁股："你下手……下脚也忒狠了！"

闫椿没空搭理他："你要是闲得慌就出去跑几圈，别在这儿给我添乱。"

赵顺阳才觉得不对劲："这热水袋，是谁送的吗？"

闫椿没答，把热水袋抄进口袋，去一班找人了。

陈靖回不在，被班主任叫走挨批去了，搞得整个班都噤若寒蝉的。

项敌看见闫椿，从后门出来，跟她说话。

"你最近没什么事别来了，阿回这次掀了我们班主任的逆鳞，不往死里折腾不会让他好过，你来我们班主任必定变本加厉。"

闫椿怕他？不光是她，陈靖回怕他？

"陈靖回居然就这么让你们班主任释放更年期情绪了？"

项敌："不是，阿回是怕他往深里追究。"

闫椿心跳突然加速，她抿抿唇，这感觉，实在有点受宠若惊。

她也在这一刻明白一个道理，人都是贱的，得不到时把这场追逐无限量扩大，一旦得到，人反倒没有那么一往直前了，变得畏首畏尾起来。

这应该就是，患得患失吧？

闫椿浅浅地应了一声，返回班上，趴在桌上，一手握着陈靖回给的热水袋，一手攥着他的纽扣，满脑子都是他不羁的身影。

陈靖回喜欢闫椿？

她慢慢合上眼，可能梦里会有答案吧。

第七章

学霸之间总是惺惺相惜

　　陈靖回回来时，整个班的人都盯着他看，生怕错过他任何一个表情。

　　项敌迫不及待地问："怎么回事？"

　　陈靖回坐下："写八千字检讨。"

　　项敌幸灾乐祸："该，让你吃饱了撑的，考试铃都要响了还往外跑。你出去干吗去了？"

　　陈靖回答非所问："那个舞台剧的票，在哪儿买？"

　　他又给卓文理发消息。

　　项敌："你还真是一点都不介意考试成绩，以及老师的期望。"

　　陈靖回没空理他，他要买到晚上舞台剧的票，结果卓文理给他泼了一盆满满当当的冷水。

　　卓文理："取消了，说是演员行程没排开，延后到星期日了，票价打了个对折。"

　　陈靖回还没说话，卓文理可开心了。

　　卓文理："现在我也买得起了，周日我约闫椿，你们做兄弟的给个面子，别捣乱啊。"

陈靖回："谁同意了？"

卓文理："她为什么不同意？我也算是玉树临风、一表人才吧？"

项敌凑到陈靖回身后，看他聊天，差点没被卓文理这句话笑尿，这两个词绝对是他有限的词库里唯二形容男人的褒义词了。

陈靖回："我不同意。"

项敌站得好好的，差点就脚下一滑。

半分钟后，卓文理打电话过来。

"你等我，我马上去你们班。"

项敌坐下来，问陈靖回："上次把闫椿骗到南六环，你怎么不承认？"

与他们无关的事，自然是不必向他们交代，或是承认。陈靖回在这一点上一直挺自觉。

卓文理来得很快，站在陈靖回面前时还大口喘着气。

"你横刀夺爱！"

陈靖回不认为："她本来就喜欢我。"

卓文理不信："她是闫椿，闫椿是谁？跟一般肤浅的女生一样，能是闫椿吗？闫椿在整个歧州再也找不出第二个，这么脱俗一人，一定不喜欢你！"

项敌看他们这剑拔弩张的样，颇有点要为闫椿一决高下的意思。

"不是，我插句话。"

卓文理扭头吐给他三个字："你闭嘴！"

项敌看一眼陈靖回，更得罪不起，老老实实闭上了嘴。

卓文理拉了把椅子，坐下来劝他："你长得那么帅，天涯何处无芳草，校花不就挺不错的吗？小模样我见犹怜……"

提到沈艺茹项敌就要说两句话了。

"阿回刚拒绝了校花。"

卓文理瞥他一眼："那就只剩下闫椿了吗？"

陈靖回撕了一张纸，写了"五百万"递给卓文理："你放手，以后拿这个，我给你兑现。"

卓文理不要："你糊弄小孩呢？那我给你一千万，你把她让给我。"

项敌把那张纸收起来："不要我要，五百万呢，这么丰厚的创业基金，不要是脑子进水了。"

卓文理就要闫椿，他还没有追哪个女生没成功过，不能折在闫椿这儿啊。

"要不我玩几天，再给你？我这牛都吹出去了，追不到多丢人。"

陈靖回本来平淡的表情突然凛冽起来："玩个屁！"

卓文理的眉心抖了抖，本来搁在陈靖回桌上的手也收了回来。

他有点怵。

项敌眼看兄弟情义要崩，赶紧把卓文理拉出来，揽着他的肩膀："你说你是不是吃饱了撑的？"

卓文理不敢相信："他对闫椿……"

项敌："你以后少打闫椿的主意就行了。"

要是陈靖回真的这么在乎闫椿，那卓文理就拉倒了。

两个人在走廊说着话，被要上卫生间的赵顺阳撞上。

赵顺阳看了两人一眼，跟个螃蟹似的在他们跟前经过。

卓文理："我怎么那么想揍他？"

项敌也想："忍忍吧，以后我们就是亲家了。"

卓文理捂住心口："我的心有点疼。"

项敌："大丈夫何患无妻，你应该向前看，闫椿这样的找不着了，换个别的也一样。"

卓文理本来也没多喜欢闫椿，只是征服欲上来了，再加上她自身条件不错，很符合他理想对象的标准，才决定试试……可如果陈靖回也看上了，那就给他好了，兄弟最大嘛，女人算什么。

再加上，他也打不过陈靖回。

项敌看卓文理脸色好看多了，拍拍他的肩膀："晚上撸串去吧？吃完翻篇。"

卓文理："你请客。"

项敌："嗯？"

卓文理笑了："让阿回请，万年的光棍决定脱单了，必须得请顿大的。"

项敌觉得有点难："他现在可顾不上我们。"

卓文理朝里看一眼，陈靖回在看手机，那模样，确实有点迷。

"可是为什么呢？"

项敌也想知道是为什么，顺着卓文理的眼神看过去。

"我们一直知道闫椿，却几乎没见过她的人，一直到前段时间，接触才频繁起来，我觉得，这就是丘比特的暗示。"

卓文理不管这些个："你帮我跟阿回说，让他请客！必须得抚慰我这颗受伤的心灵。"

项敌："行行行，回去等信吧。"

送走卓文理，项敌回到班上，扭过头来，托着下巴看陈靖回。

"阿回。"

陈靖回已经把眼睛从手机上收回来，放在了萧红的《生死场》上。

"嗯。"

项敌问他："为什么呢？"

陈靖回本来要翻页的手停住。

为什么呢？

闫椿这个人，毫无羞耻之心，一靠近他就没了骨头，还爱动手动脚……他以为自己会很讨厌，嘴上也一直说着难听的话，可他并没有在下一次她靠近时很明确地躲开。

他开始给自己留余地，也等于是在为她一点一点开放特权。

当他反应过来时，闫椿已经在心里了，叫他一时都无法确认她是什么时候钻进去的。

是她昏迷时如画一样精致的五官；是她不小心蹭上自己的脸时随之而来的清新气息；是她潇潇洒洒的一句"不服"……

才没几天，他们之间已经有了那么多回忆，每一件都能叫他对校园重新充满兴趣。

已经这样了，再去计较是什么时候开始的、为什么要开始有什么用？能让时光重来？能把闫椿从他心里挖走？

陈靖回反问项敌："你在黑夜里，见过太阳吗？"

项敌不说话了。

闫椿一觉睡醒，第一件事是去摸热水袋，还在，也就是说，陈靖回突然的青睐也还在。

赵顺阳见闫椿醒了，小声叫她："醒了啊？我们请假去吃小肥羊呗。"

监管自习课纪律的组长点名："赵顺阳！再说话出去站着！"

赵顺阳的暴脾气，要不是外边太冷了，一定就发泄出来了。

他低眉顺眼地说："不说了，不说了。"他转而给闫椿发 QQ。

赵顺阳："去吃小肥羊吧。"

闫椿："不去。"

赵顺阳："我请客。"

闫椿："几点？"

赵顺阳："呵呵。"

很快，自习课结束了，一天的疲惫也临近尾声，只要把各科老师布置作业的时间度过，就可以舒舒服服地去吃小肥羊了。

语文老师走进来："大家考试辛苦了，晚上就留一张卷子好了。"

政治老师走进来："今天的作业不多，只有一张卷子。"

英语老师走进来："就一张卷子，没有背课文的作业，不过单词还是要背。"

数学老师走进来——

班里哀号声连成片："老大……您就放我们一马吧！"

张钊身为二班班主任，最能体谅他的学生了。

"我是那种惨无人道的班主任吗？"

全班异口同声："不是！"

张钊："看在你们这么懂事的分上，今天就一张卷子。"

全班再次异口同声："啊……"

张钊敲敲桌子："嚷嚷什么？别的班都是留两张，你们留一张还不乐意？"

没人说话了，生怕张钊改变主意。

放学后，闫椿上卫生间，赵顺阳给她拿书包，又碰上陈靖回他们那伙人了，要不是两个班挨着，他都要去天桥底下找个大师给算算了。

项敌左右看看："闫椿呢？"

赵顺阳没给他好脸："管得着吗？"

项敌眼扫了一眼落后的陈靖回："晚上阿回请客撸串。"

赵顺阳的死鱼眼发出了一道亮光："我跟我老大是一体的！请我老大也得请我！"

项敌："那你要去问问阿回了。"

赵顺阳跟闫椿吹牛说他请客吃小肥羊，可他兜里总共就十五块二毛，顶多买五瓶可乐，连小肥羊的锅底都只能买一半，现在有个冤大头要请客，他自然是轻轻松松就舍弃尊严，跑过去阿谀奉承了。

"陈总！听说您要请客？还要请我们老大？"

陈靖回看一眼项敌，项敌冲他摊手表示无奈，他回答："嗯。"

赵顺阳一乐，眼都挤到一起去了。

"那你们一定缺一个拎包的，你看看我这胳膊，壮实！"

闫椿从卫生间出来就看到赵顺阳倒戈了，跟在陈靖回身后，乐得牙都要飘出来了。

项敌在等她："想吃哪家馆子？"

闫椿听明白了："请我吃饭啊？"

项敌小声说："阿回请客，得狠狠宰他一顿。"

闫椿一节半课没见陈靖回，似乎过了一个世纪那么长，她看过去，他好像比一个小时前更好看了，不愧是人群中永恒的焦点。

"陈靖回说的？"

项敌知道她是问什么。

"我说的，不过他没反对。"

闫椿也不是矜持的人，更何况还有免费的晚餐。

"好啊。"

四人一行往外走，在门口跟卓文理碰上面。

卓文理一看还有闫椿，当下觉得这是一场鸿门宴，小声对项敌说："你怎么没告诉我还有闫椿？我刚决定祝他们幸福，你非得当我面把他们往一块凑是不是？嫌我不够扎心？"

项敌："你不看不就行了？"

卓文理："你们去吧，老子回家睡觉了。"

项敌也没留他："那成吧。"

卓文理："你怎么不拦我？"

项敌："我想了一下，多一个人多一张嘴，那到我嘴里的东西就少了一份。"

卓文理："……"

项敌："所以你还是回去吧，晚安。"

卓文理："我为什么不去？这是他补偿给我的！抢走这么好看的闫椿，请我吃饭都是便宜他了，应该让他签张支票的。"

项敌笑了，再看看前面的陈靖回，只有一个不咸不淡的背影，本来应该在他身侧喋喋不休的人换成了赵顺阳，闫椿一改往常，落后一米的距离。

闫椿也想逼问陈靖回为什么给她买热水袋，还为此错过月考，可是然后呢？

在大概知道陈靖回的心意时，她才意识到，在还有一年就高考的节骨眼上，实在是太不合适了点。

陈靖回因为照顾她，错过一科考试，还为了保护她主动到办公室挨骂……

身为一个正常的少女，她承认，她被他这种默默守护的行为折腾得七荤八素，可也不能对他们之间还有高考这一个对手视而不见。

喜欢时最容易不管不顾，等热闹散去，现实就把一桩桩问题摆到眼前。

她在想七想八，走路也就不专心，直到"砰"的一声，她的脑门撞上一堵墙，肉墙。

是陈靖回的胸膛。

闫椿抬眼看着他，路灯给他的脸镀上一层金黄色，在这个夜晚，显得有些深沉。

陈靖回抬手点了一下她的额头："不看路。"

还没轮到闫椿发蒙，剩下的三人已经惊掉了下巴般地看着他们。

卓文理："我刚看见了什么？"

项敌："居然上手了，还这么自然！"

赵顺阳："辣眼睛！谁来戳瞎我的眼？"

闫椿轻轻抿唇："你再不正常一点，一会儿吃完饭我要把你带回家了。"

陈靖回没说话，转身走进饭店。

项敌抬头看一眼，小肥羊？于是问："不是撸串吗？"

陈靖回说："大冷天撸什么串？"

项敌："大冷天怎么就不能撸串了？"

赵顺阳告诉项敌："我就说我跟我老大本来是要吃小肥羊的，没想到回哥就改道来吃小肥羊了，也太好说话了吧？还是说，他觉得我很有前途？想提携我？"

项敌戳破了他的梦："他是为你老大。"

赵顺阳感到一阵心痛。

卓文理路过时拍拍他的肩膀："习惯就好。"

他们陆陆续续走进包间，服务员送来菜单。

"几位要个什么锅？"

陈靖回接过菜单顺手递给闫椿："鸳鸯锅。"

服务员点点头："您先点着，我给您去备锅。"

卓文理说："你就不能顺手把菜单给我吗？还劳烦在场唯一一位女士干什么？"

项敌笑："因为只有这位女士他想请，我们都只能算是沾了这位女士的光。"

赵顺阳平时听闫椿说话都要琢磨半天，更不用说项敌他们这种全是弯弯绕绕的话了，不过他也不感兴趣，他就对一会儿有多少盘肉感兴趣。

闫椿随便点了盘百叶和鸭头，又把菜单递给陈靖回。

"你点。"

陈靖回就要了五斤羊肉和两斤牛肉，菜单又给项敌点，他还点了好几瓶娃哈哈啤儿茶爽。

菜上得快，锅热时就齐了。

赵顺阳哪儿见过这么多肉，抹抹口水埋头苦吃。

卓文理也奔着吃痛快来的，胃口并不比赵顺阳小。

项敌还好，还能腾出嘴来说话："别光吃啊，这么多喝的不喝，给谁省着呢？"

说着，就已经给每人满上一杯啤儿茶爽。

"来来来！

"走一个，走一个！当酒喝！"

饮料过三巡，这群年轻人也没禁住两杯，可能是这时间吃饭喝酒吹牛的不少，在这个酒汤泡着的环境里，他们没喝酒，也有些醉了。

吹牛说自己喝啤儿茶爽跟玩一样的赵顺阳是第一个趴下的。

闫椿还好，不是她对这饮料分解得快，是陈靖回还记得她胃不好，几次掉了包，给她换了果汁，她当时顾着吃，没注意到。

可无论是什么喝多了，都容易走肾，在项敌和卓文理接连去卫生间后，闫椿也去了。

卫生间在最南边，装修得跟KTV包房一样，灯还是五颜六色的，对喝多的人来说，颇具考验，一睁眼一闭眼，还以为自己在蹦迪。

闫椿洗着手，想东想西。

洗完，转身，一个巨大的黑影罩过来，直接把她拉进旁边的厕位。

闫椿后背靠住墙，她才有工夫看这贼子是谁……陈靖回啊，长能耐了啊。

陈靖回的眼睛氲着雾，视线若有似无地扫了扫闫椿的脸。

闫椿感到不自在，躲了躲。

"闫椿。"

闫椿嘴角带笑："嗯？"

陈靖回笑得有些邪魅："坏人。"

闫椿真受不了这样的他，好危险。

"给你一分钟想清楚，要不要好好说话。"

陈靖回低笑一声，让闫椿骨头都酥了一半。

"今天你不开心，为什么？"他问。

闫椿："我发现你对我比对别人好。"

陈靖回没否认："不可以吗？"

闫椿："可以。热水袋是你给我的，对吧？你为了给我热水袋，没赶上第一场考试，对吧？"

陈靖回："有什么关系？"

当然有关系。

闫椿说："你在我心里，来了就没走，你的喜怒哀乐都是我的喜闻乐见，我想着你自制力强，那自然不会被我影响，所以我心安理得。"

陈靖回静静地听她说。

"可你竟然为我放弃了蝉联已久的第一名。"闫椿喜欢陈靖回略带些葡萄味的呼吸，"这让我很慌，让我很有负罪感，我并没看起来的那么不管不顾。"

陈靖回反应平淡："所以你觉得你已经重要到让我茶不思、饭不想，连学业都要荒废了？"

闫椿："以我这个姿色，这是很有可能的。"

陈靖回一定是有些醉了，不然不可能在那么短的时间内，笑得那么密集，闫椿都要站不住了。

"也许你是我的动力呢？在你之前，我不见得对上学有多感兴趣。"

回到包厢后，闫椿一直在想，刚才那句话到底是不是陈靖回说的，还是说，灯红酒绿也有致幻的作用了？

不过，她很清楚她把高考这个对手给忘了。

陈靖回啊，他勾引人的本领也不知道跟谁学的！跟他待久了都容易得骨质疏松。

吃完后，五辆出租车，各自开向这个城市的某个角落里。

闫椿到家已经是十点多，祝自涟早睡了，她简单收拾了一下便躺上床，回忆一整天的不可思议。

QQ 消息的提示声打断了她。

陈靖回："今天星期三。"

闫椿当下想起来，她曾经给陈靖回写过一张小纸条——

"今天星期一，闫椿在想陈靖回。"

后边那几个字会是他的潜台词吗？还是在逗她？想以彼之道还施彼身？

她笑出了小酒窝，开心地在床上打滚，然后"砰"的一声，脑袋撞上床头柜，疼得她龇牙咧嘴，揉了好一会儿，痛感没那么强烈了，才给他回过去。

闫椿："朕知道了，退下吧。"

闫椿这种本来就唯我独尊的人，竟然在知道陈靖回也对她有一些想法时，除了开心，还多了些对他未来的担忧。

她就知道，她完了。

半夜才回家，就避免不了一件事——倒头就睡，然后，没写作业。

第二天，也不知道大头抽什么风，非要到各班抽查作业完成情况。闫椿理所当然地被揪出来到操场跑圈了，要命的是，全班就她一个，赵顺阳那个贱人请假没来。

让她困惑的是，她竟然在操场看到了陈靖回，他还穿了白衬衫，双手抄兜，跟白色的贝壳鞋一起携手拉高了他的漂亮程度，为这个死气沉沉的操场，注入一个剔透的灵魂。

她跑到他跟前，幸灾乐祸的嘴脸在她的俏模样上分外违和："哟，第一名也没写作业？"

陈靖回："我写了。"

闫椿追上去："你还记得我说，你再穿一次白衬衫，我一定会让你后悔吗？"

陈靖回："嗯。"

以前项敌和卓文理看陈靖回穿个白衬衫，一堆小姑娘就追着跑，也喜欢到他家把他的白衬衫搜刮走，后来又都还回去，说白衬衫能让男生看起来好看纯属扯淡，根本就在脸。

他对这些东西态度平和，却还是把白衬衫封箱锁柜了，他不喜欢被人盯着看和小声议论。

上次参加闫东升的婚礼，他是被逼无奈，这次，倒是真的想穿了。

闫椿不是别人。

说话的工夫，操场上人多起来，全是考完试放松过头的，以为学校最近在推崇以言传身教代替不分青红皂白的体罚，就是真的人性化了，谁知道这是主任的一张天罗地网。

闫椿和陈靖回站在一起的风景胜过唐诗宋词，几乎是所有人，都被他们契合的磁场震得心肝脾肺肾都疼。这是什么神仙组合？

陈靖回不跑，就在闫椿身旁，跟她并排着，也不介意别人惊诧的目光。

闫椿自然也是不怕，她问他："你还没清醒吗？"

陈靖回："我就没事。"

闫椿："那也就是说，你昨天给我发消息说等我毕业就娶我，也记得了？"

陈靖回："我没说过。"

闫椿："你说了。"

陈靖回："我说了别的。"

闫椿："说了什么？"

陈靖回："回去翻聊天记录。"

闫椿："我要你亲口说。"

陈靖回："今天星期三。"

闫椿："还有呢？"

陈靖回："没有了。"

闫椿："还有，我记得。"

陈靖回："没有了。"

闫椿："还有。"

陈靖回是躲不过去了："陈靖回。"

闫椿没听见："啊？"

陈靖回："在想。"

闫椿："你声音大点。"

陈靖回："闫椿。"

闫椿："我听不见，你声音太小了，敢不敢找个喇叭大声说出来？"

陈靖回知道她是故意的，他抬步走出跑道。

闫椿看着陈靖回走出操场，早知道他这么快就退缩了，她就不逼他说那么多次了……可她就是想听嘛，就是仗着自己年少无知要开玩笑嘛。

她正要追上去，后头来人了，两个女生一左一右地架住她："什么情况？"

闫椿跟她们不熟，说了句"没事"，再回头找陈靖回……人呢？

挺好的心情一下子跌进万丈深渊，她准备回班里了。

两个女生还追着她："闫椿，你是不是跟陈靖回在一起了？贴吧上早就在说你们的事了，你给个痛快话行不行？不知道答案要憋死了。"

闫椿停住："他刚说……"

她话还没说完，学校广播就发出一道刺耳的长鸣，随后噪音不见了，明显经过一番调整。这个时间，全校老师应该去市里判卷了，还有谁会在广播站？

"喂。"

广播里是陈靖回的声音，学校里活着的全部竖起了耳朵。

闫椿敛起一对俏丽的眉毛，心里刚发酵过一个奇奇怪怪的想法，陈靖回又说话了。

"今天星期三。"

闫椿心里一紧。

旁边两个女生不解。

赵顺阳很烦学校广播，每次都是提醒他们要写作业，这会儿他在厕所，尿都差点憋回去。

正听歌的项敌也把耳机摘下来，陈靖回去广播站干什么？

卓文理还在奋笔疾书抄作业，听到陈靖回的声音，扬起一对招风耳。

数千名学生都搁置了手头的事。

陈靖回的声音有些许单薄，可嚼起来又会发现，再也不会有比他更丰富的人了。

他说："陈靖回想对闫椿说——

"……

"闫椿宇宙超级无敌可爱。"

三中全体学生在静默数秒后，几乎是异口同声："我的天啊！"

这是什么愚人节惊天大恶搞？

赵顺阳直接尿了一手。

项敌的MP4不知道怎么就以一个优美的弧度弹出去了。

卓文理的中性笔尖突然折了，毫无征兆。

整个校园陷入一种"我们不接受"和"这两人竟然暗度陈仓"的无限循环里。

闫椿也顾不上跟两个女生说话了，飞奔去了广播站。

她推开广播站的门，陈靖回正后腰靠在桌上等着她。

124

"你……"

闫椿的话才起了个头，上课铃就响了。

陈靖回越过她："我回去了。"

闫椿追着他："你陪我去跑圈吧，我还没跑完。"

陈靖回："我要写作业了。"

闫椿："但我没写啊。你跟我关系这么好，我们应该是一荣俱荣，一损俱损。如此，我没写作业，就等于是你没写，你不得到操场跑两圈身先士卒吗？"

陈靖回："这样啊。"

闫椿："对啊，这样。"

陈靖回："那我写完了六套高考模拟真题库，作为与我'一荣俱荣，一损俱损'的人，你也写一套吧。"

闫椿："呃……"

陈靖回："我还在每次大考蝉联省第一名，作为与我'一荣俱荣，一损俱损'的人，你也考一个吧。"

闫椿展开一个礼貌又不失尴尬的微笑："您回去的路上小心点，我去跑圈了。"

陈靖回看着她狡兔似的蹿出去。

闫椿重新回到操场，偌大的场地只剩下她一个人，人都没有，跑也跑得不痛快，不痛快情绪就不对，情绪不对就容易累，所以才半圈，她就跑不动了。

她盘腿坐在地上，还没埋怨哪有陈靖回这样的，他的声音就从身后传来——

"还有两圈半。"

闫椿扭头扮乖："我累。"

陈靖回："我看见了，你跑了半圈，就这半圈你都不是用跑的。"

闫椿收起乖巧脸，瞪着他："你给我走！不是要回去吗？！"

陈靖回走到她身边："我陪你。"

跑完两圈，差点要了闫椿半条命，她拉住陈靖回的胳膊，借他的力量站住，最后被他半提着带回教学楼，但凡碰上人，她就“哎哟，哎哟”地装蒜，弄得跟腿真的断了似的。

眼看要到教室门口了，张钊正好回来，看见这辣眼睛的画面，大步流星地走过去，把她从陈靖回身上揪下来。

“干吗呢？！”

闫椿扶着额头，大眼睛含着水雾。

“跑了两圈血压低。”

张钊没多说什么，不是他信闫椿真的血压低，是刚刚主任进校门时，叫他去一趟办公室。

闫椿又粘在陈靖回身上。

“演得可以吧？”

陈靖回眼疼，他把闫椿扳正。

“好好站。”

“你看哪个低血糖的人可以好好站了？”

陈靖回：“假的低血糖的人可以好好站。”

闫椿噘嘴：“委屈。”

陈靖回以为她会板起脸来凶他，她的表情让他的嘴角不自觉上挑：“好了，怕了你。”

闫椿：“中午我去找你吃饭。”

陈靖回：“嗯。”

赵顺阳出来看见他们直接把刚喝进嘴的红牛吐了。

“干吗呢？！干吗呢？！”

闫椿对赵顺阳的聒噪早就免疫了。

“嚷嚷什么？我血糖低，难受着呢，没看见？”

赵顺阳“呵呵”，在张钊之后也上去把她拉下来。

“你要说你胃疼，还有点信服力，据我所知，你可没有什么低血糖的毛病！”

闫椿的好心情都被赵顺阳破坏了，还没骂他，他倒摆出一副主人家的姿态，鼻孔朝着陈靖回："别以为请我老大吃顿饭，再在广播上夸她一番，就能跑这献殷勤了，我还没同意呢！"

瞧瞧他这个过河拆桥的德行。

"除非，你晚上再请一顿！"

闫椿一巴掌搁在他后脖子上："别给我丢人现眼了，回去老实待着！"

赵顺阳疼啊，撇撇嘴，灰溜溜回了班上。

陈靖回看她这股劲，觉得她不光血糖没问题，胳膊腿的也是很利索。

"该上课了。"

闫椿又噘嘴："委屈。"

陈靖回："怎么还委屈上了？"

"现在情况又不一样，我身体不舒服，你作为同学，对我表示关心不行吗？"

"你先回去把课上了，其他的以后再说。"

闫椿眼看留不住人了，也不逗他了。

"好吧。"

陈靖回的目光最后落在闫椿脖子的那条项链上，只匆匆一眼，又转身走向一班。

闫椿目送他进班，之后赶紧回到座位，给他发消息。

项敌见陈靖回又盯着手机笑，顿时一身冷汗。

"你会火，兄弟。"

陈靖回收起手机，反问道："有什么礼物会比较特别？"

项敌："送给闫椿的话，什么都不特别。"

陈靖回看着他。

项敌："因为什么跟她比，都没那么特别了。"

陈靖回眉眼俱笑。

是啊，她是闫椿啊。

项敌："这两天贴吧得炸了你信不信？"

陈靖回几乎不看那东西，每回都是项敌和卓文理逼着他看哪个班哪个女生在那上面给他写匿名情书，废话太多，耽误时间，他从来不看。

不过要是闫椿给他写，多长他也看，看好多好多遍。

项敌看陈靖回又开始泛起让他毛骨悚然的笑，转过身去，不看了。

第八章

告诉我，今天星期几

闫椿刚回班，赵顺阳就哭哭唧唧地跟她倒苦水。

"好啊，你还说陈靖回不能撼动我的地位，他不就在学校给你补充了点虚荣心吗？你就为他对我下手了？"

闫椿看他一个大男人娘里娘气的，说："你知道昨晚那顿饭吃多少钱吗？"

赵顺阳管他干吗？

"能吃多少钱？我们几个都是小胃，尤其是我，更何况去之前我还吃了个小面包垫肚子。"

闫椿瞥他一眼："别以为昨晚人多我就看不见你吃多少了。"

赵顺阳理所当然地转移话题："昨晚推杯换盏的，我也没看好你，你不顾着这个早该喂狗的破胃，喝了那么多冰镇的啤儿茶爽，你不要命了？"

闫椿被他一提也觉得奇怪："我没觉得冰啊……"

赵顺阳咂嘴："装，接着装，肯定是你把啤儿茶爽换成果汁了，出来的时候我看见门口地上有果汁的瓶子了！"

闫椿自然能想到是陈靖回偷天换日了。

赵顺阳："不过念在你本来胃也不好的分上，就原谅你了，再请我吃一顿饭就好了。"

闫椿懒得搭理他，翻开漫画书。

考完了，她也可以放松放松了，看少女漫画什么的，最养眼了，只是慌慌张张跑进来的班长没给她这份闲心。

"不好了！不好了！"

半个班都被他吓了一跳。

"一惊一乍的，谁死了吗？"

班长额头的汗流下来，淹了眼睛，疼得他一直眨眼，还上手揉了，可也没耽误说话："月考成绩下来了！中午过后公告栏就放榜了。"

就在学生们拥出去看成绩时，班长又说："老大因为透题被教务处通报批评了！"

所有人都沉默了，三秒后才陆陆续续地出声："不可能！老大向来正直，倡导走心教育，对我们的期望就是用功读书，报效祖国，怎么可能做这种事呢？"

"一定是误会！学校这样武断太过分了！通报我们班主任都不跟我们打声招呼！"

"大家先别急！冷静分析一下，为什么会有这样滑稽的消息出来？"一个同学说着话，问班长，"是不是我们这次考了年级第一名？还是说是全市高二年级的第一名？"

班长的眼睛已经好多了，手也放了下来："是闫椿考了全市高二年级文科的第一名。"

闫椿顺理成章地被万众瞩目，她没什么太大反应，这在她意料之中。

单轻舟万年老二，总跟陈靖回差六十多分，第三名总跟他保持在十几二十分之间，越往后差距越小。陈靖回这次缺考一科一百五十分的语文，应该排到十几名以后了，闫椿知道自己做错的题总共不超过三道，所以前三是稳了，至少能让张钊脸主任了。

只是她没想到，这反而成为张钊被诬陷的借口了？

130

还是说，主任从一开始，就是故意留下破绽让张钊钻空子，只是张钊为人方正并没有放在心上。闫椿为了给他长脸，真的努力了一段时日，结果最后跟主任预测一致……

想到这儿，闫椿眯眯眼。

班上有一半以上的人是相信闫椿的，她就算信誉在他们那里时有时无，没什么保障，却也从未侵犯过他们的利益，再加上，就算不信她，张钊什么人他们也都看在眼里。

可总有一些人喜欢唱反调，直接对话闫椿："闫椿，你还坐得住？老张真是可怜，怎么就摊上你这么个猪队友，给你透题你就都写正确答案？也不知道写错几道。"

赵顺阳比闫椿眼里更不容沙子，骂回去："不会说话回炉重造行不？在这儿秀什么智商？"

单轻舟也说："我相信老张，也相信闫椿。她为了这次月考能考好，还换到我旁边，她的努力我都看在眼里，她本来就是前三的料子。"

有人反驳："她要是早就知道月考的题，那可不得做做样子。"

也有女生附和："刚才不还假装低血糖呢吗？你看她那个做作的模样，还想博得陈靖回的同情呢。"

赵顺阳当即把书扔过去了："你那是吃不着葡萄说葡萄酸！"

闫椿抬手让他闭嘴，她又不是没嘴，用不着找一个发言人。她站起来，扫一眼众人，说："现在我不知道什么情况，不多说一句，你们要有点脑子，就应该知道现在是一致对外的时候，不是窝里讧的时候，老大那儿怎么样都还不知道，急着给我扣屎盆子会让你们心里舒坦吗？"

没人说话了。

除了那些不合群的，绝大多数人还是支持闫椿的："我也相信闫椿，不说别的，就说哪个老师不夸她聪明？是'985'的苗子？尤其是历史老师，不相信老师的话难道相信你们的？"

闫椿现在迫切想要知道事情的经过，没打算跟他们过多周旋。

可就算要知道，也不能让人觉得她太迫切，不然照他们的逻辑，反倒有点不打自招的意思。

全班一直提心吊胆到中午，班长一趟一趟地往办公室跑，带回一些零碎消息，都没什么用。

上午第四节课下课，闫椿去一班找陈靖回，他们班人看见她出现在门口，全部起哄，眼神在他们之间逡巡，不怀好意。

闫椿以前还觉得他们理科第一班的人应该都光顾着学习，不爱八卦……是她自以为是了。

项敌着实羡慕了，撇着嘴拿胳膊肘碰陈靖回。

陈靖回抬头，眼睛在前门找到闫椿。

本来要去吃饭的人都不着急了，都想看看热闹。

陈靖回却没给他们机会，直接把闫椿带走了，两个人去了二食堂吃饭。

闫椿扒拉着米饭，没什么胃口："一定是掌勺的师傅没来，这饭食太难吃了，一股四食堂的味，跟羊肉串的滋味真是没法比。"

学校有个教职工餐厅，请了技术颇好的大师傅掌勺，饭菜别提多好吃了，在三中，连外头羡慕的二食堂，都比不上人家。

以前赵顺阳专门去给闫椿买过烤馍，她吃了一回就没忘过那滋味。

陈靖回多聪明的人，一下猜到闫椿在想什么，可还是说："你什么都想吃。"

闫椿噘嘴："委屈，我就想吃个羊肉串，你都不给我买。"

陈靖回把排骨都夹到她碗里："这个点羊肉串早就卖光了。"

闫椿才不信他："赵顺阳之前就老给我买到！你在学校不比他更能横着走？他都弄得到，你怎么可能弄不到？你就是不想给我买，呵，男人。"

陈靖回："那你把碗里的都吃完，我想办法给你买。"

闫椿立马狼吞虎咽起来。

陈靖回："吃太快不算。"

闫椿又慢下来，吃了十分钟，终于吃完。

她拿着碗给他看："你看。"

陈靖回："嗯，吃饱了就回教室吧。"

闫椿："啥？"

陈靖回："你还有肚子吃羊肉串吗？"

闫椿摸摸胃，像是塞了一大包东西："没有了。"

陈靖回站起身来："那走吧。"

闫椿是那种被人牵着鼻子走的人吗？她偏偏不起："我胃疼了。"

陈靖回知道她装蒜："再不走迟到了。"

闫椿作势趴在椅背上，手摁着胃："胃疼，动不了。"

她是个记仇的，不给她买羊肉串，她都敢当场打滚，这只是装蒜说句胃疼，已经很给面子了，陈靖回也知道，再不管她，她真撒泼打滚了。

于是他转过身，给她一条胳膊，让她扶着。

闫椿很上道，利落地伸手抓住陈靖回的胳膊，闭着眼睛，嘴里还念念有词："哎呀，胃疼，胃疼得不行，好难受啊！谢谢陈同学。"

食堂里的人都看着闫椿演戏，心里想着"一般人可没她这么快的反应，就算有，也没脸在大庭广众之下掩耳盗铃"。

大家顺便也为自己得不到陈靖回的关注找到了借口——不如闫椿豁得出去。

把人送到二班左侧楼梯口，陈靖回便准备走。

闫椿拉住他："中午放榜，你不去看看成绩？"

陈靖回："没什么可看的。"

闫椿自作聪明："是不是考了十多名没眼看？"

陈靖回嘴角扬起："我考第一名的时候，也不看。"

闫椿的幸灾乐祸暂停在脸上："呵呵。"

陈靖回伸手揉揉她的头发："走了。"

闫椿嘴角含笑走进教室，刚坐下，班长走到她桌前，说："闫椿，你出来下。"

闫椿如梦初醒，脑袋里印满他沉重的表情，随他出了门。

班长停在楼道，闷了许久才说："张老师被学校开除了，主任让他最晚明天之前收拾东西离开学校。"

闫椿听懂了："是老大让你专门告诉我一趟的吗？"

"不是。"班长不是很明白，"你怎么能这么心安理得的？老大他是为了……"

闫椿也不是很明白："爸爸靠自己本事考第一名，你不向我表示祝贺没关系，但反过来说我偷鸡摸狗，是我惯着你了？"

班长脸黑一阵红一阵："你！你怎么能这么说呢？我为了这件事忙了一上午！我本来也相信你不会干这种事，可学校都给了老大这么大的处罚了，那还能有假？"

闫椿不跟他废话了，先去了趟张钊的办公室，他不在，便又杀去主任的办公室。

张钊脾气不稳定，她可是一直很差，想让她背锅就算了，还嫁祸给张钊，想都别想！

主任办公室的门开着，里头是一股浓郁的中年宅男味，很刺鼻，闫椿下意识地掩住口鼻，不耐烦地喊了句："报告！"

正看书的主任抬起头来，对门口出现的闫椿一点也不意外："出去。"

闫椿走进来，一直到桌前才停下："主任，你好，我有些问题想要请教。"

她几乎不这么跟主任说话，尽管主任知道她要说什么事，也一时猜不透她打的什么主意。

闫椿："开除张老师，是学校的意思？"

主任把眼镜摘下来："不是学校的意思又有谁有这么大权力，能开除一位老师？"

闫椿："理由呢？"

主任："因为他帮助学生作弊拿到全省高二文科的第一名。"

闫椿："证据呢？"

主任知道她不到黄河心不死，把手机放在桌上："在参与出题的老师把试卷交给我后，我就把它们锁在了档案室，档案室的钥匙只有我有，而我在这期间，只给过你们班主任一次。"

闫椿拿起手机，屏幕上就是主任与张钊的短信记录——

张钊："主任，我有一道题可能出得不对，您把钥匙给我，我去改一下。"

闫椿把手机还给他："这又能证明什么？如你所说，钥匙一直在你手里，只是期间给过张老师一次，那凭什么这个贼就是张老师而不是你呢？"

主任很从容："因为在你们张老师的办公桌上，我们找到了全套手写试卷。"

闫椿不相信："监控呢？档案室门口有监控的。"

主任让她死得明白："档案室门口有监控，可监控有死角。而你们张老师也无法解释大课间之后出学校是去了哪儿，不出意外就是去印卷子了。"

闫椿："那张老师又有什么动机？文科第一名本来也是我们班的。"

主任："可你从没拿过全省第一名。"

闫椿："所以你们断定是张老师偷了其他科的试卷，透题给我，让我考了第一名是吗？"

主任："你们张老师不能留在学校了，学校的意思是，惩罚不罚双，你不会吃处分了，成绩清零不计算就好了。"

闫椿不乐意："我不会听你一面之词的。"

说完，她从主任那儿跑出来，返回张钊的办公室。

张钊依旧不在，她只能回到班上。

班里静成一片，所有人都抬头看向她，不久前曾言之凿凿相信她的人都没那么确定了，可他们畏惧闫椿的暴脾气，尤其在看到她面色不善后，还是连稍微讽刺一句都不敢。

闫椿坐下来，赵顺阳到她跟前，他是不介意闫椿被透题的，反正学习好坏都是他的老大："旧的不去新的不来，说不定下一个班主任更好呢？"

闫椿看都没看他："滚。"

赵顺阳听惯了她的"滚"，并不生气，还替她担心："不就是作弊嘛，不用放在心上。"

闫椿："我说，滚。如果再让我说第二遍……"

她没把话说完，可赵顺阳跟了她那么久，自然是知道的，等她说到第二遍，他就真的要从她的世界消失了。

他灰溜溜地回到座位，决定等她气消了再去劝劝。

张钊太喜欢闫椿了，而闫椿也太相信张钊的人品了，所以这事怎么想怎么有蹊跷。

闫椿也没坐住，走到体育委员跟前，问他："做操时，张老师拿手机了吗？就是九点十五分这个时间。"

体育委员在做操时站在最后边，而班主任就在他的旁边，已经形成定律。

张钊平时喜欢背着手，手里拿着手机。以前还有学生偷偷跟在他身后，想知道他平时都跟谁聊天，都给谁打电话。

体委说："拿了啊，他还拿手机指林超来着，说他动作不标准。"

林超就坐在旁边，他跟闫椿说："我觉得我起码比你标准吧？成天就知道说我。"

闫椿皱皱眉，如果那个时间手机在他手里，那就是说短信真是他发的？可是他根本打不出"您"和"钥"这两个字啊！

她百思不得其解，决定先去档案室看看。

档案室在静知楼，那楼大多是校领导的各种会议室，几乎很少有学生踏入，所以从进入门洞，闫椿就觉得被一股阴森森的氛围裹住了身体。

她快跑两步，刚上楼，就看见陈靖回从里面出来，她挑眉："你怎么在这儿？"

陈靖回："我去看公告栏的成绩榜了，你的成绩被划掉了。"

闫椿反应平淡："哦。"

陈靖回："我是来看看他们凭什么冤枉你。"

闫椿紧张的面色倏然柔和了一些："你就这么相信我？"

陈靖回："是相信我自己，相信我自己不会看错。"

闫椿："……"

陈靖回让开道路："先进来吧。"

闫椿决定等会儿再骂他，现在还有更重要的事。

档案室很潮，到处是一股发霉纸张和玫瑰香薰混合的味道，闫椿找到存放高二文科试卷的文件柜，在最里面、光线最弱的地方，半蒙半摸才找到门，里头倒没什么稀奇，全是过往的试卷。

她折回来，问陈靖回："你有什么发现吗？"

陈靖回说："没有。"

闫椿可不信，陈靖回在学习上蝉联第一名那么多年，为人处世上稍微差点，朋友不多，可威望不少，他似乎是有种魔力，让人不自觉就崇拜上了。

比如那些可爱的女生们。

比如她自己。

这样的他，会没有发现？没有发现，又会来这里？

她没拆穿他，只说自己那部分："你知道这事的来龙去脉吗？"

陈靖回："只知道你们班主任透题被开除了。"

闫椿就把从主任办公室里带回来的内容说给他了："就是这样。大头给我看那短信有一个很明显的漏洞，比如那个'您'字，还有那个'钥匙'的'钥'字。"

陈靖回："怎么说？"

闫椿告诉他："我们老大的手机'6'那个按键坏了，摁不出字的，而给大头发的那条短信里，'您'那个字是在逗号之后。"她说着话，掏出手机，点开短信界面，手指在九宫格键盘上待命，"我们可以演练一下，我给你发短信，打一个逗号，后边是没有关联字的，意思就是说，他要想打出'您'这个字，是要摁'NIN'这几个字母的，也就是'646'

这个顺序，可是他那破手机，根本实现不了。"

陈靖回很快反应过来，他几乎可以模拟出这个幕后黑手的操作过程，却还是听闫椿的分析。

闫椿继续说："所以在九点十五分，他是怎么给大头发的短信呢？"

她拉开一把椅子，坐下来，眼神也愈发凌厉："唯一的解释就是，在此之前，有人换了我们老大的手机卡，然后插进一只完好的手机里，给大头发了那条短信，发完再找个机会换回来。"

跟陈靖回想的一样，他问她："那你觉得是谁？"

闫椿不知道："首先，这个人很讨厌我，其次，他知道大头跟我们老大之间的协议，就是如果我考不到前十名，再犯错误直接滚蛋这件事。满足这两个条件的，一是我们班的人。"

陈靖回问："有方向了？"

闫椿摇摇头，她只是猜测，没有证据："二是大头本人。"

陈靖回给她指路："事发在周一，是个阴天，这间档案室只有左上角一个小小的窗口，汲取光线的来源太少，考虑到人类身体的机能，身处这样一个环境，是一定要开灯的。你刚刚没想到开灯，是因为你知道这一楼的电箱是上锁的，开灯需要电箱钥匙，而你没有，所以你压根不会往这方面想，之前进来的人一定是有这样的便利条件，所以他开了灯。"

这样的话，线索就直指主任了，可是："他身为主任，经常进出这里，一定很熟悉，而且试卷还是他存放的，他完全可以不开灯。"

陈靖回："你进来时，闻到了什么味道？"

闫椿皱眉，吸了一口气："发霉的味道，还有每个办公室都放的那个香薰的味道。"

陈靖回从门缝里捡起来一块细小的玻璃碴子："他一开始确实没有开灯，但他在摸找的过程当中，碰掉了这盒香薰，香薰碎了一地，他怕这盒香薰坏了他的事，就开灯清扫干净了，可他忘了，这味道，不好散。"

闫椿慢慢串起来这些细节，嘴角缓缓上扬，最后看向陈靖回的眼神也不能免俗地多了抹崇拜："谁要是嫁给你，那真是……"

陈靖回等她说完。

谁知道闫椿话锋一转："那真是你烧了高香了。"

陈靖回："……"

闫椿："要是别人，那是几世修来的福分，要是我，可不就是你烧高香了。"

陈靖回不听她胡说八道了："现在是上课时间。"

闫椿："对啊，上课时间，你跑到这里来干什么？"

陈靖回笑："没办法，谁让我担心你。"

闫椿的大眼睛被铺上一层雾，还是猩红色的。

这是多温暖的话啊。

她有记忆以来，都是跟祝自涟一起度过的，祝自涟精神状况时好时坏。好的时候把她当宝贝，含在嘴里怕化了，捧在手里怕掉了；不好的时候，会把她丢在菜市场，扔在麻将馆。

祝自涟几乎不对闫椿表达她的爱，所以闫椿也从不会说，说了也不是真心的。

上小学时，她因为没有爸爸，被孤立，他们用铅笔在她的作业本乱写乱画，放学后，她一个人躲进小胡同里，擦掉那些铅笔印。

中学时，她因为学习好被班主任喜欢，而遭到校园暴力，他们把她的卫生巾都拆开，贴在她的衣服上，让她出丑。有好心的住宿生借给她裤子，她到厕所把脏裤子换下来，再把上面的血洗干净，结果被拍了照片，在全校学生各自的 QQ 空间里流传。

她们说"闫椿大胸大屁股，是个大骚货"。

那是闫椿第一次反抗，她把那几个挑事的女生摁在坐便池里，直到她们求饶。

从此，歧州中学里，出了一个不要命的闫椿。

这些年的好日子，都是她拿命搏出来的，谁都怕她，她更不说好话了，越来越刻薄，嘴上跟抹了砒霜一样，一张嘴一闭嘴就让人败下阵来……

可是，陈靖回说担心她。

她什么时候被人这样确切地呵护过？

"陈靖回，你这是在犯罪。"

陈靖回听过她这话："你说过了，然后呢？"

"根据'闫椿法'第五百二十条，陈靖回被判处剥夺终生再关心他人的权利，即刻执行。"

陈靖回难得觉得她可爱，可没斗过她那张跟她一样不饶人的嘴："那我要考虑考虑。"

闫椿不许他考虑："不行，法院都判了，哪管你一个罪犯同意不同意？！"

陈靖回："那我也有不服一审判决、提起上诉的机会。"

闫椿："终审裁定罪名成立，维持原判。"

陈靖回："……"

闫椿站直了身体，表情视死如归："你等我下，我先去把张钊带回来，顺便让大头对他说的话付出代价。再来找你。"

陈靖回："嗯。"

闫椿转身就走，两步之后又回身："我再看你两眼。"

陈靖回看她张望着他，小模样可怜巴巴的，就让她看了一阵。

他的眼神冰冰凉凉，像是在霜里被孵了许久，目光所及之处必定掀起一片寒战，冷过之后是星星之火，动辄已然燎原，好似那封冻土里早就被他埋了一只火种。

陈靖回让她先走，在窗台看她走进教学楼后，拿出手机打电话给他妈。

蒋漾接到儿子的电话有些惊讶："你不是在上课？"

陈靖回跟她简单说明情况："就是这样，能办吗？"

蒋漾略沉吟："儿子，二班班主任跟你有什么关系？你什么时候这么热心肠了？"

陈靖回想到闫椿着急的模样，答非所问："我是怕用我自己的方式，会不好收拾。"

蒋漾立马把这事揽过来："我来我来，你好好上课。"

陈靖回愿意求助她明显是听了祖父的话，凡事要让父母知情，不要成天一人独大、擅作主张，如果蒋漾帮不了这个忙，那可能陈靖回永远不会再对他们开口了。

即使答应要帮，也还是要把可能性都说给他听："就算咱们家对你们学校有贡献，也不能为所欲为，干涉他们的决定，我会尽全力，但不敢保证一定成。"

陈靖礼貌地回应一声，挂了电话。

如蒋漾猜测，他把这事拜托给她，并不是自己办不了，是他还记得祖父说的话。

他们家祖父为大，其次就是陈靖回了，这都要怪祖父的隔辈溺爱，也幸亏陈靖回从小就争气，一测智商，是全家最高的，除了不合群、不会说漂亮话，几乎无可挑剔。

陈靖回和陈雀翎姐弟，一个跟着祖父放荡不羁地长大，一个跟着陈茂、蒋漾金尊玉贵地养着，后来，陈雀翎出国读设计，家里显得空落落，夫妻俩就把陈靖回接回来了。

起初，祖父不放人，陈靖回也不愿意走，祖父说他们就知道有个女儿，根本不把儿子放在眼里，姐弟俩也感情一般，那干脆一直养在他这里好了。陈茂一肚子火气，趁着有一回喝多了，跑回老宅跟老爷子吵了一架，说是陈靖回打小就被他抱走了，他们面都见不着几回，能怎么办？他们也想他们姐弟同心，一家人其乐融融，可他们能怎么办？

老爷子被气得够呛，把自己关在房间一天一宿，第二天，他亲自送陈靖回上了车。

他不知道剩下的时间，还能见孙子几回，陈茂也不知道，送走陈靖回是他多么艰难的决定。

可事已经摆在了明面上，难也得办。

陈靖回跟陈茂、蒋漾感情基础一般，亲昵是不会，可也不会给他们冷脸，处了几年，倒也相安无事。近来，祖孙俩电话通得多了，祖父才觉得自己把他掳走这事着实不讲道理，嘱咐他要照顾父母的感受，他们对他的爱，也是一个世界都填不满。

陈靖回记下了，所以这一次他求助蒋漾，让她帮忙解决。

蒋漾即使觉得为难，也不会对陈靖回说不，毕竟她对儿子也疼爱。

第九章

如果你难过，我就做个梦给你

闫椿第三次返回张钊的办公室，却被告知他收拾好东西前脚刚走。

她转身就跑，两个门卫大叔都没拦住她。

张钊不能就这么走了！他要是走了，以后谁罩着她？谁管她的死活？她就要张钊当她的班主任，一直到她毕业那一天，除了张钊，谁都不行！

幸亏张钊没有高级代步工具，两条腿也效率极低，闫椿很快就追上了他。

张钊看到闫椿，并不惊讶，还笑呢："怎么？给我送行啊？"

闫椿很生气："老大，你还笑得出来！跟大头过招怎么能这么马虎呢？不打起十二分的精神对得起你东三省知名大学毕业的身份吗？"

张钊点点头："不错，遇事也不慌，小嘴还是这么能说。"

闫椿没时间跟他开玩笑，拉住他的胳膊往回走："跟我回去，没你我就不上学了。"

张钊脚上像是钉了钉子，任她拉扯胳膊，就是不动："我是被开除了，不是辞职了，就算是辞职，递了辞职信，也就等于跟这个工作岗位

143

说再见了。"

闫椿不管："你舍得我们吗？"

张钊的笑容僵在脸上，他舍不得又有什么用呢？

闫椿告诉他："我知道是大头栽赃嫁祸，我已经找到证据了，我也可以说服学校重新处置。"

张钊反应一般，他知道闫椿有个聪明脑袋，虽然经常喜欢说大话，可甭管怎么样，也都兑现了的，叫人抓不住把柄，但这事要真有这么简单，他会不为自己据理力争吗？

闫椿把她的发现都说给张钊听："只要我们全班陈情，学校一定不会视而不见的。"

张钊不接她的话："你知道为什么大课间之后我经常不在吗？"

闫椿只知道他总是监完操就出校门，班上都猜测他是回去睡回笼觉，有几次他听见了，也没反驳，弄得半个学校都说他可能是怀孕了，嗜睡。

张钊没等她答，说："我媳妇在去年十月份中风了，动也不能动，我请了保姆，可保姆每天上午九点多要去送孩子上学，所以我得回去一趟，不能让我媳妇找不到人。"

闫椿微怔。

张钊又说："这事情是瞒着学校的。"

闫椿终于明白："所以你才没法解释这段时间你去了哪里？可是这有什么？"

张钊："我媳妇最重体面，不想因为这种事情得到别人的同情，我得给她这份体面。再说，我们彼此相爱，也并不可怜。"

闫椿不说话了。

张钊："透题只是学校的一个借口，就算没有这件事，也会有另外一件事。主任不会允许一个成天跟他对着干的人留在学校的，我没权没势的，怎么留得下来？"

闫椿咬住唇，不说话。

张钊拍拍闫椿的肩膀："好孩子，好好学，考个全国最高学府！要

144

让他们知道，东三省知名大学毕业的人，眼光错不了。"

闫椿不明白："为什么要妥协呢？为什么呢？"

张钶淡笑："我教学那么多年，碰到过许多事。有学生来自山里，妈妈是被拐卖去的，爸爸年龄大他妈妈一轮，他得到借读的资格，却因为交不起学费回家喂猪了。

"有学生家长跟老师在一起了，直接通过老师的关系，拿到保送资格，而原本被保送的学生，对自己失去信心，导致高考之前精神压力过大，二批都没被录取。

"有学生学习很差，因为喜欢上一个学习好的女生，刻苦读书，从八百多名一路披荆斩棘到前一百名，结果被发现早恋，被学校勒令退学，从此在他们小区门口干刷车的活。

"他们为什么要妥协呢？为什么呢？因为这就是社会，跟社会斗成本太高了，不是每个人都承担得起的。"

闫椿不知道被什么淹了眼，火辣辣地疼，眼泪都辣了出来，她觉得一定是风害的。

张钶突然拔高音量，说："幸运的是，社会在进步，我这么优秀的闫椿，也在成长。"

闫椿的声音很小："我成长有什么用？"

张钶："那要看你选择一个什么样的人生了。"

闫椿抬起头，看着他，奋力消化他的话，可是效果一般。

张钶："对普通人来说，振臂发声的成本太高，收益太远，精于盘算的他们是不会管别人的死活的，如果你选择做一个普通人，那当我没说，如果你有其他的选择，一定记住今天我说过的话。最后，老师希望你一生平安顺遂，幸福康健。"

闫椿是个聪明人，却还是不怎么懂张钶的话，只知道他在她的生命里埋下了一粒种子，这种子发芽滋长，慢慢取代了她本来向往的人生，把她领去了一个边缘世界。

张钶说完就走了，他还是喜欢背着手，从后面看像个事了拂衣去、深藏功与名的大侠。

闫椿眼里的沙子越来越多，弄得眼睛红红的，眼泪都被磨出来了，她想掩饰自己可笑的一面，可左看右看还是没有一点办法，最后她干脆把眼睛停在张钊身上："老大！"

张钊停下来，没有回头。

闫椿泪如雨下，沙子被淹在里面，没人知道它是始作俑者了："我以后还会见到你吗？"

张钊的肩膀抽动了一下，片刻后才说："等你结婚的时候，我会带着红包去的。"

闫椿回到学校，二班几个同学正在门口等她，他们没看到闫椿把张钊带回来，眼里终于没了光。

闫椿失魂落魄，直到放学都打不起精神，赵顺阳也不敢跟她说话，半个班没见过这样的她，全部集中注意力，就连路过她的课桌，也是踮起脚，噤若寒蝉的，恨不能走一步停五秒。

他们也不知道张钊的离开到底跟闫椿有没有关系，可他们清楚地看到，闫椿为此多么难过。

放学时，所有人一哄而散，教室里只剩下闫椿一个人。

赵顺阳是想守着她的，可他太了解闫椿的脾气了，她想一个人待着的时候，身边就是有条狗，她也能一棍子敲折它的腿……

出于对自己这双腿的爱护，他随着人群走了。

陈靖回不怕，所以他去了二班，还给她买了餐厅的羊肉串、两碟凉菜和一瓶可乐。

闫椿看着桌上摆的这些东西，却没什么胃口："不想吃了。"

陈靖回拿起一根羊肉串："你看着我吃好了。"

闫椿瞥他一眼："心情不好，你别给我捣乱。"

陈靖回另一只手也拿起一根："这串确实可以，难怪你心心念念着。"

闫椿不明白他怎么会猝不及防来一拨不要脸，但她也没把他拉起来吊打一顿，因为她没扛住诱惑，拿起了一根。

陈靖回给她倒了一杯可乐："喝吧。"

她问他："怎么就有那么多无能为力的事呢？"

陈靖回："这是一个人性问题。"

闫椿："人性问题就没答案了？"

陈靖回："我知道你想挽留的人没有留住，你很难过，但这不是你的责任，这是社会的责任，就让社会去负责。"

闫椿不吃了："你们一个两个都说这是社会问题，其实就是在逃避，有些事，不去努力，怎么知道不行？我就不喜欢自己的命运掌握在别人手里，我也从来抓得住自己的人生。"

陈靖回笑："那只能说明你运气不错，没有碰到应付不了的角色。"

闫椿当然不认同他的话，她走到现在，过五关斩六将，虽然可能会有运气不错的成分，但她始终认为，至少有百分之八十，都是她自己搏出来的。

可她还是没有再与陈靖回争论，她知道，陈靖回也不是要来反驳她的观点的。

她是一个很容易想开的人，其实在送走张钊的时候，她就已经释然了，既然有些事情扭转不了，那就向前看吧，毕竟前面还有更多扭转不了的事。

当所有人都无能为力的时候，她自己那份，也就显得微不足道了。更何况，陈靖回陪她消化难过，已然胜却腌臜无数。

只是，她很普通，她具备普通人的喜怒哀乐。

她见桌上还剩下那么多东西，可她实在是吃不下了，她望着陈靖回："你都吃了吧。"

陈靖回哪吃得完："都是给你买的。"

闫椿："那你怎么没提前问问我呢？"

陈靖回："我想着，你那么想吃，一定能吃光的。"

闫椿笑笑，把剩下的都装回到袋子里："我都拿回去，给我妈。"

陈靖回："那我再去买碗粥吧？阿姨晚上还是要……"

闫椿提上袋子，挽住他的胳膊："走咯！回家咯！"

出了校门,陈靖回打了辆车,带着闫椿去买了粥,又把她送到家门口。

陈靖回跟她一起下车，两个人站在楼门的画面，搭配路旁边明明灭灭的灯火，气氛都有些变了，不久前的正经皆成泡影。

闫椿看一眼陈靖回手里的羊肉串和粥："东西都给我吧。"

陈靖回才后知后觉地递过去："那你进去吧。"

闫椿："哦。"

她刚转过身，陈靖回又叫住她："闫椿。"

闫椿立马转回来，就好像本就不打算上楼似的："干吗？"

陈靖回往她跟前迈了两步："天气暖了，你记得要适时添减衣服，别……感冒。"

闫椿跟他离得近，鼻息相融，风都被他们的体温孵烫了几分："嗯。"

陈靖回只见过嚣张跋扈的闫椿，这样软声细语的模样，实在少见，再加上这环境阴暗黢黑，又静得可怕，呼吸声都清楚明晰，氛围自然而然地微妙起来。

他们在这一方密闭的空间，只是看着彼此，没有暧昧的动作，却热情得足够烧伤彼此。

前提是，祝自涟不突然出现的话。

祝自涟到地下室停放自行车，上楼时正好看见她的闺女跟一个什么东西贴那么近……

"干吗呢你们？"

她的一句话，让两个快要粘在一起的身体倏然弹开，由于动作太大，闫椿手里的粥就洒在了陈靖回身上……

祝自涟看着他衣服往下滴着汤水，还是说了句："上楼擦干净吧。"

陈靖回很尴尬："不用了，阿姨，我……"

祝自涟："你什么你？占我闺女便宜还想一走了之？"

陈靖回："我上楼。"

闫椿没见过陈靖回毫无招架之力的时候，没忍住笑出了声。

祝自涟猝不及防地拧住她的耳朵："你还笑！大姑娘都不害臊了！"

闫椿疼啊："哎呀！别别别！真耳朵！再拧就掉了！"

祝自涟这才松开她，迈过他们，先往楼上走。

陈靖回看一眼闫椿。

闫椿摊手："看我也没辙，谁让你占我便宜。"

陈靖回："……"

闫椿拉一下他的胳膊："走了，我给你找身干净的衣服，先把你身上的换了。"

进了家门，祝自涟拿出当家主母的风范，往沙发上一坐，盯住陈靖回，弄得他进也不是，出也不是，人就这么卡在了门口。

闫椿回房把自己最宽松的一件卫衣拿出来，见陈靖回还在门口，再看看祝自涟，那眼神，几乎要吃了他，前几天可还不是这个态度……果然，没看见自己家白菜被猪拱的时候，什么都好说，看见后没拿九齿钉耙给他扎一身窟窿都是她善良。

她把陈靖回领走："你把他吓到了！"

祝自涟突然趴在沙发上，可不好受了："就没见过你这么蠢的兔崽子，给狼开门，让他把你叼走，你这是要重蹈我当年的覆辙？"

闫椿人都进房间了，又钻出个脑袋："我可比你聪明。"

祝自涟当即把拖鞋扔了过去："兔崽子！"

闫椿把门关上，衣服递过去。

陈靖回左右看看："在这儿换？"

闫椿坐到椅子上："你还怕我看啊？我又不是外人。"

陈靖回："我是怕你把持不住。"

闫椿不以为然地轻笑："把你牛坏了。"

陈靖回把衣服脱了。

闫椿瞥过去，只一眼，立马收回刚才的自以为是。陈靖回的担忧，不无道理。

闫椿也不管祝自涟还在，她动作大了会弄得不好看，直接扑过去。

陈靖回一只手隔开她，让她扑了空："你刚才可不是这个态度。"

闫椿掰着陈靖回的手，大眼睛乌亮乌亮的："刚才是小的有眼不识金镶玉，没见过这样的腹肌。"

陈靖回按住她的脸："你矜持一点。"

闫椿以前很矜持，矜持到所有人都欺负她，后来她才知道，她不害人，人也会来害她，干脆做一个主动出击的人，这样不光不受欺负，还能叫他们俯首称臣。

她攥住陈靖回的手："矜持？王菲唱的那首吗？"

没等陈靖回答，她已经唱出声来："我是爱你的，我爱你到底，生平第一次我放下矜持，任凭自己幻想一切关于我和你。你是爱我的，你爱我到底……"

陈靖回："……"

闫椿仰着面，朝上看他的脸也依然帅得她头昏目眩："给我看一下，我想学习。"

陈靖回现在才发现他做了个多愚蠢的决定，赶紧把她拉开，迅速把卫衣穿上。

闫椿扭头，陈靖回已经穿好了，只是他太高大了，虽然不壮，但毕竟是个一米八几的大男人，穿她最大的衣服都不可避免地露出一截腰。

陈靖回低头看一眼："这是你最大的一件？"

闫椿点点头："有点短了。"

陈靖回伸手在下摆和裤腰之间一比量，正好差一截："是有点。"

闫椿走到衣柜前，打开："你身上那件已经是我最大的一件了，要是还嫌小，你就自己挑，看上哪件穿哪件，不用跟我客气，只不过要拿别的来换。"

陈靖回走过去，在她归置整齐的衣服上扫了两眼，全是运动装："没见你穿过裙子。"

闫椿："冬天穿什么裙子？我以后得了老寒腿你管我啊？"

陈靖回："说得像你有夏天的裙子一样。"

闫椿："……"

为什么要有陈靖回这种聪明脑袋？在闫椿这个被东南校区誉为"反应最快的贱嘴"面前，他居然有过之而无不及。

她琢磨一下，说："我会买的。"

陈靖回："买白色的。"

闫椿："我喜欢黑色。"

陈靖回："仙女都喜欢穿白色。"

闫椿："……"

好像还挺有道理，但她怎么那么想抬杠呢？

"我买裙子是等我长大以后，穿给喜欢的人看的。"

陈靖回知道她喜欢跟他逗嘴上能耐，由着她了。

两个人在房间磨磨蹭蹭，祝自涟可等不了，敲了敲门："好了吗？都多长时间了？"

闫椿看了看陈靖回那截腰腹，把自己的校服脱下来，系在他腰上，朝外喊："好了好了。"

陈靖回那件脏了的衬衫还躺在闫椿的椅子上，他正要去拿，闫椿手快已经抄走丢进了脏衣篓。

她说："洗完我给你带去学校。"

这番动作，陈靖回的"不用"被她堵回去了。

出来时，祝自涟的眼神三杀叫陈靖回血条"嗖"的一下见了底，从小到大，陈靖回就没比此刻更紧张过，上一次见面他能坦坦荡荡是他本来就坦坦荡荡，这回不行了，都把人姑娘堵在楼门了……还很低能地被发现了……其实他并没有做什么出格的事，只是祝自涟对自己的直觉深信不疑。

闫椿看祝自涟憋着要说话，赶紧推陈靖回走了："我去送他一下。"

祝自涟赶在他们出门前，喊了一声："等一下。"

陈靖回疑惑地回头。

闫椿扭头："干吗呀？祝女士，能不能对我同学友善一点？"

祝自涟没理她，回房间拿了一件男士外套，出来扔给陈靖回："你这么出去跟精神病一样。"

陈靖回接住，微微颔首："谢谢阿姨。"

闫椿嘴角噙着笑，挽着陈靖回的胳膊往外走："走了。"

陈靖回回头看两眼："阿姨……不讨厌我吧？"

闫椿挑眉："哟，大名鼎鼎的陈靖回也有这么小心谨慎、不自信的时候？"

陈靖回："好印象可以让我在将来少走点弯路。"

将来……

闫椿仰起脸冲他咧开嘴："我没听清，你再说一遍。"

陈靖回不说了："回去吧，我等等打车。"

闫椿："要不我送你吧？"

陈靖回："然后我再送你回来？"

闫椿笑："可以啊。"

陈靖回捏捏她的耳垂："走了。"

闫椿扶着楼门门框，露出半张脸，不情愿地看着他走远。

陈靖回走出百步，回过头来，闫椿还在，缩在门里偷偷看他的模样实在可爱，可他要是再回去，那不知道要什么时候才能回家了。

闫椿被发现了，赶紧往里躲一躲，没注意到小脚丫没收回来。

陈靖回冲她喊了句："我看见你了。"

闫椿也不躲了，出来噘噘嘴："我就是想看着你走。"

陈靖回："你再不回去，我就不让你回去了。"

闫椿直接跑下来："好啊！我们去哪里啊？南区有夜间摩天轮，我们去坐一坐吧？项敌之前在贴吧发帖求人 solo（单挑）制裁你，我觉得是时候展现我真正的实力了。"

陈靖回看着闫椿又挽住他胳膊的手："……"

他不应该这么说的，他应该说："你再不放我走，我妈就该对你有别的印象了。"

闫椿立马松开手，弓着腰："先生走好，一路平安。"

陈靖回笑了下："走了。"

闫椿委屈巴巴，也不说好，就是小嘴噘得可以挂暖水瓶了。

陈靖回看她要哭了，冲她伸出手："过来。"

闫椿把手搁上去，被他一把拉到跟前。

陈靖回揉了揉她头顶被风吹乱的头发："可以了吗？"

这次闫椿没有再用别的理由留他，放他走了。

重新进家门，祝自涟正坐在沙发上，脸朝着门口，看见她进门走过去把她拉回房间。

闫椿被抻疼了胳膊："手手手！要掉了。"

祝自涟松开她，嘘声问她："他走了吗？"

闫椿学她的紧张模样，也嘘声回她："他走了。"

祝自涟："你的同学看起来还挺靠谱的。"

闫椿："当然。"

祝自涟还是担心："万一他是装出来的呢？"

闫椿拉着她坐下，声音正常了："不是所有好看的皮囊都装着一副闫东升的心肠，你是一朝被蛇咬十年怕井绳，在眼光这件事上，我觉得你的发言权还是被我剥夺的好。"

祝自涟竖起眉毛："我是你妈！"

闫椿笑，搂住她的腰："是是是，我美丽大方、善解人意的母亲大人。"

祝自涟面色平和许多："我怕你吃亏。"

闫椿把笑容埋进她的肩膀："我这么自私的人，怎么会让自己吃亏。"

闫椿认为：一切聪明的人，都是自私的，而自私的，却不都是聪明的人。

自私的人，喜欢说他只是聪明，而聪明的人，才总说自己是自私的。

祝自涟顺顺闫椿的脊背："不过他还挺好看的，比闫东升年轻时还要好看。"

闫椿:"好看那是当然。闫东升没有跟他比较的资格。"

祝自涟笑了:"这么喜欢他啊?"

闫椿没答。

喜欢可能是这世界上最没营养的话了,明明有那么多好的形容,比如——我一个人走在时光之里、山南水北,旁观车水马龙、人来人往,我不难过,也不孤独,可我还是有几个问题想要问你。

——你在哪里?在干吗?晚饭吃过了吗?今天也一样开心吗?

——而这些问题,我只想问你一个人。

赵顺阳刚洗完脚出来,收到一条 POC 品牌歧州第一家店开幕仪式的邀请短信,他记得闫椿最近对这东西很感兴趣,于是给她发了 QQ 消息。

赵顺阳:"我收到那个盲盒品牌开店剪彩的邀请了。"

闫椿:"我也收到了。"

赵顺阳:"群发吗这是?"

闫椿:"谁给你的自信让你以为他们会邀请你去剪彩?"

赵顺阳:"睡觉了。"

不过他倒是提醒闫椿了,她发了一条心情——

"十一月我可以收到他们家的限量套装吗?"

评论很快突破了十条。

"我还想要呢!贴吧炒到天价了!"

"不可以,滚。"

"我可以给你批发一盒泡泡糖。"

"……"

闫椿并不想要,她只是看到了商机。

这东西不贵,一套两百块钱,只是限量营销做得好,得发短信抢资格,前二十条短信才有,也因为这样,贴吧上一套炒到了五千二。

天上掉下来的钱,她为什么不要?

她已经跟单轻舟要了,他从没让她失望过,相信这次也一样,不过为了保险起见，她还是发了心情，多多益善嘛，谁还嫌钱多。

陈靖回看到这条动态时，刚回到家，他随手给她评论："我给你买。"

闫椿的手机开始疯狂地振动，她拿起一看，果然是陈靖回才有这么大的影响力。

底下一堆人回复他——

"回哥阔气啊。能不能顺带也给我买一套？"

"闫椿肯定是要卖，你花五千买了送给她，她再卖出去，哪儿有你就直接给她五千块钱好？"

"怎么？当我赵顺阳不存在啊？给我把嘴闭上！"

"你就不能私底下说吗？这下好了，贴吧上又得涨价了。"

"实名羡慕嫉妒恨闫椿！又要失眠了！"

"……"

闫椿给陈靖回发 QQ 消息。

闫椿："到家了？"

陈靖回："嗯。"

闫椿："你看，他们都知道我不是真的想要。"

陈靖回："他们也知道我只是想让你挣钱。"

闫椿："……"

陈靖回："早点睡。"

闫椿："你再跟我聊一会儿吧？"

陈靖回："可是我困了。"

闫椿："哦。"

陈靖回："洗澡睡了。"

闫椿："哦。"

陈靖回："你好好说话。"

闫椿："委屈巴巴。"

陈靖回："……"

闫椿："你去睡觉吧，不用管我。"

陈靖回："……"

闫椿："我的难过一会儿就好了。"

陈靖回："惹不起你了。"

闫椿："那陪我再说两句嘛。"

陈靖回："又不是明天见不到了。"

闫椿："现在去睡觉的话，距离明天见到你还有九个小时，九个小时可以颠覆一个王朝，可以谈成一个跨国项目，可以在运动场上拿好几块金牌。"

陈靖回："你正常一点，我害怕。"

闫椿："呸！滚！"

陈靖回笑了笑："明天我早起，去接你。"

闫椿："好的呢，小哥哥！"

陈靖回："晚安，明天见。"

收起手机，闫椿就睡了，睡得格外安稳，那时候她还不知道，陈靖回的"明天见"十年都没有兑现。而她，苦等了十载，度日如年。

第十章

好久不见啊，心上人

"先生，您要的格瓦斯。"老板简简单单地上餐。

闫椿回神，收回思绪，掀起眼帘，望了一眼陈靖回的脸，他比以前更好看了，线条也更明朗了，贵得令人发指的衣服穿在他身上，人靠衣装这话都成了空响炮。

他怎么看，都比钱贵。

闫椿再扫一眼自己，穿着黑裙子，腿比铅笔直，岁月体恤她倒霉了半辈子，并未在她身上留下任何痕迹，她还是歧州最嚣张的女人纪录保持者。

只是……再一次坐在陈靖回对面，让她恍如隔世。

陈靖回以为她没听见，又重复一遍："后悔了？觉得五百万要少了？"

当然少了。

闫椿说："作为总市值超过八千亿的轮回资本控制权持有者，你的个人财富超过一千五百亿，五百万何止是要少了？是太少了！"

陈靖回身子前倾，胳膊抵在桌沿。

"你有关注我。"

闫椿面无表情："打开各种软件都是你，我嫌烦就把它们都卸载了，世界果然清静了。"

陈靖回也不气："五百万到账，我就是你的客户了，你要服侍好我这个道理懂吗？"

闫椿："要找服侍去养鸡场，我只给你打官司，打完我回家，你滚。"

陈靖回恍若未闻，把钱打过去。

"在这期间，随叫随到能做到？"

闫椿看着短信上的余额提示，脑袋里一闪而过的，不是有钱了，而是完了。

陈靖回站起来："走吧。"

闫椿："去哪儿？"

陈靖回："我送你回家。"

闫椿眼睫毛被风吹得更翘了，片刻，她说："好。"

陈靖回没等闫椿，先一步朝外走。

闫椿上前，扫了一眼桌上未动的欧包和格瓦斯，跟老板说："老板，欧包和格瓦斯给我打包。"

陈靖回在车上等着，司机透过车前镜悄悄瞅他的表情，看起来心情不错，虽然没有笑。

闫椿从杏仁咖啡出来，看见一辆跟这条乡土风颇浓的街道格格不入的"六千万"，走过去，透过车窗，她几乎可以看到陈靖回什么嘴脸……她打开了副驾驶座的车门。

司机想，这小娘们有点刚啊，居然拒绝了坐在陈靖回身侧的机会，要知道这是多少人梦寐以求的。

陈靖回也不介意。

"开车。"

司机不敢置喙老板的私生活，一脚油门开进主路。

很快到达目的地，闫椿没有好奇他怎么会知道她在哪儿，就像她也没疑惑他怎么知道她中国银行的银行卡账号一样。

闫椿从车上下来，走基本程序跟陈靖回说："代理合同和授权书，我理好发给你。"

陈靖回也下车："你还没有给我你的联系方式。"

闫椿："电话号码没变。"

这话过后，经常躲在巷子口的猫都不叫唤了，与这个寂静的夜晚达成了默契。

陈靖回："我的也没变。"

闫椿没再说话，转身进了大厅。

陈靖回站在原地，望着她离开的方向，望了好久，好久。

要不是项敌的电话，他可能会站到寒气入体。

项敌已经到了。

"我在你家了，没看见你啊。"

陈靖回："我在楼下。"

项敌："嗯，上来时买瓶酒吧，这新买的房什么都没有。"

陈靖回转身走向对面别墅区："四楼最右边是酒吧。"

电话那头传来一阵脚步声，随后是惊叫声："天！你要卖酒啊？这么多，喝得过来吗你？"

陈靖回没答，挂了他的电话。

那叫多吗？在柏林，他曾一度沦落到没有两瓶金酒无法入睡的境况，近两年一直在接受治疗，才稍稍有所好转，之前囤的酒也就搁置了。

进了门，项敌大大咧咧地冲过来，把他一把搂住。

"我刚看见两瓶（19）82年的！"

陈靖回扯开他，走过中央区，把外套随便往沙发上一扔，走上高台，置身巨大的落地窗前，眼睛凑到那盏望远镜前，看向对面的筒子楼。

项敌没搞懂，也凑过去："看什么呢你？"

陈靖回没有收回目光，跟他说："一个小时前，你侄女又跟踪我了。"

项敌："呃……"

陈靖回："第二次了，再有一次我会报警。"

项敌赶紧把酒瓶子放下，顺顺他的脊背："哎呀，还至于？她就是个小屁孩，什么都不懂，刚情窦初开，不达目的不罢休，你体谅体谅，我回去一定说她。"

陈靖回又重复一遍："再有一次我会报警。"

项敌以前就惹不起他，现在他权势滔天、富可敌国，项敌更惹不起了。

"好嘞。"

筒子楼的一楼客厅终于出来一个身影，陈靖回目不转睛，不想错过一切看到她的机会。

项敌就站在他旁边，顺着他的望远镜延伸的方向轻轻松松看到了闫椿，这么近的距离，根本用不着望远镜好吗？除了想嘲陈靖回这么矫情，他也有些感慨——

优哉游哉五年又五年，陈靖回并没有忘记闫椿，或者是，他并不想忘记闫椿。

项敌靠在窗前，喝着酒："你一消失就是十年，兄弟可以体谅你有苦衷，原谅你。可女人没那么深明大义，尤其还是闫椿这么个记仇的女人。"

陈靖回看不到闫椿的身影了，才迟迟地收回眼睛，把项敌手里的酒瓶拿过来，给自己倒了一杯，说："卓文理最近怎么样？"

项敌猛喝一口酒："他娶了沈艺茹，你知道吗？"

陈靖回怎么会知道除了闫椿之外的人或事？

"是吗？"

项敌都不想回忆："结果第二年就出轨了。"

陈靖回没说话，卓文理很野，以前就安分不下来，现在也一样。"江山易改，本性难移"从来不是一句空话。

项敌很难受："为什么她没看上我呢？"

陈靖回："你没乘虚而入？"

项敌："我就不想干这种事。"

陈靖回："你不干，有人干。"

项敌捕捉了他声音里一个小细节。

"你这次回来，比当年更狠了。"

陈靖回自动无视他的恐惧，就当他是夸自己。

"总要成长。"

项敌把酒杯放下，想问些什么，又怕他不愿意回答，可又实在憋得慌，想了几分钟，终于还是问出了口："你家出事，是被人算计了，对吗？"

陈靖回听见了，不想答。

"还有别的可问吗？"

他不想回忆，可十年前的一切在项敌问起时，清晰地出现在他脑海里。

十年前，一个并不特别的夜晚。

陈靖回的祖父猝死家中，陈茂急急忙忙地赶过去，结果路过火车站旁的加气站时，一辆槽罐车倒灌的时候漏了，尽管支队指挥中心派出五个单位，以最快的速度到达现场，也没能挽回这场人祸——陈茂的车上无人生还。

蒋漾因为帮陈靖回调查学校主任的背景关系，幸免于难。

在陈家以为这场灾难就此终止时，陈茂生前的一个互联网项目负债表被曝光，资料显示，陈氏负债 22.37 亿，其中包括供应商链条和预售押金。

蒋漾一头雾水，彻查之后才发现，陈茂已经把陈氏按市场最低价折给这个新项目，可谓孤注一掷，结果这场车翻个底朝天，再无余地。

众股东纷纷撤股，毕竟商业的本质在于盈利，一切不盈利的商业都是扯淡。

慢慢地，蒋漾手里除了当初"跑马圈地"遗留下来的一点资本，已无牌可打，当她慌不择路投诚最高持股集团时，又被另一资本的一票否决权打回了原型。

最后一个及时止损的方向被堵死，陈氏彻底凉了。

蒋漾遭受接连打击，已经无力再战，瞒着陈雀翎和陈靖回，宣布破产重组，并聘请了一家大型券商机构入场评估。

商圈对陈氏的没落不胜唏嘘，追投的股东来不及上岸，也只能飘在江上等死，此时在惶恐滩头说惶恐，零丁洋里叹零丁，为时已晚。

蒋漾撑到最后结算，终于去陪陈茂了。

所有人都认为这是一场意外，陈家所有人都没熬过这场意外，只有陈靖回和陈雀翎知道，这是一场蓄谋已久的杀戮，他们也不确定自己在不在这场计划里，而未卜先知的祖父并没有赌，生前就安排了人在出事后把姐弟俩接走，才避免了陈家被灭门。

尘埃落定，风向也归于正道。

没人知道，一张机票，一顿惨痛的教训，八年柏林生活，让陈靖回成为跨国银行控股公司集团轮回资本的当家人。

外媒评价该集团是仅次于美国财富榜前列企业温朗的投资银行。

2016 年，王者归来，成立轮回资本亚太地区总部。

财经杂志说，陈靖回一定是穷怕了，不然干吗病毒式地扩大轮回资本，弄得金融界都要姓陈了，就连在他之前赫赫有名的资本，也都沦为他的爪牙。

网友说，不不不，陈靖回是"钱冷淡"，他这样十步杀一人的打法分明是为了爽。

只有陈雀翎知道，他在报仇，血海深仇。

刚到柏林时，她暴瘦二十斤，吃什么吐什么，睁眼闭眼都是家人惨死的画面，这也不怪她，从小跟父母生活，金尊玉贵的成长经历让她没有一点抗压能力，按照父母的期许考他们理想的大学，读他们理想的专业，再靠着父母的关系，融资成功……

没有倒下，已经很不容易了，即使在这种自身难保的情况下，她也没忘记她是姐姐，她还有一个弟弟，她必须站得笔直，做他的帆和桨，让他保持对生活的激情和希望。

而这时候的陈靖回已经收拾好心情，拿着外公留给他的第一桶金，扎进学校五个年头。

在这期间，他也不光学本事，还笼络人脉，祖父教他的九九八十一招，他用了八十招，一步一个脚印，杀出了一条生路。

项敌没给他太多回忆的时间："当时歧州每家每户津津乐道的话题就是陈氏凉了，因为你父亲骗了投资被起底，气死了老爷子，而他……是闫椿逢人就说，你家是被人算计了。"

陈靖回听到闫椿的名字，本来平淡无波的眼神里被扯开一道口子，温柔一股脑涌了进去。

项敌又说："闫椿那几年，真的不好过。"

陈靖回那条口子又合上。

他知道。

"闫椿那时候满世界找你，在那之前我从未见过她哭，在那之后就没见她有一天眼睛不肿的。所有人都说你们家不作死不会死，她给每一个人解释其中利害关系，所有人都问她，你要不是心虚，为什么连夜出了国，她哑口无言的那个画面，我看了都难受。"

项敌说起来没完了，他借着替闫椿诉苦，悄无声息把自己心里的苦水也倒一倒。

"她那个状态，考大学都成了做梦，幸亏天可怜见，她凭借那次月考的优异成绩，被几所高校相中，在参加了几轮面试和检查后，让歧州大学法学院招走了。"

说到这事，项敌还有个小插曲要汇报："你走后没几天，主任就下来了，大家都说是闫椿求助了他那个当部长的爸爸，使了些小手段。"

陈靖回知道不是。

主任下台是蒋漾用了些关系，她也正因为被这事绊住，才没跟陈茂一起被那场事故带走。

项敌："可是后来闫椿和她爸打官司了，这事很快又取代你们家的事，成为全市茶余饭后的谈资。"

陈靖回还记得在闫东升的婚礼上，闫椿和他是如何针尖对麦芒的。

项敌："据说是她爸找人天天去闫椿家吓唬她妈，她妈本身就受过刺激，精神状态一直不太好，几次都很危险，闫椿也不能一直守着她妈，而她妈还很年轻，也不能送到疗养院，所以她就把她爸告上法庭了，最后因为证据不足，闫椿方不能证明她妈妈的神经状态是被她爸刺激的，最后案件不了了之。从此她打起十二分的精神，所有的自习都没上过，一趟一趟往家跑。结果她妈还是被她爸骗签了一个赠予协议，她们家那套房还有四合院，全被她爸抄走了。"

陈靖回不久前已经知道了。

项敌："你还记得赵顺阳吗？"

陈靖回："嗯。"

项敌："他妈被后爸家暴，他失手把他后爸捅死了，就在闫椿大三的时候，当时她正在一家事务所当实习助理，协助他们律所律师办理的这个案子，结果败诉了。"

陈靖回都知道，可还是想听，闫椿每一分钟的不快乐，他都想深刻地记住。

项敌："赵顺阳防卫过当，被判处五年有期徒刑。闫椿就把他妈接到了她租的房子，跟她们一起住。她的事务所离得太远，每天忙得脚不沾地，早出晚归也怕打扰到两位老人，就请了个保姆，亏得她妈状态好多了，而赵顺阳他妈也算康健，她一周就只回去个两回。"

陈靖回知道，可项敌是怎么知道的？

陈靖回问他："你怎么知道的？"

项敌给自己倒了满满的一杯酒，说："你问到重点了。闫椿毕业两年后拿到了律师执照，跟几个律师合伙开了一个律师事务所，她虽然算是股东，但因为只是技术投资，没有分红的资格，不过靠她自己大杀四方，日子倒也不算拮据。"

他越说越起劲："人红是非多，她火了没几天就被合伙人联合算计了，他们绕远给她挖了大坑，让她狠狠输了一把。普通律师输了就输了，谁还没翻过船，但闫椿不一样啊，她是红牌，从毕业开始，接的都是刑事大案，没一桩输过，这一把，算是断送了她的律师生涯。"

陈靖回："这跟你知道前头那事有什么关联？"

项敌啜一口酒："我不是做办公用品的吗？坑闫椿那个律师事务所是我的客户，闫椿这些事我都是听他们员工说的。"

陈靖回："这种事务所你为什么还要合作？"

项敌"嘿嘿"一笑，转移了话题："闫椿的日子过成这样，她也没说找个男朋友帮她分担，她对你也有一份情在，但她也算是固执的了。爱你，不见得原谅你。"

陈靖回回到望远镜前，又开始望着那栋筒子楼，闫椿不在他的视野里。

项敌说："虽然你这十年也难过得跟她平分秋色。"

陈靖回的眼睛盯住闫椿家的客厅，不想错过她一个蹙眉的表情。

项敌拍拍他的肩膀："你呀，任重道远。"

陈靖回没言语。

项敌话头一转："说起来，你也不算亏了，明眼人都看出来了她之前那么喜欢你。"

陈靖回要送客了。

"管好你侄女，我可不善良。"

项敌没来由地哆嗦一下。

"行，回去我说说她。"

门被关上，这偌大的四层洋房只剩下陈靖回一个人。

一轮窄而浅的镜头拢着闫椿已经不堪一握的身形，她从厨房走到客厅，再从客厅走到厨房，再从厨房走向卧室，待了三两分钟，又去了卫生间。

望远镜只能看到她去了哪里，看不到她在那里干了什么，陈靖回再好的耐性，也被十年这骇人听闻的数字给消磨干净了。他看着闫椿，上了楼，一直向右走，走到二楼最右边一间房，终于可以看到她一点轮廓了，只可惜，是背影的轮廓。

他看着她，目不转睛。

此时的闫椿看着被她改成手链的纽扣项链，目不转睛。

这十年来，她成了集扣爱好者，不论从哪儿看见个扣子，都要捡起来，回来擦洗干净，穿在项链上，渐渐地，扣子越穿越多，挺长的项链也显得短了，戴在脖子上跟傻子一样，她就改成了手链，反正手链多绕几圈也无妨，不显得蠢。

刚才打包回来的欧包不好吃，太腻，齁嗓子，她这种吃惯馒头就咸菜的人，享不了这种腻腻歪歪的福，趁早划清界限，对她自己也好。

这想法刚发酵，她就哭了。

可是，可是，她舍不得啊。

十年的扣子穿成的链子，她还是一眼就认出哪一颗是陈靖回的。她的日子那么苦，还是在陈靖回屈指可数的消息里抽丝剥茧，看他到底过得好不好……

他两年前得胜回朝，出口转内销，使他的身价在国内水涨船高，短短两年，已无敌手。

闫椿知道他是为了什么，当年全家近乎被灭口，要说是天灾实在牵强，他想要累积实力将那些恶人一网打尽也在情理之中，可是，这跟爱她冲突吗？

他就那么稳稳当当地织着自己的网，而闫椿在这个城市的另一端，天天哭红一双眼。

为什么在她等了八年之后，又让她等两年呢？

是担心她会坏事吗？她有那么蠢吗？

她想不通，哭得连五脏六腑都疼。她抱住自己，双腿习惯性地抵着胃，动作熟练得就跟她每天醒来先去摸手机看看有没有陈靖回的消息一样。

眼泪很快湿了她的衣裳，取之不尽用之不竭似的，她抓着胳膊，终于还是没忍住，喊出声来："啊！陈靖回你个大傻子，你不是有种吗？你应该一辈子都死在外头，你现在回来找你'爸爸'，还想让'爸爸'

展开怀抱欢迎你吗？啊——给我滚！"

一直盯住这一幕的陈靖回只能看到她的难过，不知道被她问候了一遍全家。

他伸出手去，只摸到空气，却还是顺着闫椿的身影摸了摸。

"以前，心是你的，以后，人也是你的。我们不止十年，还有一世，你的委屈，我拿余生来抵。"

项敔从陈靖回家离开，也没回家，而是去找那不让人省心的兔崽子了。

他的侄女叫项蓦，刚十八岁，在他的陈年旧照上看到陈靖回，眼都绿了，非要用年轻漂亮这点本钱去征服一下陈靖回，项敔说了多少次人家有心上人，她就是听不进去，仗着平时有点追求者，还以为自己是万人迷，随便用点小孩子的伎俩，就能把人家撩拨得晕头转向。

打开门，那死丫头正坐在沙发上看电视，零食袋子铺满茶几，脚边还有喝完的易拉罐，榻上搭着一身脏衣裳，污了白净的坐垫。

他走过去，把脏衣服扒拉到地上。

"你现在不得了了啊。"

项蓦的眼睛还在电视上。

"你也不得了了，不帮着自己的侄女。"

项敔把她手里的遥控器抢过来，关了电视。

项蓦来脾气了，猛地坐起来，瞪着他："我今天烦着呢！别惹我！"

项敔差点没甩巴掌抽她。

"你是不是又去跟踪阿回了？"

项蓦不屑于否认："是又怎么样？他未婚我未嫁，我对他展开追求有悖道德伦理吗？"

项敔已经懒得跟她掰扯了。

"我也不跟你废话了，我就告诉你，死了这条心吧。你以为我刚才干什么去了？就是他警告我，你再跟踪他，他就报警。"

项蓦瞥过去:"编,接着编,他根本就没发现我。"

项敌合上眼,想不通他怎么就有这么个冥顽不灵的侄女。

"他向来说到做到,你要一意孤行,我也管不了,就是把丑话说在前头,他不是省油的灯,他喜欢的那个,也一样。"

项蓦都听烦了。

"你老说他有喜欢的人,那你倒是告诉我是谁啊!"

项敌就在搜索引擎上搜了搜闫椿,给她看。

"看看,长得比你好看,还比你狠,看看战绩。"

项蓦吓得零食撒了一地。

"天!怎么是她?!"

项敌挑眉:"怎么回事?你认识?"

项蓦就把前不久发生的事跟他说了,指着那两件脏衣服:"这衣服就是她的。"

项敌笑了:"你要是不怕死,就继续。"

要是这样,那得从长计议了,项蓦前不久跟闫椿的对峙一点好处都没讨到,项蓦以为一个女人到了闫椿那个岁数,会更注重涵养,却败给了闫椿只注重自己爽不爽。

不行不行,得忍一下了。

项敌看她总算露出一点恐惧的眼神,甚是欣慰,也稍微有点为陈靖回担忧。

他这个天不怕地不怕的侄女居然会畏惧闫椿,可见他追妻之路漫漫啊。

第二天是个晴天,闫椿一个日日忙着打官司的人,也无心观赏风景,把连夜起草出来的合同和一干文件给陈靖回发过去,简单洗了个澡,换了身休闲的衣服。

十多分钟后,手机响了,不是陈靖回,是肖黄。

闫椿没给他好脸:"你还敢给我打电话,嫌自己命太长了吗?"

肖黄嬉皮笑脸："哎呀，姐，我也是被逼无奈啊，陈先生说了，不用这招你不会出来。"

闫椿："滚！你哪头的？现在认钱不认人了是吗？"

肖黄也得敢啊。

"我错了，我错了！姐，下次一定让他滚，绝不沦为他的狗腿子！"

闫椿把电话挂了，顺便拉黑，她刚上了他的当，再听他的话不是脑子有洞就是有水。再说，谁比谁大啊？叫姐？

陈靖回的车九点准时到楼下，他没给闫椿打电话，也没发微信，而是给她的 QQ 弹了一个抖动。

闫椿拿出手机的瞬间，心情很复杂。她想了想，给他回："合同看了吗？"

陈靖回答非所问："吃早餐了吗？"

闫椿看了一眼空荡荡的餐桌，没答他的问题。

"看完合同再叫我。"

陈靖回："我还没吃。"

闫椿："没吃就吃啊，跟我说什么？"

陈靖回："一个人吃饭不促进吸收，也不利于消化。"

闫椿："呵呵。"

陈靖回："我在你家楼下。"

闫椿："啊？"

闫椿下楼了。

她倒不是担心陈靖回消化不良，也不是为了五百万，她已经到手了，法律服务到位就行了，陪着吃饭也不在合同条例里，她是想着陈靖回这一仗能助她翻身呢。

到楼门时，房东杨姐跟她碰了个头对头。

杨姐那张嘴，就没说过好话："哟，闫大律师，您还有班上呢？"

闫椿年轻的时候，一点亏都不吃，"遇神杀神，遇鬼杀鬼"，还大言不惭地对陈靖回说，她从来掌握自己的命运，后来被社会啪啪打脸，她才明白他当时那句"那只能说明，你运气不错，没有碰到应付不了的角色"，真的不是在故作老成。

现在的她懂得考虑后果了，没必要得罪的人，就不得罪了。

"没饭吃也得起床啊。"

杨姐给她一个别致的白眼："马上又要交房租了，你这回是打算给我拖多久啊？"

闫椿没时间跟她周旋："准时给你。"

说完，她往外走。

杨姐追出来："你每回都这么说，我可是听说了，你现在这名声臭了，根本接不着案子，饭都吃不起了，还有钱交房租？"

闫椿在露天地上，得阳光庇佑，也没有觉得底气很足，她的口吻里有太多疲惫："不会差你的。"

杨姐吃得好，睡得饱，一天到晚就收个租也不累，说话中气十足："小姑娘看着人模狗样的，谁知道一点诚信都不讲。"

闫椿给够她面子了，终于是忍不了了，扭过头来："我每个月十五号交房租，你哪个月不是十号就堵我门口？成天打听我官司输赢、前程如何，我就纳了闷了，干你屁事？我少挣点钱就短了你房租了？还是让你没得吹牛说房客是著名律师了？"

杨姐愣了半晌："你这话说得，你挣多少钱也不给我啊，我这不是盼着你好吗？"

闫椿："我谢谢您了。"

两个人的谈话眼看告一段落，陈靖回非要上来凑个热闹，就站在闫椿身后，柔情似水地问她："怎么这么久？"

闫椿鸡皮疙瘩起了一身，还没来得及让他闭嘴，杨姐已经接上话了："您是……"

陈靖回恍若未闻，对闫椿说："本来胃就跟捡来的一样，你还不知道好好待它，吃饭都不着急，是嫌我给你准备的米其林三星档次太低吗？"

闫椿："你……"

陈靖回拥着她往外走："那好说，明天请雅典娜广场的克里斯托夫·圣阿格尼专门伺候你。"

闫椿："啊？"

杨姐目瞪口呆，眼看着陈靖回小心翼翼地把闫椿扶上了一辆商务车，车的牌子她在杂志上看过，够买她这一栋楼了……

闫椿这小姑娘，这么有出息的吗？可不能给她脸色看了。

上了车，闫椿拿开陈靖回的手："你什么时候这么浮夸了？你确定她知道克里斯托夫·圣阿格尼是谁？"

陈靖回："她只要知道很牛就行了。"

司机还是第一次听到陈靖回这么轻松的口吻，也是第一次听他说"牛"这个字。

两人相安无事地到达目的地后，陈靖回先一步下了车，刚摆出绅士姿态，闫椿就从另一边自行下车了。

司机吓得直冒冷汗，没想到陈靖回还笑了。

他……他竟然笑了？贼恐怖！

陈靖回把餐厅包了，二十多个服务员，就围着他们转，闫椿穷人乍富，还有点不适应。

"陪你吃饭属于额外服务，你得按我的价码另外付给我。"

陈靖回笑："我从没说过，五百万是付给你的律师费。"

闫椿把叉子往桌上一扔："很闲？"

陈靖回把他切好的鹅肝换到闫椿面前，说："律师费另算，入股你们事务所，也另算。"

闫椿觉得他真是病得不轻。

"我没有事务所了。"

陈靖回："你会有的。"

闫椿听出了他的意思："你要想清楚，我现在的情况给你带不来丝毫好处，还会掉你的价。"

陈靖回给闫椿搅了搅汤，奶油的香味飘得满厅都是。

"你可以自信一点。"

闫椿觉得好笑："可以理解成你是为了我吗？你是不是忘了，在十年前，我就不傻？我曾以为我们情比金坚，我是你最好的选择，你呢？十年连个屁都不放。"

二十多个服务员站成一排，身子笔直，被闫椿吓得谁也不敢凑到跟前伺候了。

陈靖回舀了一勺汤，放在唇下吹了吹，递到闫椿嘴边："他们家的汤做得不错。"

闫椿想一把打翻，可她不想浪费粮食，就张嘴了。

服务员们：您好歹也挣扎一下，刚才气势如虹地发泄不满，这会儿勺子递过来就张嘴……真叫人眼疼。

陈靖回喂她喝完，说："我等下有事，不能陪你了，司机给你，你可以去逛街，逛累了给我打电话，我接你吃饭。下午有会，很枯燥，不过你要是愿意，我也可以带你去。"

这个剧本原本就是这么写的吗？闫椿怎么有点缺氧呢？

陈靖回接下来就是给钱了，他放了两张卡在桌上："不限额，随便刷。"

天！哪个女人没在梦中梦到过这个画面？

餐厅上下都替闫椿高潮了。

闫椿掀开眼皮看着他，说："这卡是买我什么服务？先说好了，别到时候阴我干别的，我身份贵重，两张卡可买不起。"

陈靖回："那个另算。"

还真想过这档子事！？

闫椿早知道陈靖回大杀四方的段位已经逆天了，没想到他都修炼得脸不红心不跳地聊这种话题了。

陈靖回："你可以把我的行为理解成技术投资，我对于你能给我赚钱这事深信不疑，所以并不计较在你身上花多少。"

闫椿："我输过。"

陈靖回："我没输过就行了。"

闫椿被说服了。

吃完饭，司机派给了闫椿，陈靖回由另外一队人来接，招摇地驶向这个城市的一端。

闫椿看着憨实的司机，想了半分钟都没想到去哪儿。

"我们，去哪儿？"司机很懂礼貌，"夫人想去哪儿都可以。"

闫椿瞪眼："别瞎叫，怎么就夫人了？叫我女士。"

司机微微笑："夫人是对女士更高层次的称呼，不止是称呼已婚妇女的。"

他一本正经的模样几乎可以以假乱真了，要不是闫椿学富五车，真能被糊弄过去。

"你还是叫我的名字吧，我叫闫椿。"

司机继续微笑："好的，夫人。"

闫椿有些无语，但她也懒得纠正了，夫人就夫人吧，也省得旁人看见说闲话，以为她被包了，叫个夫人好歹说明她是正室。

"走吧，去目坊办公用品有限公司。"

"好的，夫人。"

闫椿得适应呢。

陈靖回推了上午所有的事，除了陪闫椿吃顿饭，还有件要紧的。

司机把车停在东山区第一企业对外贸易办事厅，下来三个体态健硕的保镖跟在陈靖回身后，拾级而上。

办事厅门庭若市，往来的人看见一袭黑衣、眸中掺毒的陈靖回，就好像他自带磁场一样，吸了他们的眼睛，怎么都拿不回来，多怕都要看。

进了大厅，咨询处的人走过来，微笑着询问："先生，请问您找谁？"

陈靖回身后的人递给她一张名片，她登时腿软，要撑着桌面，才没摔倒露了怯。

她收拾一番仪表，说："陈先生，里面请。"

她伸手迎向的地方，是这办事厅里最大的人物——闫东升的办公室。

到门口，陈靖回拒绝了她的通报，直接推门进入。

闫东升自然看过陈靖回的脸，陈靖回进门前他正在看新闻，一抬头，对上一双叫人不寒而栗的眼睛，手里的报纸也掉了，慌不择路地往左边挪了挪。

"你……你……"

陈靖回不请自坐。

"闫部长。"

闫东升话都说不利索了。

"你……你是轮回资本的陈……陈总？"

陈靖回没说话。

闫东升得到确认，受宠若惊，赶忙走过去。

"陈总光临真是叫我们小地方蓬荜生辉啊！不知道您此次过来，是公干啊？还是要谈生意啊？"

他知道陈靖回不光有钱，还有各国各路的关系，一紧张，说漏了嘴。

陈靖回倒不介意，闫东升知道他什么底细也省得他等会儿再自我介绍。

"闫部长，这些年过得还算舒坦吧？名利双收，万民爱戴。"

他到访后这些莫名其妙的话，全让人猝不及防，闫东升熬了一辈子的脑汁，这会儿不能说是油尽灯枯，但也差不多了，他根本无暇细细琢磨，张嘴就来："是民众给饭吃，我的舒坦也都是仰仗他们叫我省心，遇上不省心的，也是腻歪。"

陈靖回："听你的意思，是有不省心的了？不知道是谁有这么大本事。"

闫东升跟自己亲生闺女打官司的事情早在歧州不胫而走，也不瞒了。

"还不是那贱闺……"

闫东升的话还没说完，陈靖回突然站起身，闫东升以为陈靖回要对他不利，吓得脚一滑，摔倒了。

"你！你干什么？"

陈靖回走到他跟前，居高临下地看着他。

"你真当我有空过来跟你寒暄？"

闫东升还没反应过来，骂人也骂不到点子上。

"你是跟市长穿一条裤子的？！好啊！天子脚下，官商勾结，你们就不怕我一纸诉状递到最高院？"

陈靖回不想跟他兜圈子，明白话明白说："我跟你算的，是你欺负我老婆这笔账。"

闫东升更听不懂了。

"我……我与贵夫人根本不认识啊，我怎么会欺负到她头上？你这是血口喷人！你们就是要把我弄下去！"

陈靖回扔给他一份赠予协议："把字签了。"

闫东升拿起一看，傻眼了，这不是他从祝自涟那儿骗来的四合院和一套四环边上的房产？陈靖回说的老婆难道是……他那个混账闺女？

陈靖回又说："老实签了这份协议，我给你留些体面，不然，你前半辈子怎么富贵荣华，下半辈子就怎么穷困潦倒。"

闫东升哪惹得起陈靖回，可他又甘心到手的东西飞了吗？既然陈靖回看上了闫椿，那也算是他的女婿了，他只要说尽好话，还怕陈靖回不给通融？想着，他爬到陈靖回脚边。

"我们椿椿这是多大的福气，能找到你这么有出息的姑爷，真是我们闫家门上冒了青烟了。"

陈靖回蹲下身子，直勾勾地盯着他："你也配叫她的名字？"

闫东升一把骨头摔了这么一跤，又被他这么讽刺，立马切换了一副嘴脸。

"呵，堂堂国际银行一把手，为了个女人，真给爷们丢人现眼！我呸！"

陈靖回："我还可以为了她让你身败名裂。"

闫东升这种裹油的蛆，滑溜，钱啊，名啊，他虽看重，却也知道"留得青山在，不愁没柴烧"的道理。

"也不是没败过，我还怕败？要是我死活不签呢？除了将我打回原形，还有别的招吗？"

陈靖回最不怕无赖了。

"那你就只能在死和生不如死之间做选择了。"

他说话时云淡风轻，就好像在说早上吃的汤有点咸一样，可闫东升还是哆嗦了一下。是，他不怕穷，钱没了可以再坑，也不怕名声臭了，之前在跟闫椿打官司时，他就已经离声名狼藉不远了。可他怕死啊，好不容易活一遭，才过了半生，他可不要死。

陈靖回料准他不能反抗，果然，他几乎没有犹豫，匆匆在几张纸上签了名字，这其中，不止有赠予协议，还有认罪书，里面他曾做过的一桩桩、一件件恶事都白纸黑字写得清清楚楚，在他签完字那一刻，齐刷刷冲进来一行穿制服的人，捉拿他归案了。

闫东升大势已去，也只能死拽住陈靖回的衣裳。

"你个贱人！跟闫椿一样的贱人！"

陈靖回面无表情地扯掉他的手："后半辈子就在监狱里过吧。祝您晚年幸福，岳父。"

闫东升被拖出去时，咒骂就没停过，执法人员封上他的嘴，结果从他嘴边上涌出不少白沫，围观的人都看见了，都对这位官场上最潇洒俊逸的翩翩君子感到唏嘘。

人啊，都是被自己作死的。

以后的歧州，就再也没有闫东升这号人物了。

第十一章

. . .　我很凶，可你还是能牵我的手

目坊办公用品有限公司。

闫椿是来找项敌的，她有些情况想要了解一下。

项敌看到闫椿还是蛮惊讶的，在陈靖回出国那些年，他们即使彼此知道对方什么情况也没联系几回，就算有也是生意上的往来，这会儿她突然造访，他一时有点慌乱。

闫椿也不是要来给他施加压力，她就是想知道……

"陈靖回惹上什么官司了？"

官司？项敌不知道啊。

"他能惹上什么官司？谁惹得起他？"

闫椿琢磨了一下他的表情，又说："陈靖回找我做他的代理律师，帮他代理一起官司，签了代理合约一口价，却迟迟不告诉我案情。"

项敌明白了，陈靖回这招从工作入手真是高明。

他给陈靖回打马虎眼："估计是很私密的事。你了解他，平时跟我们关系好也老是有一句没一句的，又怎么会把这么要紧的事跟我们说呢？他找你给他打官司也是签了保密协议吧？你这么来问我可有点违背

职业道德。"

闫椿被他一个回马枪打掉了血，她也不急："你们从小一条裤子的交情，他什么事你不知道，我还用瞒着你？"

短短一句话成功戳中项敌的软肋，无论什么时候，他确实是希望陈靖回把他当自己人信任。

闫椿眼看有效，乘胜追击："你就别瞒我了，他要是真犯了桃花，我也能无二心地帮他。"

这话说得项敌差点没招架住。

"真没有的事，你动动脚指头也能知道他那个生人勿近的性格多讨厌，别说不认识的女人，就说我侄女，跟踪了他几次，他都要报警。"

闫椿眼帘上掀："你侄女？"

项敌意识到说漏嘴，赶紧打岔："阿回不会被官司缠上的，他如今的成就谁能轻易算计了他？"

闫椿了解了，也没多待，站起来。

"那成，改天一起吃饭。"

项敌送客，走到门口，闫椿转身冲他笑了下："你那个侄女，有点意思。"

她是什么脑子？他就说漏了一嘴，她就知道他侄女是谁了？

闫椿："你转告她，跟踪犯法。"

项敌："知道了，知道了，犯法、再有一次就报警……真不愧是两口子，话都是一个味的。"

从项敌处出来，司机跟闫椿说："夫人，先生打电话了，问您饿不饿。"

闫椿上了车："你问他吃什么。"

司机说："还是您亲自问他吧。"

闫椿说完就后悔了，她就知道这司机跟陈靖回久了，也不是省油的灯。

她打开微信，刚找到陈靖回，转念一想，又打开了QQ，给他发了一条消息。

闫椿："事情处理完了？"

陈靖回："想吃什么？"

闫椿："不太饿。"

陈靖回："那回家吃吧？"

闫椿蹙眉："回家？"

她说出声来，司机会意，调转车头，去了陈靖回市中心的复式别墅。

闫椿下了车，被眼前一幢水晶楼折射的阳光刺了眼，她下意识地遮掩一下，而司机已经备好了眼镜，恭恭敬敬地站在一旁。

她看了一眼，虽然不适应，但还是戴上了。

再不适应也总比刺眼强。

闫椿走进正门，明显受过严格训练的家仆站成两条直线，嘴角含笑地看着闫椿。

"夫人好。"

陈靖回在大厅正中间，一张充满科技感的控制面板就竖在他眼前，算是粗糙介绍了这房子到处是人工智能。那她要疑惑了，既然这样，还雇那么多用人，有钱没处花了？

她故意绕开他，问跟上来的家仆："卫生间在哪里？"

家仆伸手指引："夫人跟我来。"

陈靖回也不介意闫椿的无视，还目送她上了观光电梯，直达六层。

闫椿被领去整幢房子里最气派的一间卫生间，四面单向水晶墙，墙外风光一览无余，外头的人却看不见里头的景致。浴缸在 King Size（美国的双人床尺寸）的床边，可以容纳四个成年人，智能问候是亲切的女声。卫生间也离得不远，马桶正前方是全息 3D 投影，可以看到这幢房子所有角落。

无聊的设计。

"去个卫生间还要按六楼？"闫椿问出口就后悔了，她似乎知道答案了。

家仆说："这是您的房间。"

闫椿没再说话，解决完下楼来，陈靖回已经跟变魔术一样在家宴厅备好了一桌美食，他坐在主位，位子正对的另一个中心，是为她准备的。

闫椿也没客气，坐下来，却并不着急吃饭。

陈靖回也是。

"有没有要问我的？"

闫椿已经知道答案了。

"你找到肖黄，说你有那方面的官司要打，在不知道我的客户是你时，我会相信，但既然是你蜘蛛精上身给我织网，那就不是这么回事了。"

陈靖回也不插嘴，就让她说。

闫椿又说："十年来，你音讯全无，你不敢再骗我，所以官司，肯定是有这么回事。"

陈靖回伸手招呼家仆布餐。

闫椿接着说："你现在翻手为云覆手为雨，寻常人根本不是你的对手，而不寻常的，也不会主动挑衅你，跟你斗个两败俱伤。那自然，是件陈年旧事。"

这个活土匪风采不减当年，陈靖回很欣慰。

闫椿垂下头，盯着玻璃杯里打转的液体，手扣在桌上："是当年的案子吗？"

陈靖回没否认："尝尝牛尾，滋补的。"

闫椿话还没说完："当年的精巧布局，将你陈家赶尽杀绝，你却让他们活了十年，你是以德报怨吗？你不是，你要利用这件事，把我拴在你身边。"

陈靖回忽而一笑："这么直接？"

闫椿白他一眼："你知道我从来有话直说。"

陈靖回没有打算瞒她，以她的才智，他也瞒不了她。

"当年参与灭我陈家门的狗，如今只剩下郭礼成一条了。"

闫椿切了一块熏肉，搁进嘴里。

"郭礼成是你父亲的老部下，生了异心之后把你父亲的项目偷梁换柱，不限量扩大供应商链，然后挪用用户押金补船，造成两头亏空、不可挽回的局面。他有这么大胆子无非是有资本，有人已经承诺他拿到这个项目的控股权就融资，后来他凭借这个项目和几大资本的扶持，成功从你父亲的旧势中抽离，纵身一跃成为国内首屈一指的互联网头目。"

　　陈靖回想过她会做功课，但没想到她调查得这么细致。

　　"不错。"

　　闫椿："他在互联网这块肥肉上盘桓多年，根基牢固，难以动摇，要想把他铲除，不能打商业战，要'农村包围城市'，从他的家庭入手。"

　　陈靖回："你有办法？"

　　闫椿又吃了一口肉："我没有，但总会有的。"

　　陈靖回见她喜欢吃，便把自己的一份也给她。

　　闫椿皱眉："我吃不了。"

　　陈靖回："我知道你什么饭量。"

　　家仆在一旁伺候着，几度忍俊不禁，也幸亏陈靖回不是那么严格的家主，不然早开除了。

　　陈靖回："除了这件事，还有要跟我说的吗？"

　　当然有。

　　闫椿说："你知道我的，我不是一个感恩戴德的人，你对我再好，我也只能给你欣然接受的反馈，别的给不给全看心情。你确定还要在我身上浪费时间吗？"

　　要说闫椿的气场是火力全开，那陈靖回，就是冰冻三尺，可他每每面对闫椿时，只展露他温柔的一面。

　　"我甘之如饴。"

　　闫椿真是受不了他这么撩拨，可骨气得有吧？昨晚嗷嗷哭时还吹牛说让他滚呢！

　　她瞪他："我现在能坐你对面吃饭是念在你是我客户的分上，不是对你余情未了。"

拔云
见你

陈靖回："嗯，是我对你余情未了。"

闫椿："哦。"

陈靖回："我下午开会，你要去吗？"

闫椿："不去。"

陈靖回："那你在家休息。房内所有用到密码的，都是你的生日。

"晚上有个慈善晚会，是明星专场，会有一些演员和歌手到场，你要是感兴趣，三点之前告诉我，我带你去。"

闫椿："以什么身份？"

陈靖回："我太太。"

闫椿："你想得美！"

陈靖回："我女朋友也可以。"

闫椿吃饱了："陪你吃了早餐和午餐，还亲自上门了，服务还算到位？天天这么混，你那五百万就不觉得亏了吧？再待下去就又是另外的价钱了，就算你有钱，我也不卖了，现在我要走，你要是追出来，我就打折你的腿。"

陈靖回真没追出去，他不着急，慢慢来比较好。

闫椿从陈靖回家出来，一身汗，差点就破功了，幸亏她灵机一动提前走了。

她顺顺胸脯，往外走，一直到主路，都没见陈靖回追出来，心情瞬间就跌入了谷底。

这叫心里有她？甘之如饴？幸亏自己意志坚定，惹不起还躲得起。

很快，她收拾好心情，戴了枚扎眼的蝴蝶结，走了一趟 JC 科技。

这十年来，她已经把陈家被灭门一事刻在脑子里，几个罪魁祸首养的狗什么模样她也能临摹出来，不仅为陈靖回，还为她十年的青春。

如果不是他们贪心不足，图财不行还要害命，那陈家也不会被灭门，陈靖回也不会远渡重洋，而她也不必因为想念和遗憾，年纪轻轻就得了眼疾。

JC 科技在北三环边上，巨大的 LOGO（标识）相隔百米都清晰可辨。

由于 JC 科技开通了调查令这一通道，只要法院出具律师调查专用证明，她就能持令上门办理案件，这倒是省了她许多事，她私底下了解的那些也能作为她此次主要调查的方向。

进了大厅，前台把她带去了财务部门。

"闫律师，到了。"

闫椿拿出跟陈靖回签署的授权书和代理合同，以及调查令给财务经理。

"请协助调查。"

财务经理当下软了腿肚子，一下坐在了椅子上。

"您问……"

闫椿坐下来，保持微笑，说："您不用紧张，我只是过来简单了解一下企业资信，以及贵公司的运营状况。我当事人表示，他投资用以运营你们 JC 科技的钱打了水漂，郭先生承诺变债为股，可实际上他已经在背地里申请一家大型债券公司入场评估了。"

财务经理是郭礼成的左右手，闫椿上门就直奔他，明显就是调查清楚了。

他此时一身冷汗。

闫椿又说："我们当事人的主要诉求是，欠债还钱。"

财务经理自己都家破人亡了，还拿得出什么钱？这不是要他的命吗？

"还能通融吗？"

闫椿微笑一直不离嘴角："我跟您讲这些，也是给您交个底，让你们知道我当事人的态度，而我此次前来，还是以调查为主。"

财务经理抖了抖苹果肌，按照闫椿的指示，拿出各类明细。

闫椿随手翻看，好圆满的账，要不是她早就通过他们公司的法律顾问，拿到他们信贷之前未经粉饰的资产数据，她都要信了。

她一一记录，忙了整整一个下午，跟财务经理告别后出来，正好碰到郭礼成的太太和儿子。

那枚扎眼的蝴蝶结就这么吸引了郭礼成儿子的目光，他从车上下来，跑到闫椿跟前，抓着她的衣裳。

"姐姐，你的蝴蝶结真好看。"

闫椿蹲下来，把蝴蝶结卡在他的衣领上："是吗，那姐姐送给你好不好？"

小男生兴高采烈："谢谢姐姐！"

郭太太慌张地走过来，把小男生扯到身后，对闫椿说："不好意思，小孩子没规矩。"

闫椿笑笑："不会啊，很可爱。"

郭太太一脸倦容无处藏匿，不准备多待。

"谢谢。"

闫椿又说："那蝴蝶结是我父亲的遗物。"

郭太太才注意到小男生领子上的粉红色，赶紧摘下来。

"啊，不好意思。"

小男生被夺走了蝴蝶结，哇的一声哭出来。

闫椿顺顺小男生的后脑勺："我可以把这个给你，但你也要还给我一个，这样才公平。"

小男生止住眼泪，抬头看向郭太太。

郭太太早烦了，他一个男生那么喜欢蝴蝶结，如果可以，把家里那些都送出去才好。

"你决定。"

小男生破涕为笑，牵住闫椿的手："姐姐，我带你去我家。"

本来打算看郭礼成的母子，又按原路返回了。

他们并不知道，从闫椿戴着蝴蝶结出现在 JC 科技那一刻，后面的一切都在按照她的计划进行。

到了郭礼成家里，保姆见客人上门，倒了杯茶端上来。

郭太太也说："喝茶。"

闫椿假客气一番，端着茶杯未进半口。

小男生兴冲冲地把一个巨大的箱子拖出来，里面是各式各样的蝴蝶结，什么颜色都有，弄得人眼花缭乱的，他自己倒不觉得，可来劲了。

"姐姐，你喜欢哪个？"

闫椿看一眼郭太太，郭太太似乎是希望她都带走，就试探着问："姐姐都喜欢。"

小男生看一眼自己手里这个，再看一眼箱子里的，最终没舍得。

"你拿一个好不好？"

闫椿比他还遗憾："可那是我父亲临终前给我留下的，换一个普通的，我不太愿意呢。"

小男生眼泛泪花，现在是呜咽，分分钟就要眼泪滂沱了。

郭太太说话了："这样，姐姐只拿一个，以后来一次拿一个好不好？"

小男生才妥协："那好吧。"

后面的一个星期，闫椿除了跟陈靖回吃饭和听他扯淡，还每天抽出一个小时去一趟郭礼成家，拿走他儿子一个蝴蝶结，并跟他太太成为无话不谈的好朋友。

郭太太近几年日子不好过，早前郭礼成祸害陈靖回一家，她虽不知情，可见郭礼成的事业伙伴都没落得好下场，也成天胆战心惊的，精神压力越来越大，最近都开始出现幻觉了。

闫椿把自己缓解压力的办法告诉她，并引导她积极向上，倒有些乐观的效果。

郭太太告诉闫椿，郭礼成十年前染上一种心病，老觉得家里的男丁会遭遇不测，死活要把唯一的儿子当女儿养，弄得孩子九岁了依然不喜欢男孩子的活动，就爱鼓捣蝴蝶结，她也说不了，每次跟郭礼成正经谈这个问题，他就跟抽风一样大发脾气，久而久之，她也不提了。

闫椿问她："你有没有问过你先生，这心病是怎么染上的？"

郭太太说："我问他也不说啊。"

闫椿从包里拿出一份资料："或许我知道。"

郭太太将信将疑地接过那一沓纸，神情陡然转变，几乎是尖叫出声，把那几张纸往空中一扬，四散开来，落得哪儿都是。

闫椿在演了一个星期的戏后，坦白："我是陈靖回先生的代理律师。"

郭太太难以置信，指向她的手指颤抖不已："你！你！你竟然骗我！"

闫椿很抱歉："情非得已，还请见谅。"

郭太太哼了两声："情非得已？你连闯进我们的生活都是预谋好的吧？"

闫椿把资料一张一张捡回来，规整地放在桌上。

"郭先生是不是当年陈家灭门案的主谋，我们知道，他也知道，可毕竟旧案难翻，而陈先生也不打算再追究，现在就想讨一个商业往来的交代，只要您愿意出庭做证，我方代理人愿意稍做妥协，向法院申请从轻发落。"

郭太太听出了她的话外音："既然旧案难翻，那你为什么要在我面前展开？啊？"

闫椿微微低头，眼睛不知道看向哪里。

"我只是想让你知道，你丈夫因为一己私欲曾对一个家庭做出过如何禽兽不如之事。"

郭太太一愣，眼泪随即落下来。

闫椿说："你儿子只喜欢蝴蝶结，你觉得他不像个男生，那陈家三口，以及当时少不更事的两个小辈，又有选择吗？他们当中，有的连活着都是做梦。"

郭太太是心软的人，她早在看到那资料时，就已然明白了郭礼成的事业伙伴全部没有好下场的原因，也明白了他心病的根源，可那毕竟是她丈夫，她真的要站在别人那一头，对着他开枪吗？闫椿就那么相信自己仅一个星期就已经把她了解透彻了吗？

闫椿把同意出庭做证的协议铺在郭太太面前。

"我不是在恳求你，是在给你赎罪的机会。"

郭太太知道没有余地了，身体滑向地面，瘫坐在茶几前。

一直躲在暗处的小男生把一切都收于眼底，他不敢出来，他还没有为谁担当的勇气。

闫椿最后说："你有三天的时间考虑，是选择出庭做证，减轻你丈夫的刑罚，还是陪他站在被告席，最后输得一无所有，都是你说了算。"

她转身朝外走，每一步都走得稳稳当当，坦坦荡荡。

出了门，小男生追出来，哭红的眼还冒着连珠似的眼泪。

"姐姐，我爸爸就要死了，你能不能不要送他去坐牢？"

闫椿的心被撞了一下，她定了定，擦擦他的眼泪："坐不坐牢，是法律说了算。"

小男生听到闫椿的话，还以为有缓和："那……那你能不能跟法律求求情？我爸爸得了白血病，医生说可能过了年，我就见不到他了。"

闫椿眼睛发酸，一把把小男生抱进怀里，一句话都说不出来。

她说什么呢？

说他父亲是杀人犯？说他父亲踩在别人的尸骨上为他挣来家业？说他父亲一味扩张，被融资的快感冲昏了头脑，不惜让所有合作方都赔得血本无归？

可这跟他又有什么关系呢？他只是一个九岁的孩子，他只是想要爸爸，他又犯了什么罪？

闫椿以为她总戒不了太感性，是在这行待的时间太短，只要再过两年，再过两年，她一定会手起刀落，眼都不眨一下……

这到底需要多少个两年呢？

第二天傍晚，郭太太亲自上门，把签好字的协议交到闫椿手里。

这在闫椿意料之中，她只是没料到，郭太太这般从容。

郭太太穿着一身鲜红色的呢子大衣，戴着一顶毛毡礼帽，化了一副妖冶的妆容，却不浮夸，也没有丝毫不庄重。

她站在六级的风中，身形都不曾摇晃。

闫椿不欠她，可还是没忍住，说了句："谢谢"。 郭太太稍稍抬手，没收这声"谢谢"。

"我是书香门第出身，从小父母就教导我，宁做清苦奴，不做害人鬼。杀人偿命，欠债还钱，我们一家，都听法律的。"

闫椿睫毛微颤。

郭太太倏然一笑："趁着我还能做选择，我想让我儿子将来做个好人。"

直到她离开一刻钟，闫椿都站在门口，久久不能平静。

陈靖回的电话倒是及时，让她把发散的情绪都收了回来。

"还好吗？"他只说了三个字，闫椿就已涕泗滂沱。

陈靖回皱眉，他只着了一件单衣，就急匆匆地赶到闫椿家里。

闫椿开门看到他，有短暂的惊诧，更多的还是惊喜。

陈靖回没系上扣子的白衬衫里，裹的是男色里最好的那一幅，它不加掩饰地勾引着闫椿压了十多年的原始欲望，她几乎就要忍不住，是他一句话让她清醒了过来。

"下周要开庭了，你这一周要休息好。"

闫椿收回脚，跟他隔了半米的距离。

"嗯。"

陈靖回看尽她的神情，嘴角挑了一抹笑意，进门时把扣子系上了。

闫椿一回头，他还没走。

"你进来干什么？"

陈靖回："外边太冷了。"

闫椿瞥他："你不是有司机吗？"

陈靖回："我跑过来的。"

闫椿信他就有鬼了。

"你们家在市中心，我这是五环外，你跑着来？"

陈靖回："我刚才在别的房子里。"

闫椿打量他两眼，才发现他还光着脚呢。也没管他之前在哪儿了，把自己的拖鞋给了他。

陈靖回穿上拖鞋："谢谢老婆。"

闫椿瞪过去："你好好说话。"

陈靖回："谢谢闫律师。"

闫椿不管他了，去晒晾了一半的衣裳。

"你自己暖和一会儿就走，自觉点。"

陈靖回答应得可好了。

"嗯。"

闫椿晒完衣服出来，陈靖回已经躺在她床上睡着了。

她抄起扫把打在他身上："给我起来！"

陈靖回是疼醒的，捂着腰，委屈巴巴地瞅着闫椿。

闫椿最受不了这种眼神："你别这么看着我，我一点也不心软。"

陈靖回也不多说："冷。"

闫椿给他讲道理："你如今这身价，一个电话能招来一个加强连的人专门给你取暖，干吗非要在我的寒舍里给我添乱？"

陈靖回："你应该想想，我是为什么过来。"

闫椿想了想，是听见她哭了吧？

"你闲。"

"我只是要问你案子怎么样了，被告有没有答应我们的条件，是你哭了，我作为一个绅士，怎么能放任一个女人在我知情的情况下独自悲伤？

"我匆匆赶来，又冷又饿又困，只是在你床上补充一下体力，你就对我施暴。

"一个这么大的律师，就是这么对你的当事人的？纵使你赢了官司又如何，你堵得住悠悠众口对你这等丧尽天良的行为的谴责吗？"

闫椿挺利索的嘴皮子，一对上陈靖回，竟然半句都使不出来了。

陈靖回也很久没有用这样的语气跟人说话了，他身边也再没有闫椿这样让他放松的人了。

闫椿懒得跟他抬杠。

"睡睡睡！睡吧你！"

陈靖回拉开闫椿的被子，钻进去了。

闫椿余光瞧见这一幕，把他揪起来："谁让你盖我的被子了？"

陈靖回："也没有别的被子。"

闫椿倒还有一床，不过也是她自己用的，专诚给他拿出来他就不知道自己姓什么了，便依他了。

陈靖回反而不睡了，拉住闫椿的胳膊："我饿了。"

闫椿笑了："那我就没辙了，我们家只有白开水。"

陈靖回的眼睛往外看："我进门时看见面了。"

闫椿："呃……"

陈靖回要去拿来给她看，结果没她动作快，她飞快地把两袋猪骨面抱在怀里。

"我就剩下这两袋了！求求你做个人吧！不要打它们的主意了。"

话都说到这份上了，陈靖回也听懂了，他往床上一躺："那就饿死我吧。"

怎么回事？他现在无耻的程度竟然跟她当年不相上下，是被她传染的吗？

陈靖回："又冷又困又饿，真可怜。"

闫椿的胃差点没被他气得颤抖起来，她看了一眼两袋方便面，把它们扔进锅里，加水，开火，煮熟了端到餐桌上。

陈靖回已经攥着筷子准备好了。

闫椿给他盛了一碗，把最后一枚鸡蛋也给他了。

"吃咸菜吗？"

陈靖回多少年没吃咸菜了，被她一说真有些馋了。

"吃。"

闫椿就把冰箱里的半袋榨菜挤到他碗里。

陈靖回吃到一半才发现他的碗比闫椿的大许多，还没来得及感动，就看到碗边写着"猪盆"。

他没管住嘴角，它非要抽搐。

"你喂猪呢？"

闫椿瞥他一眼："瞎说什么？"没等陈靖回说话，她第二句已经接上了，"你哪有猪可爱？"

陈靖回："……"

闫椿吃完给陈靖回拿了支新牙刷，毛巾也拿了一条。

"吃完洗漱，然后滚去沙发上睡。"

陈靖回吃了一大碗方便面，竟然没分出它的味道跟海参、鱼翅有什么区别，果然放进嘴里的，只要解饿就好了，那些花里胡哨的名堂，没什么用。

他去卫生间洗了澡，发现没有换洗衣服，把玻璃门开了一条小缝。

"老婆。"

闫椿也没细琢磨他这句话，被他接下来的话吊起了注意力。

"又怎么了？"

"我没衣服穿。"

"没衣服穿你裸奔来的？"

"那个脏了。"

"那我也没有你这么大尺寸的啊。"

话放在这里，突然就不合适了，尺寸？什么尺寸？现在是聊尺寸问题的时候吗？

闫椿轻咳两声："等着。"

陈靖回就在水雾中赤裸地等待。

闫椿把她买大的一条花裤衩递进去："你先穿这个，凑合一宿。"

陈靖回穿上就难受了，有点小。

闫椿久久不见他的动静，凑上去："好了没有？"

陈靖回缓缓拉开玻璃门，一张比例完美、肌肉精巧的3D图就这么放到了闫椿眼前。

闫椿吃了十年素，以为自己已经具备坦然面对这个画面的本事，结果还是呼吸急促，一朝被打回原形，变回当年那个对陈靖回肉体肖想已久的女土匪。

她扭过头，不去看他。

"你！你给我把衣服穿上！撩拨谁呢？！"

陈靖回表示很无辜，他穿不上啊。

"你能不能给我一条合适的？挤得我难受。"

闫椿的心跳得很快，慌不择言："你哪儿难受？胡说八道！"

陈靖回向前一步，从身后把闫椿抱在怀里，让她用心感受，答案不言而喻。

闫椿："……"

陈靖回偏头，嘴唇贴着她的耳郭，刻意降低六个度的声量，真是要命。

"老婆。"

闫椿没空去纠正他的称呼了，她现在正处于水深火热之中。

她本来就不坚定，现下更是毫无抵抗力，只要一触碰到他，就要盯着胸腹的风景，要是让陈靖回吃透她，知道她对他的渴望一直在线，他还不上天？

"你别撩我，腹肌我也有。"

陈靖回没听她的话，把手伸到她小腹，摸了一下，嗯，倒还平坦。

"一整块的腹肌？"

闫椿被陈靖回一摸，点了穴一样，一动也不动，小腹那块肉也僵住，血液都不流通了。

陈靖回故意没去拆穿她的言不由衷。

闫椿缓了缓，拿开陈靖回的手，轻描淡写地说了句："不'纯'在的。"

陈靖回捏住她的嘴："'纯'在？你都嘴瓢了。"

闫椿打掉他的手："嘴瓢怎么了？嘴瓢也不代表我紧张。"

陈靖回笑了："我也没说你紧张，你这是不打自招了？"

"我……"闫椿还能说什么。

陈靖回："你要是没宽大的衣裳，那我就光着了。"

闫椿转过身，也没管跟陈靖回面对面贴在一起。

"你敢！谁也不能在我家光着！"

"可我疼。"

"给我忍着！"

"疼。"

闫椿当下就觉得，她引狼入室了。

当年，她对陈靖回的第一印象是嚣张，是富家子弟里最跋扈的那一个，后来偶然遇见，才发现他虽然长了一张张扬的脸，可跟嚣张和跋扈也挂不上钩。

再说感情，他们之间几乎是水到渠成。

这么一想，他跟传说中不近女色的人设也实在有点对不上。现在他更不介意在她面前暴露本性。还是说，他本来就是这样的人？而她，只是那把让他释放自己的钥匙？

闫椿浮想联翩，跟大多数女人一样，又一次认为自己是特别的。

陈靖回还等着闫椿的解决办法。

闫椿回过神来，把手抽走，退开两步，看他仍然热衷于利用身体的本钱，终于还是从衣柜最深处，把他当年落在她家的白衬衫拿出来，扔给他。

"走的时候还我。"

陈靖回认得自己的衣服，他捕捉着闫椿的表情。

"你还留着。"

闫椿转过身，不去看他。

"这么贵的东西，落在我手里，我能让它轻易跑了？"

陈靖回把衬衫穿上，长腿还是零束缚。

闫椿把被子扔给他，说："你去沙发上睡。"

陈靖回抱着被子走到沙发上，刚躺下，门铃响了。他坐起来，看着闫椿。

闫椿比他还纳闷，这个点，谁会过来？

她往外走，也没说让陈靖回藏一藏，主要是她这儿确实也没人来，万一是什么匪类，陈靖回在这儿还能吓唬吓唬人。

门一打开，是单轻舟。

闫椿就迈出去了，把门从外头关上。

不让进门，单轻舟也不介意，把给她带的阳澄湖大闸蟹递过来。

"这趟回国我就待一个星期，不过这一个星期，我都听你差遣，你想去哪儿我都陪你。"

闫椿："我接到案子了，下周开庭。"

单轻舟为她高兴："那真是一个好消息！明天我来接你吃饭，庆祝一下！"

闫椿正要说话，门开了，陈靖回从半掩的门里露出一张脸："老婆，你把那瓶格瓦斯放哪儿了？"

单轻舟看见陈靖回，岁月静好被一剑刺穿，开了一道巨大的口子。

闫椿瞥过去："大晚上喝什么格瓦斯？"

陈靖回说："嘴里有点苦，要不你亲我一口也行。"

这么无赖的话，怎么那么像闫椿才能说出来的？

陈靖回对单轻舟视而不见，缠着闫椿拿格瓦斯。

"我就喝一小口。"

闫椿没辙，对单轻舟说："你等我一下。"说完转身去了厨房。

"赶紧喝，喝了赶紧睡，再不老实我就让你去露天地里裸着。"

等她再次关上门，单轻舟的表情已经恢复如常。

"明天中午我来接你吃饭。"

闫椿说："明天晚上吧。"

单轻舟不认为他有十年的近水楼台，闫椿还是能被陈靖回夺走，不依不饶地问："中午有什么要紧的事吗？"

倒不是要紧事。

闫椿说："陈靖回说明天中午去……"

"陈靖回！陈靖回！十年了，你还是张口闭口陈靖回！就算他十年前离开是有苦衷，可你又有什么错？你凭什么要跟守寡一样等他那么久？他现在说回来就回来，他把你当什么了？"

单轻舟以为他等等，再等等，就可以等到闫椿死心，却忘了她是一个能熬的人。

小时候，她被个子大的欺负，忍辱负重到小学毕业，找到时机一击制胜。

后来大一些，她被女混混欺负，任她们把欺负她的快感奔走相告，最后置之死地而后生。

再后来……

只要是她想要的，她就不计较代价，不在乎时间，向来秉承伤敌一千自损八百也是赚的道理，又怎么会因为一个十年，就否定以前的自己？

单轻舟是那么难过，他撑在楼梯上："你知道我爱你吗？"

闫椿淡淡一笑："你这是喝了多少？"

单轻舟恍若未闻："你不知道！如果你能看到我，又怎么会有陈靖回？"

闫椿拍拍他的胳膊，若无其事地看他的脸。

"还能自己回去吗？要不我给你叫个车吧？"

单轻舟躲开她的视线，跌跌撞撞地下了楼。

直到他身影不见，闫椿才放松下来，靠在门上，合上眼。

知道又能怎么样？第二天的太阳会从南边升起吗？

如果她愿意妥协，又为什么苦自己十年？早在十年前就收手，她一定比现在好过。之所以有十年如一日，不就是因为，感情和生命是一样的，不能勉强吗？

返回门内，陈靖回坐在沙发上，面前是他倒好的两杯格瓦斯。

闫椿走过去，想坐在他对面，结果被他拉住手腕，拽到腿上。

她皱眉："松手。"

陈靖回不松："你那么多追求者，我一松手不是给别人可乘之机了？"

闫椿瞥他："你现在跟我聊可乘之机是不是有点晚了？那十年干什么去了。"

陈靖回搂住她，埋首在她腰侧，手在她小腹揉揉搓搓："好饭不怕晚，如果十年可以让我护你一世周全，我愿意。"

闫椿要被他气笑了，推开他的脑袋："我不想笑，你别逗我。"

陈靖回抬起头来："我很真诚的。"

闫椿看着他一双勾魂摄魄的眼，又快沦陷了，她别过脸，要起来。

陈靖回不放人："再让我抱一会儿。"

闫椿只觉得恍如隔世，以前这么黏糊的可是她，不过一个十年，就互换了。

陈靖回抱着她，聪明如他知道不能再继续这个最后一定会演变成尴尬的话题，他放开她。

"下周开庭，郭礼成到法院的概率有多少？"

闫椿从他身上起来，在不远处坐下，端起那杯格瓦斯，说："你不都知道？"

陈靖回没说话，只是寡淡一笑。

闫椿拿着酒杯，看着杯里淡黄色的液体："当年害你陈家的一众人里，你只留郭礼成一个给我对付，你是对付不了吗？不是，你是知道，他时日无多了，而他的家人并未牵扯其中。"

陈靖回亦不语。

闫椿又说："你其实就是想看这桩案子，我怎么处理，道义和人性，我选择哪个，如果我没让你失望，你就可以跟我谈事务所融资的事情了。"

陈靖回笑了。

闫椿扭头看着他："你从没有输过，又怎么会输在我这里？所以即使你想投资我，也要看我有没有这个能力。如果我把法律和人情混为一谈，那即使事务所起来，也长久不了。"

陈靖回："就算我像你说的这样算无遗策，也总有例外。我愿意给你花钱，多少都不心疼。"

闫椿："花钱跟投资是两码事。如果我辜负了你的信任，你交给我的差事我没办好，那你还是会给我花钱，就像你用各种理由给我你的卡一样，但投资的事你一定绝口不提了。"

陈靖回喝了一口格瓦斯："一派胡言。"

闫椿知道他这四个字的意思是，她全说对了。

陈靖回喝完一杯，终是没忍住，开怀大笑，他的闫椿啊，又优秀又美好。

闫椿看不了他小人得志那模样，起身朝卧室走："就收留你一晚，明天哪儿来的回哪儿去。"

陈靖回："那要是只有一晚，你能不能让我上床？"

闫椿以为自己听错了，转身靠在门框上："上床可以啊，你手上轮回资本的股份都给我。"

陈靖回立刻就从沙发上跳下来了，三步并两步到闫椿跟前，打横抱起她："这是你说的！"

闫椿："你干什么？"

陈靖回用脚带上门，把闫椿抱到床上，压上去。

"轮回资本归你，你归我。"

闫椿想哭，双手抵着他的胸膛："我后悔了。"

陈靖回俯身吻住她的嘴唇："晚了。"

闫椿开始还表现得挺抗拒的，没两下就被打回原形了……没办法，十年前她就对他没抵抗力。

陈靖回的吻很苦，似乎掺和了谁的眼泪，被闫椿的舌尖收集起来，打成烟云变成雨，轻轻飘飘落在一块干涸的土壤里，它顿时像被注入一个新的生命，有什么嫩绿的东西，冒出了芽。

闫椿突然就哭了。

陈靖回停下来，没说话，最后在她身侧躺下，把她拥入怀里。

这一晚，他们发乎情，止乎礼。

第十二章

谁还不是大哥的女人？

一周后，庭审如期而至，闫椿凭借两张辩护词和慷慨激昂的一番驳论，在法庭上大获全胜。

被告 JC 科技采用不正当竞争手段，伪造良性经营用以诈骗多家银行信贷以及融资机构，法院一审判决 JC 科技赔偿轮回资本 5 亿 2311.13 万元，逾期损失 1103.17 万元，律师费、担保费 120 万元，案件受理费、保全申请费等诉讼费用。

JC 科技责任人郭礼成非法吸收、侵占公共资产 1 亿 2042 万元，被判处无期徒刑，剥夺政治权利终身。由于健康恶化，缓刑两年执行。

郭太太领着她的儿子，在公堂之上，当着审判官和一众听审团的面，对闫椿深深地鞠了一躬。

从法院出来，陈靖回的车已经在等了。

闫椿冲车里的陈靖回笑了笑，比了一个手枪的姿势，冲着他，无声地"啪"了一声。

上了车，陈靖回递过来一杯拿铁："恭喜，闫律师。"

闫椿接过来："我以为你会给我你已经签好字的融资合同。"

陈靖回："也得你先有一家事务所。"

闫椿喝一口拿铁："明天我就有了。"

陈靖回笑了下："想去哪儿？"

闫椿想回家。

"送我回家吧。"

陈靖回点头："晚上跟我参加一个招商会。"

闫椿瞥他："对私的还是对公的？"

陈靖回："我个人的邀请。"

闫椿伸过手去："私人的五十万。"

陈靖回："你是掉钱眼里了吗？"

闫椿两只手都伸过去："没办法，穷怕了。"

陈靖回笑："我给你一百万，晚上再陪我回趟家。"

闫椿把手收回去："那算了。"

陈靖回："怎么跟我回家就算了？"

闫椿："进了你家门，我完整出来的可能性近乎为零，为了我的安全着想，从根源处就掐死你这个行为是最好的解决办法。"

陈靖回："你也不是没进过，不是完整出来了？"

闫椿："那是在你没去我家之前。"

陈靖回："啊？"

闫椿："有你上次在我家耍无赖的前车之鉴，你的信誉在我这里已经负债累累了。"

陈靖回："……"

闫椿喝了一口拿铁，冲司机笑笑："师傅，可以开车了。"

司机第一次没有询问陈靖回，发动了车子。

陈靖回："行吧。"

闫椿看见陈靖回那头有点心，从他身上越过去拿，够了两下都没够到，她拍拍陈靖回的胳膊："给我拿一下啊，一点眼力见都没有。"

陈靖回自己选的老婆，除了惯着，还有别的办法吗？他乖乖递给她，還給她抽了兩張紙巾。

司機從後視鏡看到這一幕，不自覺地露出了"姨母笑"。

車在閆椿給祝自涟租的小區門口停下。

下了車，閆椿也沒邀請他上去坐坐，不過多了句："回去慢點。"

陳靖回一掃鬱悶，笑得面部痙攣："晚點我來接你。"

閆椿笑了，手搭在車門上，俯身看著他："堂堂跨國銀行CEO（首席執行官）不應該日理萬機嗎？"

陳靖回："你不就是我的'理萬機'嗎？"

閆椿"呸"他："要點臉吧！"

陳靖回："如果在你和臉之間，我只能選一個……"

閆椿翹首以盼他的情話。

結果陳靖回說："我還是選臉吧。"

車門被關上，他衝司機說："走。"

閆椿："你……"

雖然陳靖回關上車門後只說了一個字，可司機還是聽出他的歡愉，他是那樣開心。

閆椿也沒管他，轉身上了樓。

拿鑰匙打開門，撲面而來的烏煙瘴氣弄得她眉頭一皺，抬眼看過去，祝自涟腦袋上戴的那是道士帽？又在作什麼妖？

她先去打開窗戶，散了散煙霧。

"你也不怕外頭以為家裡著火了。"

祝自涟看見閆椿，可委屈壞了："我閨女一年不回來兩回，著火了也好，燒死我得了。"

閆椿嘴角抽搐起來："我上個星期還回來過。"

祝自涟扭頭問趙順陽的媽："是嗎？"

趙媽媽還是很講理的："嗯！還給你買了兩隻醬肘子，你說不好吃來著。"

祝自涟不管，還鼓搗那盆乾冰。

"我在电视上看到的，闺女不回家就拿这个做法事，你就会出现在我面前了。你看，多管用。我刚弄好，你就回来了。"

闫椿哭笑不得，不理她了，问保姆："阿姨，我妈最近血压怎么样？"

阿姨笑笑："一切正常，祝姐姐的身子骨跟你们这些小年轻似的，睡得早，起得早，早晚都去广场上锻炼，前几天还往家招老头了，非要领着她去看场电影。"

闫椿冲祝自涟挑了下眉："哟，漱芳街一朵花？"

祝自涟高傲地挺挺下巴："喊，我才看不上他们。"

一句话，几个人笑得前仰后合。

闲话说完了，闫椿把干冰收拾了，最后在她手里搁了一张卡，也没防着阿姨和赵妈妈。

祝自涟拿着卡，抬头看闫椿："什么？"

闫椿理理她两鬓的碎发："你闺女接了个大单，挣了一大笔钱。"

祝自涟也从口袋里掏出一张卡，递到闫椿手里。

"你给我的我都花不了呢。"

闫椿看着她："我们祝女士以前当姑娘的时候金尊玉贵，后来嫁了人，也是阔太太，珠围翠绕的，怎么反而生了个闺女后节衣缩食起来了？"

祝自涟一愣，随即被温柔浇灌了一脸。

"那显得我多没用，出嫁前靠爹，出嫁后靠老公，生了你又靠你，会被人笑话的。"

闫椿搂住她，下巴垫在她肩膀上："谁敢？"

阿姨和赵妈妈看着母女俩，满脸和蔼。

她们都是没了家庭的人，过来跟祝自涟做伴，三个人互相扶持在这两室一厅的出租屋，倒比她们原先的亲情更叫人舒坦。更何况还有一个如此善良的闫椿一直站在她们面前，为他们挡住波澜。

在家里简单吃了一顿饭，赵妈妈拉着闫椿去了阳台。

闫椿知道她要问什么。

"明年四月份，我带您去接他。"

赵妈妈顿时泪流满面："丫头，谢谢你了。"

闫椿牵起她的手，也解决了她另一个顾虑："之前我去探监，顺阳说他出来想开个汽修厂，我想着他之前中专学的就是汽修，也算是有些手艺，经验什么的，干两年也有了。"

赵妈妈听出了她的意思："你……你是想……"

闫椿说："我前几天在南四环盘下了一个门面，转手租出去了，外租一年，这家也是做汽车修理，顺阳出来换个牌子，也能经营了。"

赵妈妈眼里含着泪，还是要为她着想："你可得跟他收房租啊。"

闫椿笑："您放心，我最不惯他了，顶多不跟他算利息，别的该怎么给我就怎么给我。"

赵妈妈可喜欢闫椿，拉着她的手又是一阵关切。

说个痴心妄想的话，她是想讨了闫椿做儿媳妇的，可她长得漂亮，还能干，为人处世也挑不出一点毛病，怎么能这么委屈她便宜自己那不争气的儿子呢？

不光是她儿子没这个福气，浮世三千，又有哪个配得上她？

没有，没有的。

闫椿最后说："等年终的时候，我给三姐妹换间大点的房子，你们也能约着人来家里玩了。"

赵妈妈摆手："不用不用，等明年我走了，你给你妈一个换间大的就好了。"

闫椿说："走哪儿去？哪儿都不用去，赵顺阳出来让他自己租房去，您就跟我妈和阿姨在一块儿住，就当是莽我看着她了，她一把年纪了还跟个小孩一样，一点您的稳重都没有，平日我工作也顾不上她，请护工我不了解底细，也不放心。"

这么一会儿，赵妈妈又要哭了，她抱着闫椿的胳膊："这世上怎么能有你这么好的孩子。"

闫椿笑起来："那您可看错我了，我是出了名的心狠手辣。"

赵妈妈信她就有鬼了。

两人说着话，门铃响了。

阿姨跟祝自涟相视一眼，都以为是昨天赖在门口不走的那老头，心照不宣，谁都不去开。

闫椿听门铃一直响，从阳台进来。

"怎么不开门？"

阿姨赶紧从厨房钻出脑袋来，结果还是没拦住手快的闫椿。

门从里打开，陈靖回站在门口。

闫椿又把门关上了。

阿姨走过来："是那老头吧？一把年纪了，也不知羞，都来家里多少趟了，你妈刚五十岁，他都要七十了，老不正经的。"

闫椿也没解释："是吧。"

还是祝自涟觉得不对劲，悄悄去开了门，陈靖回的俊脸这才再次得到释放。

闫椿听到动静，转身时祝自涟已经把陈靖回请进了门。

阿姨愣住，哪儿来的这么好看的小伙子？

赵妈妈也凑过来，看到陈靖回的那一刻，那表情就好像闫椿的后半生有了着落一样。

闫椿越过祝自涟，把陈靖回往外推。

"妈，你这个乱放人进来的毛病得改，一点安全意识都没有，我给你的小本本你是不是没看？"

祝自涟也不插嘴，等她说完才轻飘飘地说了句："这不是之前让你嗷嗷哭的那个吗？"

——不是我！

祝自涟还上去确认了一番："就是他啊，你高中时候把他带家里来过。"

——你记错了！

祝自涟跟陈靖回说："你还不知道吧？你之后不来了，她天天哭，一宿一宿的。"

——妈，你快点闭嘴吧！我的天！

没想到陈靖回出去十年，变得上道了，也不紧张了，立马切换了一脸悲情。

"是我的错，阿姨，您放心，以后我不会再让她哭了。"

祝自涟可不信他："男人的嘴，骗人的鬼，你得拿出实际行动来。"

陈靖回转身对着闫椿单膝下跪，变魔术似的变出一枚戒指。

"嫁给我。"

闫椿：我要说点什么？

祝自涟：我不知道！

阿姨：我也不知道！

赵妈妈：咱也不敢问！

陈靖回看着闫椿，一字一句："如果我不是仓皇而逃，那十年前，也早化成一堆灰烬。我必须得毫无威胁，才能避免他们赶尽杀绝。"

闫椿刚调整好的滑稽表情倏然被严肃代替。

"我来不及跟你嘱咐以后要好好生活，是我那些年最后悔的事，也幸得我对你愧疚，执着一定要在有生之年再见你，把所有没说的话都说给你听，所以我挺过了山万重，水万丈，熬过了四下无人的街，和没有你的夜。"陈靖回缓缓道来。

闫椿的眼泪在眼眶一点点蓄积，终于饱满得撑不下去了。

陈靖回去牵闫椿的手："我……"

马上到最关键的时候了，门铃又响了。

三姐妹正热情高涨，被门铃声打断，本来就火冒三丈，一开门发现是那老头，更加绷不住了，出去一顿数落加拳打脚踢，幸亏她们三个力气小，不然老头可能都到不了七十岁了。

门内只剩下陈靖回和闫椿，还有正在自娱自乐的电视机，如果不是它突然冒出一句"只是很遗憾，我们不能回头看"，闫椿说不定就把手伸过去了。

陈靖回也听见了那句话，更看到了闫椿已经收敛的情绪，可他送出的东西，是不会收回来的，还是把她的手拉过来，给她戴在了食指上。

闫椿看看手中的戒指，看看他："求婚戒指戴食指上？"

陈靖回："太小了，不配你的气质。"

闫椿不紧张了。

"你就这么放弃了？万一我同意了呢？"

陈靖回起身时在她左脸快速地亲了一口。

"我了解你就像你了解我一样，同不同意我有数。"

闫椿捂住脸，瞪他："嘴欠是不是？"

陈靖回笑："我还有别的地方也欠。"

闫椿脱了鞋就扔过去。

"你这些年都经历了什么？"

陈靖回接住她的鞋，走过来，蹲下，亲自给她穿好。

"经历了想你，想你到发疯，想你到喝酒中毒，想你到半夜去跳海。"

他用很轻松的口吻，可每一个字都真实得可怕。

三姐妹进门时，看到穿鞋这一幕，非常默契地把脸转到了一侧。

陈靖回恭恭敬敬地站好，等候发落。

闫椿本来想着早点做饭，吃完再去招商会，结果陈靖回亲自来接了，吃饭是不能了，就嘱咐了阿姨一些注意事项，最后跟祝自涟说："过两天我事务所开张，接你剪彩去。"

祝自涟摆手："不去不去。"

闫椿又说："席面丰富，有肘子肉。"

这样啊。

祝自涟说："那我就去吧。"

闫椿笑："肘子比闺女重要。"

祝自涟瞥了陈靖回一眼："闺女迟早是要被别的猪拱的。"

陈靖回："……"

祝自涟跟陈靖回说："你这个猪，保护好我女儿。"

陈靖回也给祝自涟演了一段，双手作揖："自当竭尽所能。"

祝自涟还挺满意："去吧去吧。"

从楼上下来，闫椿才说话："是不是觉得我妈跟以前不太一样？"

陈靖回还能回忆起她的两副面孔。

"嗯。"

闫椿说："我妈精神方面有些问题，当时精神医生安慰我说我妈没病，我也当她没病，后来我才知道，医生是告诉我，不要让她给自己灌输自己是病人的概念，但该做的防护还是要做。"

陈靖回知道，负责任地说，当年他就知道了。

闫椿看向他："所以，我妈认可你，没什么用。"

他就说她平白无故提及这事，有点不符合情景。

闫椿说完先他一步上了车，司机冲她笑："夫人。"

"夫人"两个字听得多了，她倒也不觉得别扭了，陈靖回这招真高，温水煮青蛙。

想着她就生气了。

陈靖回上车时闫椿坐在离他最远的位置，要是车顶上有座，她估计就上车顶了，弄得他莫名其妙，他怎么又招惹她了？女人都这么喜怒无常的吗？

他看向司机，想从司机的表情里找到一些蛛丝马迹，看了半天，也只能看见岁月的痕迹。

不是司机不跟他一条心，是他也不知道怎么回事啊。

就这样，两个人各怀心事，前往一个目的地。

汀水花园。

名字听起来大气的场所都是些假装名贵的下九流，而土里带着点俗媚的，往往都是真奢侈，汀水花园就是土中之霸，奢侈之最。

陈靖回的招商会就在汀水花园，票价是歧州三环一套二居的房价，即使是这样，挤破脑袋想来的人也是不计其数，其中就包括闫椿的头一位东家，守开律师事务所代表人——林延康。

他得知闫椿打赢了陈靖回的官司，别提多上头了，赶紧过来套近乎，趁着跟闫椿之间的关系还没凉透，能捞个陈靖回子公司的法律顾问也是赚啊。

跟他打一个算盘的不在少数，但凡跟闫椿沾亲带故的、有过往来的，在这局上到了个满贯，只是来了一个小时半了，陈靖回一面都没露。

眼看六百多万的门票要打水漂了，项敌领着一位美眷从门外进来。

林延康眼尖，端了酒杯走上去："哎呀呀，项总！没想到在这里也能碰到您，真是缘分！"

项敌一看，还是熟人。

"林律师，几天不见又帅了，地中海的发型有点秀哈。"

林延康的笑容冻结在脸上。

项敌揽着女伴顺势转身，走向了西边密集的人群。他的本意是躲开林延康，省得等会儿发生什么事件波及他，结果在人群里看到了他那个不叫人省心的侄女。

项蓦偷了项敌的邀请函，反正他凭着跟陈靖回的关系没有邀请函也能进来。

项敌把她揪到楼上的泳池边，上下打量一番："你这是穿的什么？"

项蓦还抖抖肩膀："好看吧？我用你们公司前台的电话订的，别说，还挺好使。"

项敌牙疼："谁教你的？！"

项蓦没答他的问题，朝他身后看。

"陈靖回呢？他怎么还不来？"

项敌也不怕她受打击。

"就算他来，能是一个人来吗？闫椿什么人你是见识过的，小心她修理你，到时候我可不拦着。"

项蓦早打听好了。

"你就吹吧，我都听说了，闫椿拒绝了陈靖回。"

项敌挑眉："你听谁说的？"

项蓦给他分析："你想啊，陈靖回那么高调的人设，要是真把闫椿追到了，能不昭告天下吗？结果她官司都打完了，他们之间还没好消息出来，那肯定是闫椿不同意啊。"她拍拍胸脯，"现在是陈靖回最无助的时候，我不趁火打劫，还有天理吗？"

气得项敌一巴掌揾在她脊背上。

"我抽死你得了我！还趁火打劫，你怎么不上天？"

项蓦不疼，还笑呢。

"不信我们打赌，等一下陈靖回一定会独自走进会场，到时候我就从天而降，拯救他于危难。他一看我青春靓丽，一定会移情别恋的。"

项敌怎么觉得有点缺氧？

"你这剧本都写好了，我再拦着你好像是我的不对了。"

项蓦踮脚搭住项敌的肩膀："小叔，你放心，就算我跟陈靖回好了，你也还是我小叔。"

两个人从楼上下来，舞厅已经人满为患了。距离八点还有五分钟，陈靖回还没到，场上女人们脸上的韩式半永久都要过期了。

渐渐地，人群里有了一些其他的声音。

"都说这男人，越有钱越摆谱，一点也不假，教养都喂狗了，让这么一大帮人等着。"

"你有钱你也这样，毕竟是人家的场子，而且还要给我们送钱，少说两句吧。"

"送钱？我短了他这点钱了？能来这里的，哪个不是非富即贵？哪个不是他的长辈？"

倚老卖老的人太多了，几句闲言碎语还真的让几个老家伙愤然离席……记者又有得写了。

其实陈靖回真不是耍大牌，是闫椿太磨蹭了，十几个化妆师和服装师伺候着她，用了快四个小时还没弄好，他在外头好一番苦等。

司机都陪不下去了。

"先生，我去趟卫生间。"

陈靖回不让去。

"憋着。"

司机尿遁的路被堵死了。

"好的。"

化妆师助理路过陈靖回时，给他倒了杯水。

"先生，再等等，夫人马上就好了。"

陈靖回知道了，他一个小时内听了好多遍这话了，听得多了，还以为是在产房外等待妻子生产时，护士一趟一趟出来报讯呢。

司机在助理走后，把水倒进花盆里，给陈靖回一个从车上带下来的杯子。

陈靖回接过去，啜一口，又递给他。

司机扣上盖子，收起来。

时间顺延，终于，闫椿的改造计划已经无限接近尾声了。

八点四十分时，两位化妆师一人扶一只手，从内厅牵出一抹惊艳绝伦的色彩。

闫椿继承了祝自涟的精致，自成一派的眼眸深邃可识，鼻峰高耸，鼻尖翘挺，饱满却不浮夸的嘴唇躲进鼻下，在鼻尖和下巴这条直线上，既不张扬，也不腼腆。

面相自然是上乘，搭配妙手妆容，添了一股子贵气，气场也跟着拔高了几丈。

墨绿色的绒面曳地长裙刚好及胸，在它的压迫下，闫椿的好身材得以更全面地施展……

司机在旁边看傻了眼，嘴就像是被塞了根透明的擀面杖撑着一样。

怎么会这样？陈靖回后悔了。

化妆师很满意自己的作品，把她交到陈靖回手里时，别提多激动了。

"陈先生，您太太的五官是我十年化妆过的人里最好的一副，没有一丁点瑕疵。"

结果陈靖回问她："现在要让她回到刚开始那样，是不是还要四个小时？"

化妆师："啊？"

闫椿虽然不太习惯，但刚出来时她确认过了，不难看啊。

"不好看吗？"

陈靖回想了半天，决定"实话实说"："奇丑无比！"

闫椿："你……"

陈靖回拉着她往回走："走，我带你去洗脸。"

闫椿挣开他的手："不去，你这活动肯定来了不少人，其中也肯定不乏青年才俊，你都给我创下条件了，我要是不出去露露脸对得起你这几百万的妆面和行头吗？"

陈靖回真是搬起石头砸自己的脚，他沉声道："你试试。"

闫椿怕他哦。

"一会儿你哪儿凉快哪儿待着，别打扰我。"

闫椿越过他，一个人上了车。

司机站在两人中间，走也不是，不走也不是，就这么僵持着。

闫椿久久等不到陈靖回上车，给他发 QQ："你再不上车我就去马路牙子打车了，到时候任由谁把我带走，我绝不挣扎一下。"

陈靖回能怎么办？

还没到汀水花园，门侍就已经把消息层层传递进去了，以至陈靖回的车刚结束一个性感的重刹车漂移，就被服务生和嘉宾围了里三层外三层。

陈靖回一侧的车门先开，他从车上下来，绕到另一边，冲闫椿递出一只绅士手。

众目睽睽之下，闫椿不得已把手交给他。

她一亮相，全场愕然。

果然是人靠衣裳马靠鞍吗？为什么那个平素干练简约的女人也有这样璀璨的一面？搭配汀水花园高潮选起的背景音乐，又是逆光而行，天时地利人和好像都站在了她那一边。

尤其她还挽着陈靖回的手臂，身份的尊贵不言而喻。

"那是闫律师吗？闫椿？她……她真的把陈靖回……"

"没脑子的女人才去整容和丰胸，有脑子的女人早就去给大佬当律师了。"

"看来是闫椿太有脑子了，让我们都忽略了，她很漂亮。"

人群里三言两语，倒也只是慨叹一番时势。

项敌站在台阶上，看着这一幕，也没忘挖苦项蓦。

"不是吹牛吗？还从天而降，还拯救人家于危难，结果人家乐不思蜀，不用你挺身而出呢。"

项蓦心情不好："你这么会说成语怎么不去参加成语大会呢？"

项敌不气："我就看你怎么收场。"

项蓦看着整个会场的焦点，陈靖回从未挪开停留在闫椿脸上的眼睛，把他的爱描摹得跃然纸上，他爱闫椿，真的不介意让全世界知道。

她冲项敌伸手："给我一百块钱。"

项敌挑眉："你干什么？"

项蓦直接从他钱包里取了一张。

"打车回学校。"

项敌看着她往外走，还逗她："你不跟闫椿打个照面了？万一她愿意把阿回让给你呢？"

项蓦没回头："闫椿再厉害，也总有弱点，我不是输给她，是输给陈靖回爱她。"

项敌也没听太懂，反正现在的小孩最多愁善感，还没真正经历社会就经常把"人间不值得"挂在嘴边上，倒像是生命对不住他们。

不过早点放手也好，省得以后不好跟她爸妈交代。

他不知道，项蓦与人潮逆行时放弃了什么，她可能一辈子都不会这样奋不顾身了。

陈靖回握紧闫椿搭在他臂弯的手，在她耳边轻声说："不准离开我半步。"

闫椿一偏头就撞进他深不可测的瞳孔里，她微微扬起下巴，故意说："如果我不呢？"

陈靖回面不改色心不跳："那你靠近谁，我就宰了谁。"

闫椿心尖一颤，这话听起来孩子气，可她知道，他说到做到。

陈靖回把闫椿带向场中央，端了一杯格瓦斯放到她手上。

闫椿接过，扫一眼已经恢复正常、继续觥筹交错的会场，看见了不少熟人。

"这到底是你的招商会，还是我的社会关系大杂烩？"

陈靖回端起酒杯，碰了下她的。

"不冲突。"

话毕，林延康已经走上前来。

"陈先生！闫律！"

闫椿看过去："林律不是手上大案打不过来吗，怎么还有空参加这种花里胡哨的活动？"

林延康下意识地看陈靖回，发现闫椿把他主办的招商会说成花里胡哨的活动他都无动于衷，估摸了一下闫椿在他心里的位置，扯开嘴皮赔起笑脸。

"闫律说的哪里话？陈先生作为影响世界的大人物之一，他办的招商会，谁舍得错过？"

闫椿没空跟他客套。

"本来我也是要找你的，择日不如撞日，我们今天就来说说守开律师事务所的归属权问题吧。"

林延康脸一沉，碍着陈靖回在，不好跟她掰扯。

"我们可以改日，等我……"

闫椿没让他说完："等你有空我就没空了。"

林延康不能当着陈靖回的面聊这个问题，因为他完全不占理，要是闫椿把过去他对她的糟践都说出来，那以陈靖回滔天的权势，一定会把他挫骨扬灰的，他急中生智，赶忙撂下酒杯。

"哎哟，肚子有点痛，可能是刚才吃了什么不对付的东西，失陪一下。"

说着，他就要走，陈靖回只往前迈了一步，便挡住了他的去路。

林延康冷汗都下来了。

本来以为闫椿是个体面人，就算他们过去有些不愉快，她也不会在这种场合跟他撕破脸，毕竟对陈靖回的脸面来说，不太好看，没想到她不在乎，陈靖回也不在乎。如此，他不仅如意算盘打空了，连前程都要赔在这里了。

陈靖回噙着笑："没礼貌，你怎么能在我太太说话的时候离开呢？"

林延康腿肚一软，差点没摔倒。

有人给闫椿撑腰，她自然是有怨报怨、有仇报仇。

"林延康，杏仁咖啡老板娘假装乳腺癌骗保结果猝死在手术台那个案子，是不是你们给我下的套我不追究了，我现在只想知道，守开的商标，什么时候还给我？"

陈靖回和闫椿的重逢就约在杏仁咖啡，也不知道是不是天意使然。

林延康哆哆嗦嗦："守开……守开也不全是你的啊……"

闫椿帮他回忆："守开的名字是我取的，事务所成立的一应事宜是我办的，开门红的案子是我打的，包括后面你们所有的殊荣都是基于我拿下的江山。仅凭你们合摊了一年十万块钱的房租，就分我的劳动果实，这也算了，有钱一起挣，可是你们还要把我剥离出去？"

她说话时，左右已经围了不少人上来，全部非富即贵。

林延康猛吞口水，要不是闫椿太能干，他们只能活在她一个女人的羽翼下，他们又何必狗急跳墙设计陷害她？说到底还是她作为女人不知道自己该干什么，她不该抢男人的饭碗！

到这份上，他也破罐子破摔了。

"事务所接到的案子，全部指明要你来打，我们四个人合伙，结果只有你忙得不可开交，我们闲得打麻将睡觉，谁又愿意这样？我们也想证明自己的价值，你呢？不是嫌我们搜集证据的方式有问题，就是嫌我们给当事人出的主意有违纲常。明明到我们手里的案子，你总要插一脚，还不允许我们有任何不满？"

要不是闫椿是律师，看多了倒打一耙，她就要被他这番看似无懈可击的言论给唬住了。

"当事人不懂法，才找律师，我们不能知法犯法，钻法律的空子，你们教唆当事人找一群社会分子上门要账，威胁原告方放弃提起上诉，这种所作所为，我能放心把案子交给你们？"

林延康知道闫椿有本事，但他也会见招拆招。

"你自己不也用欺骗的方式拿到过录音文件？"

闫椿就知道他会这么说。

"以前《最高人民法院关于民事诉讼证据的若干规定》及其批复，限定只有经对方同意后所做的录音才是合法的证据资料。

"但这种标准对当事人要求过高，实践中操作性差，不利于对当事人合法权益的保护。

"2002 年 4 月 1 日最高法院新出台的规定，扩大了合法录音证据的范围，将违法证据限定为采用侵害他人合法权益或者违反法律禁止性规定的方法取得的证据，此类不合法证据包括擅自将窃听器安装到他人住处进行窃听等。

"而以其他合法方式取得，并有相关证据佐证的录音材料均可作为证据使用。

"如属以上情况，经法院审查属实后，可以作为定案的根据。"

林延康一时无言，他拼命搜索大脑都没找到可以反驳闫椿观点的论据。

闫椿又说："你觉得你会比审判长更能判断我提交的证据是否合法吗？"

林延康败了，头和衣领都耷拉下去，再也竖不起来。

闫椿话还没说完。

"守开这个名字，是'守得云开见月明'，你们个个揣一团污秽，尚不能律己，又何以律人？你以为律师只是一份体面的工作吗？不，它是一种责任！"

那些有份掺一脚的人，看见林延康被闫椿打得狼狈不已，纷纷朝后挪了挪，藏进了人群里。

闫椿喝了一口格瓦斯，在杯口留下一个唇印。

"本来我是打算得了空去事务所摘匾的，既然今天你送上门来，那我顺便要求你把匾摘下来给我送到北二环小桥流水三栋101，不过分吧？"

林延康没想到闫椿小气到连……

"你！你还要匾？你现在这身价，要什么招牌没有？！"

闫椿看着杯中的液体，说："酒，是陈的香；人，是旧的好；匾，也是最初那块，才深得我心。"

林延康还要说话，陈靖回不听了。

"滚出去。"

话毕，齐刷刷上来两列保镖，把林延康架出去了。

陈靖回抬眼朝人群看了一下，几乎是所有人，一哄而散，全部端着酒杯去了各个角落。

他走向闫椿："开心吗？"

闫椿由衷地说："开心。"

她早该猜到的，陈靖回如果只是想让她作为女伴出席他主办的活动，又怎么会在外形上对她诸多要求？一定要给她打扮成万众瞩目，分明就是让她打脸那些欺负过她的人。

陈靖回的手搭在她腰上："既然开心，晚上陪我也开心一下。"

闫椿的手也伸向陈靖回的腰，使劲一拧："好啊。不知道陈先生想怎么开心呢？"

陈靖回不动声色地倒吸一口凉气，多年的修炼让他临危不乱，更何况只是被自己喜欢的女人掐了腰，疼也得微笑着说："你说了算。"

闫椿笑了，很真挚地跟他说："你这样是会把我惯出毛病的。"

陈靖回看着她："我乐意。"

闫椿告诉他："我这个人没有良心，可不会领你的情。"

陈靖回俯身，双唇轻含着她手里的酒杯杯口，把她的唇印含在嘴里。

"我就喜欢没良心的。"

闫椿敛起笑容，在不知道接下来该说什么时，项敌来救场了。

项敌难得穿得人模狗样，还梳了个背头。他冲闫椿扬了一下酒杯："厉害了，风采不减当年啊，感觉又回到你从我们手底下把赵顺阳带走、火力全开的时候了。"

闫椿也有话跟他说。

"守开律师事务所择日重新开张，你是跟我合作，还是接着跟姓林的？"

项敌有得选吗？

"之前我们公司是跟守开律师事务所合作，那之后肯定也还是跟守开。"

闫椿跟他喝了一杯。

"算你机灵。"

项敌笑："当年上学，我们三个就数我思虑周全。"

闫椿抬眼看过去："就数你圆滑吧？陈靖回人狠话不多，卓文理色厉内荏，他们一静一动，性格色彩一目了然，就你，油得很，好事不是你的，可坏事也永远落不到你头上。"

项敌知道闫椿心直口快，没想到过了十年说话还是这么难听，他扭头跟陈靖回撒娇："阿回，你管管你媳妇！男人之间说话她插什么嘴？"

陈靖回上嘴唇轻轻碰下嘴唇："我们家我媳妇说了算。"

项敌吸了口气，平复一下心情，不给自己添堵了。

"你们当年狼狈为奸，辗转十年又上了一条船，怎么着？什么时候把事办了？名分也好定下来。"

闫椿不聊这个话题，西南角有位女士看她很久了，她准备过去问问她有什么事。

看着闫椿离开，项敌把惊讶表露出来："什么情况？你们还别扭着呢？"

陈靖回不着急，禁欲也不是一天两天了。

"你之前不是说得头头是道吗？把她性格分析一通，觉得她不会原谅我，哪能在短短几天就改变主意？"

是，项敌之前是料定闫椿这人很固执，可是……

"她不都跟你到这儿来了吗？"

陈靖回的目光被闫椿的身影带走。

"即使我跟她躺在一张床上，她心里防着我，我也是外人。"

项敌不说话了。

闫椿一直不在乎男女之防，也不介意名声和别人的口舌，她向来随心所欲，做什么事都讲究一个她想不想，完全没有道理也没有逻辑可言，

这样的她，有时会因为调皮故意给猎手一个示弱的眼神，可当猎手靠近，她必定反杀成功。她狡黠得有理有据，荒唐得理所当然，把女人和小人的难养之处，展现得淋漓尽致。

项敌叹了口气："她这样，还不如那些故作矜持的女人，她们虽然欲拒还迎，可吊够了总会给你一个痛快，闫椿呢？压根不把你拒之门外，给你一堆特权，就是不说爱。"

陈靖回知道，闫椿在赌气，跟他，也跟她自己。没关系，她也不用对他敞开心扉，反正他还有一生可以浪费。

项敌喝了口酒，又想起一件事。

"对了，下个月我们三中七十周年校庆，你收到邀请函了吧？"

陈靖回记得好像是有这么回事。

"有吧。"

项敌："我前两天收到的，到时候一起去呗？"

陈靖回没答，闫椿也收到了吧？

第十三章

先生，你给我摘个星星吧？

闫椿走向西南角，一直躲在那里默默观察她的女人突然紧张起来，慌乱中弄洒了酒杯。

她赶紧扶正，忙不迭对服务员道歉："不好意思，不好意思。"

服务员还没见过这么好脾气的有钱人，明明她不用对一个服务员道歉的。

"没关系的。"

女人接连又道了几句"对不起"，眉目间的小心翼翼全被闫椿看在眼里，她在服务员打扫干净后，走过去，把手中的香槟递过去一杯。

女人一愣，想逃，可所有出口被闫椿的气场堵死。

闫椿笑着问她："你认识我吗？"

女人不敢看她的眼睛："闫律师吧？"

闫椿浅浅应一声："所以，你找我，是有事吗？"

女人猛地抬头，惊慌失措无所遁形。

闫椿更加确定，她要找她。

片刻，女人大幅度地摆手："不是的，不是的，我不找你，我不打官司，我不告他的。"

闫椿捕捉到最关键的一个字。

"'他'是谁？"

女人意识到自己说漏嘴，赶紧捂住嘴，用力摇头。

闫椿不说话了，只是看着她。

女人摇了几下，止住，手也慢慢放下来。

"他是我丈夫，何泓玉。"

闫椿听过这个名字，做培训出身的，讲成功学，现在开设了一家线上商学院，网罗一批专业人士上有偿公开课，在同行业里已无敌手。

只是，他竟然结婚了吗？

女人这才介绍自己："我叫江甯，嫁给何泓玉十三年了。"

闫椿看她也不过三十岁，竟然已经嫁为人妇十三年了？

江甯知道她此时说的话很不可思议，但她也没必要说谎，尤其是对一个陌生人。

闫椿看出来了，她有苦难言，拍了拍她肩膀："你等我一下。"

她走回到陈靖回身侧："我有点事先走了，反正你这招商会也没我什么事，你自己鼓捣吧。"

陈靖回看了一眼江甯的方向："我送你。"

闫椿扫一眼现场："这种场合，你脱得了身吗？"

陈靖回说走就走："我的场子，我说了算。"

他把闫椿和江甯送到闫椿新的办公地点。

江甯很懂事，先下车等着了。

闫椿解安全带时，陈靖回把脸凑过来，吓了她一跳。

"你干吗啊？"

陈靖回给她解开安全带，口吻别提多哀怨了："说好了晚上跟我在一起的。"

闫椿翻给他一个白眼："那是你自说自话，我可没答应。"

陈靖回不管："你结束是不是要明天早上了？"

闫椿看一眼眼神中尽是故事的江甯，捏捏脖颈："差不多吧。"

陈靖回："那你结束后打电话给我，我来接你。"

闫椿笑了："早上四五点，你起得来吗？"

陈靖回："接你，一定能起来。"

闫椿看着他，几乎要忘记以前的陈靖回是什么模样了，她真的很难把当年那个一举一动都能牵扯她情绪的隔壁班同学，和这个扬名立万、叱咤风云的男人联系在一起。

可是，她分明感觉到，面对他时，她有和当年一样的心跳。

陈靖回牵她的手，最后在她眼角落下一吻。

闫椿没躲，项敌分析得也没错，可有一点他漏掉了，除了陈靖回，她没给其他的人留过余地。

陈靖回告诉闫椿："何泓玉商学院 B 轮我投的。"

闫椿把私人感情先放在一边："你是在告诉我，如果江甯跟何泓玉之间有什么事闹到了明面上，你会站在何泓玉那头是吗？"

陈靖回："我永远站在你这头。"

闫椿："那你跟我废话那么多？"

陈靖回："何泓玉是过了轮回资本这一关的人，他或许有些小毛病，但无伤大雅。"

闫椿听懂了，既然是陈靖回打了包票的人，那人品肯定没问题，先听听江甯怎么说吧，如果到不了上法院那一步，她也不会挣这个钱的。

下了车，闫椿迎江甯朝里走，陈靖回直到她们进门才走。

偌大的事务所空无一人，江甯这种敏惑人群从迈进来的那一刻就开始坐立不安。

闫椿把她带到楼上贵宾招待区，给她倒了一杯水，顺手把灯光调暗了一点。

江甯捧着水杯，也没马上说话。

闫椿知道她在想什么。

"我这事务所要过些时日才开张，所以冷清了点，但案子是不分时候的，只要跟我签了合同，就是我的当事人，我会尽全力帮他达成诉求的。"

江甯摆摆手："不……不是要打官司的，他是我丈夫，我怎么能告他？"

闫椿微笑："那你跟我说说，发生了什么？"

江甯已经到这儿了，什么都不说是不可能了，干脆豁出去，反正闫椿在律师这个行业有口碑也有信誉，更有陈靖回这样传奇的人物青睐，定是错不了的。

她一咬牙，全盘托出了。

何泓玉上初中时，学习不好，老师不待见他，同学也孤立他，他几度不想上学，是身为同学的江甯悉心劝说，他才勉勉强强上完了中学。

两个人一来二去地互相扶持久了，难免产生感情，可都是出生在普通家庭的普通人，学校发现他们早恋之后，通知到家长那里，两家人一合计，干脆不上学了，早早地结婚生孩子，还能报告大队，分配个一亩三分地，有地种，总不至于饿死。主要他们那个小地方，上出学来的人也少，他们对读书能致富这一点深表怀疑。

何泓玉刚成年，就娶了江甯，在家种了两年地，看着心爱的女人只能跟他一辈子蜗居在一米五的土炕，十分愧疚，终于在一天傍晚下定决心，不告而别，去了省城打工。

打工两年他认识了一些朋友，这些朋友虽然都是小人物，可也怀揣大梦想，他就做了个东，在出租房不远处的小饭店包了一间房，让兄弟几个开怀畅饮，聊人生，聊理想。大家都是粗人，肚子里没二两墨水，可说出的话也叫人觉得甚是有趣，渐渐地，隔壁包间的、大堂的，都凑上来听了，本来一个小时就能散的局，硬是撑到了后半夜。

何泓玉一看，这不就是老一辈的说书吗？古人诚不欺我，跟着老祖宗走总不至于错吧？

就这样，何泓玉的"书院"开张了。

从那间十平方米的小包厢到全国四十多家分院，他用了八年时间，江甯也早就被他接到了身边，为他们富贵却平凡的爱情故事画上一个圆满的句号。

何泓玉很爱江甯，可还是在她久久无子的第十二个年头，找了小三，那人还怀了他的孩子。

江甯来自小地方，不懂怎么处理这件事，虽然何泓玉的态度一直是只跟那小三生个孩子，等她把孩子生下来，就拿钱打发了她，可江甯心里总是七上八下的。

隔壁家太太知道了这件事，又过来煽风点火，说了一通男人的话不可信，净身出户才是硬道理，不然迟早被那小三霸占了她的位置，还骑在她头上。

她一听，吓得赶紧去咨询妇女协会，对方给她指了闫椿这条路，她才会出现在招商会。

到后半夜，这个故事才讲完。

闫椿喝了一口浓茶，问江甯："那您能跟我说说，您的诉求是什么吗？"

江甯不懂这个，也不怕被笑话："什么是诉求？"

闫椿跟她解释："就是您想达到什么目的，是真的如您邻居所说，让您丈夫净身出户，还是您只是单纯地想挽回这段婚姻。"

江甯说："我还是想要挽回这段婚姻的，毕竟是我生不出孩子，老何这么做，也是情有可原，我但凡能下个蛋，他也不至于……"

闫椿看她又要哭，已经把纸巾递了过去。

"何太太，如果一个女人拴住一个男人的方式只剩下给他生孩子这一条路，我个人是不建议再继续这段婚姻了。"

江甯抬起头，昂贵的化妆品被眼泪摧残之后，在她脸上浮起一层白沫。

闫椿又说："幸运的是，现在用孩子去拴住何先生的不是您。"

江甯听到闫椿的话，眼睛明亮了一些。

"那……那法律可以让我的丈夫回心转意吗？"

闫椿摇摇头："婚姻法不保护感情，法律没有规定出轨一方必须回心转意。"

江甯又哭出来："那……那我怎么办？"

闫椿耐心地对她说："何先生的肉体出轨已成事实，精神是否还在我们不能判断，但他不会跟您离婚是板上钉钉的事，如此，您就还是何太太，您在与何先生这段婚姻里的身份就还受法律保护。就算他要离婚，主动权也在您的手上，因为他是出轨的那一方，所以您不用怕，您家邻居担心的问题不会发生。何先生既然不打算给她名分，自然不会让她出现在你面前。"

江甯听完许久，还是问："那我应该做点什么啊？"

闫椿："我本来是要跟您说吃好喝好、多逛逛街、做做SPA（水疗），可看您的状态，您也没那心情。这样吧。您要实在心里难受，就把小三接到家里来。"

江甯以为自己听错了。

"你刚才不是说她不会出现在我面前的吗？怎么？"

闫椿："她自己出现在您面前，和您主张把她接到家里，是两种情况，您要是相信我，就按照我说的做，您要是还有顾虑，那也可以什么都不做。"

江甯也没什么可坑骗的，就算是钱，闫椿也远比她有钱，权衡一番，她还是点了头。

送走江甯，闫椿一看表，早上五点半了。

她捏捏脖子，锁了门往外走，刚出社区门口，一道强光正面侵入，刺得她不自觉地抬起手。

很快，光熄了，发光的物体里出来一个人，他个子很高，身材匀称，走路带风就算了，还自带背景音乐，闫椿冻结的少女心又差一点复苏。

陈靖回走到闫椿面前，把她拉进怀里。

"冷吗？给你暖暖。"

闫椿价值一百万的妆熬了一宿还没花，他这个动作之后，花了，假睫毛还掉了一只。

她推开陈靖回："你怎么知道我这边结束了？"

陈靖回说："可能是心有灵犀吧。"

闫椿瞥他一眼："你要是跟我心有灵犀，那应该是不知道我什么时候结束。"

陈靖回不跟她辩了，牵了她的手往回走："回家。"

上了车，闫椿被暖空气暖了个通透，她怎么想怎么觉得，陈靖回根本就没走，一直在车上等她到这时候。

为了验证这个猜测，她问司机："你老婆没问你怎么这个时间还出来吗？"

司机的回答无懈可击："我还没有结婚，夫人。"

闫椿听懂了："所以没人问你怎么这个时间还出来是吗？"

司机："呃……"

闫椿："你对我的后半句话不屑一顾，把所有重点放在'老婆'两个字上，不是说明没有人问你，而是说明这事压根就不会发生，因为你一晚上都没回去。"

司机被绕晕了，赶紧求助陈靖回。

陈靖回："她本来也是蒙你，真正让她确认猜测无误的，是你透过后视镜看我这个行为。"

司机哪儿有闫椿那点弯弯绕绕，低头认怂了。

闫椿的肩膀好疼，疼得她靠在了陈靖回身上，手也往他肩膀上伸，搂住。

"浑身疼。"

陈靖回好像回到了十年前，清醒过来才发现，原来闫椿已经好久没有腻在他身上了，以至于她冷不防地这么一下，他都受宠若惊了。

他问她："抱着我就不疼了吗？"

闫椿摇摇头："我要传染给你。"

她把腿也跷到他腿上，这个动作完成之后，才发现她在极度疲惫的情况下，身体就自然而然遗忘了她跟陈靖回还别扭着，完全回到了年少时的状态。

可是这种时候也不能把手收回来，不然被察觉她是本性使然就会好尴尬！

然而，陈靖回没有装死。

"你是忘记你还没原谅我吗？"

闫椿无语，怎么办？！怎么办？！要承认吗？！

还好陈靖回很懂事，没有追问，手搭在她脊背，闭目养神了。

闫椿被掀到嗓子眼的心脏方才战战兢兢地回到心室，蜗居起来。

周日阳光明媚，闫椿起床望一眼太阳，当下就觉得，是个摘匾的好日子。

距离陈靖回上一次招商会已经过去一个星期，担任法律顾问的合同都签了好几份，林延康还没把匾给她送过来，反正她今天也没事，就亲自去取一趟好了。

洗完澡，门铃响了，她叼着面包去开门，是房东杨姐。

闫椿咬一口面包，剩下半截掉下来，准确地落在她手上："还没到十号吧？"

杨姐上次见识过陈靖回的气派之后，出来进去碰上闫椿都有给她好脸，倒是今天有点反常，话也说得难听。

"我弟要结婚了，就用你住的这间房当婚房，限你这个星期从这儿搬出去，房租给你算到今天，后面你搬家的一个星期给你白住。"

闫椿不干："租赁合同签了一年，这才五个月不到，把我赶出去，不算房租就算了？"

杨姐中气十足："按照合同来，我的原因导致你住不下去了，你的损失我承担。"

闫椿看杨姐是铁了心要把她轰出去，也不浪费口舌了。

"好，最晚一个星期。"

杨姐扭头，闫椿关门，她把半块面包扔进盘子里。

这叫什么事？

刚弄好新事务所的事宜，她还没空休息，马上又要搬家了，问题是，这么短时间，她从哪儿找到物美价廉的房子？

她把手机上的早间新闻关掉，打开房产APP。

事务所周围的房子太贵，一居都要六千八百块，还是简装，精装修就奔一万去了，还不用说二居室、大开间什么的。

看了半个小时，她放弃了。

本来以为接了几个大案，手头宽松一些，她就能翻身做主人了，却忘了她是条咸鱼，翻几个身都没有区别，看多了昂贵的房价只会对她的自信心造成一定程度的创伤，没别的用。

她拍拍脸，让自己精神一些，先去要匾吧。

商标和匾比较要紧。

陈靖回的电话在她出门之时打来。

"不是说好了今天放假，不用陪你吃饭、看电影和逛街的吗？还给我打电话干什么？临时加班我可要三十倍加班费。"

"下楼了吗？"陈靖回问。

闫椿正往下走："下楼也不是找你，我有事。"

陈靖回："不是去林延康那里？正好我在那边有个约会，顺便把你捎过去。"

闫椿走出楼门："你家距离那一带比我家近太多，专门过来接我一趟还能用'顺带'二字？"

陈靖回："我是怕我对你太好了，你有心理压力。"

闫椿看见他的车，以及他的人了，挂了电话，走到他跟前说："那你就大错特错了，我的承受力没有极限，你大可以无底线地对我好，我保证心安理得。"

陈靖回不跟她耍嘴皮子了，先请她上车。

闫椿上车就挂在了陈靖回身上，有了上一次的习惯使然，她在腻着陈靖回这件事上越来越得心应手了，反正她很舒服，立场什么的，到时候再说吧。

到了目的地，陈靖回也没走，跟着闫椿进了CBD。

闫椿上电梯时看见他，当下明白什么约会，都是他瞎扯淡。

"你就不能有点你自己的事吗？"

陈靖回早在离开闫椿的十年里就把他自己的事办完了，现在闫椿的事，就是他的事。

闫椿很无奈："我跟找了个爸爸一样。"

陈靖回："你要是喜欢，我可以当你爸爸，现在就可以。"

闫椿："滚，少占我便宜。"

说着话，电梯到了。

守开律师事务所的匾是闫椿跟一位现代书法大师求来的，最下方还有一行小字"义薄云天是闫椿"，她怎么能让它落到林延康的手里呢？

自动门打开，前台抬起头看见闫椿时，脸色惨白。

闫椿冲她笑了笑："别紧张，我只是来拿回我的东西，没时间跟你们打架。"

前台没说话，赶紧跑向林延康的办公室，把他请出来。

林延康听说闫椿来了，想着关门打狗呢，结果出来第一眼看到的就是陈靖回……

堂堂轮回资本一把手，怎么就沦落成闫椿的跟班了？

闫椿开门见山："林律忙得不可开交，没空给我送匾，我就自己来取了。"

碍于陈靖回在，林延康的脾气不敢释放，最后只能赔几个笑脸："好的，好的。"

闫椿看一眼匾，再看一眼他："林律不是要我一个弱女子上吧？"

林延康咬牙切齿地说："哪儿能劳烦闫律亲自动手呢。"

闫椿就看着："那你给我摘下来吧。"

林延康瞥了一眼陈靖回，他现在的表情跟他在众多杂志照片上的表情如出一辙，没有冷暖，也看不出悲喜，也正是因为这一点，才让他恍然置身危机四伏之中。

喜怒不形于色的人，要么忍，要么残忍。

陈靖回是后者。

林延康乖乖把匾摘下来，双手奉上。

闫椿接过来，吹了吹上面的灰，吹了林延康一脸。

林延康只能受着。

闫椿目的达成，毫不吝啬地给了他一个笑脸："后会无期。"

林延康张了张嘴："后会……无期。"

出了自动门，闫椿问陈靖回："你在这边到底有没有事？"

陈靖回："有。"

闫椿点点头："那我自己打车回去了。"

陈靖回："我要很晚，司机你带走吧。"

闫椿："哦。"

话毕，她走向电梯。

陈靖回一直站在原地，看着她一双笔直的腿停在电梯前。

电梯到了，闫椿倏然转身，跑到陈靖回跟前，踮脚在他脸上亲了一口，难得语无伦次地说："嗯，那个，这个匾，谢谢你。"

陈靖回有一瞬间的失神，反应过来时，双手圈住闫椿的腰。

"嗯？"

闫椿讨匾这最后一件心愿达成，当下觉得被一股空虚贯彻全身，她也不知道自己为什么要折回来，为什么要亲一口陈靖回，但就觉得，不这么做，她会很难过。

亲完，她的理智也回来了，陈靖回却不让她走了。

她低头看一眼陈靖回放在她腰上的手："你……你干吗？"

陈靖回用力把她往怀里一带，两具身体相撞的反应在一瞬间被无限放大，跟病毒一样腐蚀着四周的空气，他低头就能吻住闫椿，可他没有，他只是贴着她的嘴唇。

"口头感谢？"

闫椿觉得好热、好热。

"你还想要我怎么感谢？"

陈靖回说："跟我住在一起。"

闫椿只觉得醍醐灌顶，她用力推开陈靖回："呸！就知道房东强迫我退租事出有因！"

陈靖回也不否认，又重复一遍："跟我住在一起。"

闫椿才不要被他牵着鼻子走："我得考虑一下。"

陈靖回看着她气呼呼地迈进电梯，心情十分愉快。

电梯下去，他回到林延康面前。

林延康看见陈靖回折回，本能地朝后退了一步，尽管他只身一人。

陈靖回着一身整洁的深蓝色西装，仪表从来一丝不苟，他站在那里，就能压迫得现场的人透不过气。

林延康瑟瑟发抖："陈……陈先生……"

陈靖回抬眼看过去："闫椿只是要解气，可我没那么善良。"

林延康一下瘫坐在地上。

陈靖回又说："设计陷害闫椿那桩案子，我已经整理资料交由律协处理了，涉案一干人等是会被吊销律师执照还是要负刑事责任，会有人通知你们的。"

林延康吓得魂都飞了，跪着挪到陈靖回脚下。

"陈先生，您这样是要我的命啊！"

陈靖回一脚踹开他："你们对闫椿下手时，有没有想过那会要她的命？跟我谈命，等你真的死了，我会给你烧纸的。"

陈靖回用他干净利落的手法，送林延康退出了历史舞台。

周三，一周里最漫长的一天。

闫椿在事务所整理摆件，新招的助理跟着她跑前跑后。

项敌给闫椿送了几张办公桌，还送了几把真皮座椅，签单子的时候，别提多心疼了。

闫椿瞥他一眼："不就几把椅子吗？看你那小气样。"

项敌捂着心口，五官皱成一团，说："懂不懂行，这是几把椅子吗？

这是几个三千六百块。"

闫椿挑眉："三千六一把椅子？那得多有定力的屁股才能坐得下？"

项敌很难受："还不是你们家陈靖回，让我全给你弄最好的，我就跟他说了，你也不懂啊，三千六百块的跟三十六块的，你也区分不出来，有必要吗？嗐，你是没看他那张脸，臭得都能腌菜了。"

小助理在一旁掩着嘴偷笑。

项敌把桌上的玩偶揣在怀里，接着呻吟："我的三千六百块啊——"

他叫唤的时候，杨姐催她搬家的电话又打了一次。

"闫律师，一个星期的期限要到头了，您这边打算什么时候搬啊？"杨姐问。

是不是陈靖回从中作梗两人心照不宣，房东还能一趟一趟地催她委实有些过分了，闫椿跟她打开天窗说亮话："房子我在找，说好一个星期内搬走就一定会搬走，你也不用给我施压，我要是答应去陈靖回那里，早在第一天就过去了，也不用您一而再、再而三地给我打电话。"

杨姐语塞，早说她演技不好，非找她演，露馅了吧？

电话挂断，项敌问闫椿："阿回让你搬过去跟他住啊？"

闫椿会给陈靖回越过雷池的机会吗？

"他想得美！"

项敌笑："你别吹牛，到时候打脸了可不好看。"

打脸？不存在的。

闫椿说："我到天桥底下打地铺也不会跟他住在一起。"

说话的间隙，电话又响了，这回是客户。

闫椿摁下接通建，走到窗户边上："江女士。"

江甯："闫律师，您今天有空吗？"

闫椿看一下已经收拾差不多的事务所，除了找房子，暂时没别的事了。

"您有事吗？"

江甯："晚上是我先生的感谢会，感谢一路扶持他的商学院上市的朋友们，他说带我去，可我没有一件像样的衣服……"

闫椿明白了："那我们去新世纪？还是维多利亚？要不我先去找你吧？"

江甯："谢谢，谢谢。"

闫椿："您太客气了。"

电话挂断，闫椿对项敌下了逐客令："我有事出去一趟，你哪儿来的回哪儿去。"

项敌看一眼货单："还有两组文件柜没送过来呢。"

那得等到什么时候？

闫椿说："要不你在这等着。"

项敌："嗯？"

闫椿："送到之后给我锁门。"

嗯？嗯？

闫椿说着话朝外走："小助理给你留下，只能看不能碰。"

项敌："……"

小助理送闫椿出门："我跟着您吧！"

闫椿："不用，你给我监督好他。"

小助理稍显踟蹰："可是……"

闫椿拍拍她的肩膀："他要是欺负你，等我回来弄不死他。"

小助理的底气立刻就上来了："嗯，好。"

闫椿打车去时光会所跟江甯碰面，刚进门就看见一个神似陈靖回的身影迈入电梯，让她感到诧异的不是在这里碰到他，而是他身侧有个着齐腿根裹胸一字裙的妙龄女郎。

她信步跟上去，全然忘记江甯还在二楼等她。

陈靖回和那女郎的电梯停在六楼，闫椿随后乘下一趟电梯追过去。

出了电梯，他们就在正对电梯口的一张台子上，两臂长的卡座坐两个人绰绰有余，可闫椿就是觉得很挤，可能是因为，那个人确实是陈靖回。

他们相谈甚欢，压根没有注意到这边一双凄凉、暗淡的眼睛。

闫椿朝前迈了一步，第二步在空中停滞了半秒，又收回来，转身离开。

陈靖回只是一个普通男人，他喜欢她是因为她符合普通男人的基本审美，他喜欢别人也是普通男人抗拒不了美人的基本操作，没有人会在没有进度条的事情上浪费太多时间。

十年也许很长，他也许对她很想念，但往往得不到的才最值得怀念，当她真正出现在他面前，已然没了十年前的烂漫，他还觉得她独一无二吗？

女人善变，男人也一样。

闫椿回到二楼，江甯已经等候多时了，她笑着迎闫椿入座。

"堵车了吧？电视刚播了路况。"

"嗯，有一点。"闫椿很想对她笑，可她扯不动脸皮。

江甯神经粗，也没注意到她的反常。

"我们从最近的维多利亚开始逛吧？"

闫椿："好。"

江甯："对了，闫律师，你晚上没事吧？"

闫椿："没有。"

江甯一拍巴掌："那太好了，你晚上跟我一起去吧？"

闫椿："好。"

就这样，江甯不知道闫椿为什么有求必应，而闫椿也不知道她信口答应了什么邀请，当她反应过来时，已经穿着一身高定出现在了何泓玉的感谢会。

跟何泓玉合作的人都是土老板，有钱，有排场，就是没文化，且大多数是地中海、啤酒肚的标配，他们聊着陌生领域的话题，拼命证明他们没有短板。他们当中偶尔会有人走向闫椿，向她敬一杯酒，探讨一下业务，夸夸其谈的模样好像比闫椿更懂法律。

闫椿敷衍地应付着每一个靠近她的人，疲惫的眼睛从未卸下过对生活的无奈。

陈雀翎就是这时候出现在她面前的。

"闫椿。"

闫椿听到有人叫她，抬起头，眼睛里稍稍注入一些色彩。

"雀翎姐。"

陈雀翎笑起来："真是你啊，还以为我看错了。"

闫椿扯扯嘴角："何太太是我朋友。"

陈雀翎在她的空杯里又倒入一些白葡萄酒。

"何先生是我朋友，我们曾在牛津大学赛德商学院上见过，当时他是演讲人，我是观众。"

闫椿从业多年，最擅长的就是倾听。

陈雀翎摇晃着酒杯，催化"龙卷风"对葡萄酒的侵略。

"他当时讲了一个有趣的观点，说人总是对别人要求太多，对自己要求太少，生命一旦偏离轨道，就全是别人的责任，只有自己是受害者，压根不去想，起点和终点都是自己选择的。"她把"海啸"灌入嘴里，绝了"龙卷风"的路，"何泓玉经历十多年的婚姻，才知道他太太不能生吗？不是，他是为他出轨找了一个完美的借口。"

闫椿没问陈雀翎怎么知道这件事，也没去追究她把这件事说给她的目的。

陈雀翎又说："他犯了所有男人都避免不了的错误——贪心，可他大体算是一个有良心的人，没有跟他太太离婚，而他能给她的，也只有'何太太'这个名分了。"

所有男人都避免不了的错误……

闫椿讷讷地问："喜欢久了会烦吗？会比上班高峰时，站在路口，看着一辆又一辆出租车在面前行驶过，却没有一辆挂着空车的牌子，还要烦吗？"

陈雀翎定睛看了她数秒："会吧，可人总不能因为知道会烦，就拒绝喜欢。"

闫椿睫毛轻颤。

陈雀翎跳过了这个话题，把她的手拉过来："一别十年，你过得好吗？"

她的声音太温柔，闫椿眼睛发酸。

陈雀翎顺顺她的手背："记得当年不过数面，却足够叫我时常想起你。我像你当年那么大的时候，可做不了一家人的主，你真的很勇敢。"

闫椿无论是现在，还是过去，都没什么当家做主的概念，只是生活由不得她选择。

陈雀翎忽然一笑："现在好了，拨云见日，柳暗花明，往后啊，都是舒坦日子了。"

闫椿淡淡地应了一声。

陈雀翎碰一下她的酒杯："等结束后，你跟我走吧。"

闫椿："去哪儿？"

陈雀翎："我家。"

或许是闫椿实在不想回到出租屋，也或许这个女人是陈靖回的姐姐，刚才给了她一点安全感，闫椿终于还是点了头。

跟江甯道别，闫椿上了陈雀翎的车。

陈雀翎曾放下话，不会考驾驶证，可没有人总有时间做她的司机，她总要学会自己上路。

车开进闫椿出租房必经的主路时，她有一丝讶异："你也在这边住吗？"

陈雀翎没答，把车停到闫椿家小区外。

闫椿随她下车，又随她走向那间筒子楼的对面——泊帆别墅区。

她几乎都要忘记了，这条三十米宽的马路，就像一把锋利的杀猪刀，在皮和肉之间拉上一刀，区分了贱与贵，清楚了贫与富。

陈雀翎把闫椿领去了陈靖回的房子，一打开门，什么都没那个望远镜亮眼。

她想走过去看看，却被尴尬的身份定住了脚。

陈雀翎走到吧台，打开冰箱，手伸向橙汁："喝点什么？"

闫椿走过去，在吧台外围坐下："有酒吗？"

陈雀翎的手停住，转而取了一瓶开封的洋酒："我不太会调，你想兑什么喝？"

闫椿把酒杯推过去："不兑了，纯的吧。"

陈雀翎愣了一下，还是给闫椿倒了一个浅浅的杯底。

闫椿端起就饮尽了。

陈雀翎怕她喝多，可她的难过又叫她没法拒绝。

闫椿一杯接着一杯，几乎没有酒量的她，很快就喝多了。

她纤细的手臂支着脑袋，醉酒后的眼睛更迷人，还裹着薄如蝉翼的雾气，长睫毛几根扎在一起，遮挡了几分她骨子里自带的妖气，更显撩人。

陈雀翎把她的酒杯拿走："不能再喝了。"

闫椿又夺回来，兀自倒上一杯，喝了一大口，眼泪就掉下来了，看起来像被是辣的，可四散开来的悲伤又是怎么回事？

她手指轻触脸颊，摸到自己的眼泪，就哭得更凶了。

陈雀翎给她拿来纸巾："哭吧，眼泪也有活血化瘀的功效，哭完，伤口就不疼了。"

闫椿当真号啕大哭："我度日如年，一年又一年……他都看得见，他就要冷眼旁观，一个他爱不爱我的问题……我几次去阎王殿里也没问出来……"

陈雀翎心疼了。

闫椿的眼泪就跟不要钱似的："他走时不打一声招呼，回来也一样不打招呼，我又为什么会敞开怀抱迎接他？我又凭什么老这么下贱？就因为我爱他吗？先爱了就该死吗？"

门开了，陈靖回走进来。

陈雀翎看他一眼，张了张嘴没说出话。

陈靖回走到闫椿身后，酒精让她没有察觉到，而她还没发泄完："我无从得知他离开的真相，也无法接受他离开的事实，可我却不能让我长此以往地陷入悲伤，我必须告诉自己，我还有责任，我必须勇敢……"

陈雀翎听不下去了，提上包走了。

这十年让她越来越见不得别人的难过。

闫椿趴在桌上，使劲攥着胳膊："我慢慢习惯去想他在做什么的生活，知道他还活着就以为是老天对我最大的恩惠，可他回来了，在我接受了他可能永远不会再属于我的时候，他回来了，一如既往地英勇无敌，一如既往地风流倜傥……"

闫椿说着说着咬住手背，牙印很快印满了手："我呢？一如既往，戒不掉对他的渴望……"

陈靖回伸出手，却触摸不到她的肩膀。

"我默许他重新走进我的人生，还为此找了一大堆借口，其实哪有什么原因，还不是因为我爱他……我管不住想要拥抱他的手，也管不住想要亲他眉眼的嘴唇，我就这么稀里糊涂地，碾碎了我坚定不移的正经。可你知道吗？他又去喜欢别人了……"

陈靖回皱起眉。

别人？

他的手总算握住了闫椿的肩膀，人也面向她："你又冤枉我。"

闫椿已经到一个极限，在陈靖回扶住她时，一头栽进他怀里，醉死过去。

陈靖回搂着她，下巴轻轻蹭她的发心："我跟陈雀翎说何泓玉出轨，想着她跟你都是女人，她的观点或许能帮助你。就算不能，她在，也能帮我照看你。"

他拇指的指腹有规律地摩挲闫椿的脸："我下午有事，可我担心你。"

话毕，他才反应过来，闫椿……下午看到他了？

应该是了，不然怎么会有他喜欢别人这种荒唐的说法。

他轻叹一口气："哪有别人？我们明明都是心比针小的人，你一个就已经盈箱累箧了。"

第十四章
我是凭本事摔进你怀里的

闫椿醒来已经是第二天下午，她睁开眼时一阵头晕目眩，还没爬起来就又要摔下去的感觉，胃里更是翻江倒海……挣扎了十分钟才坐起来。

她看一眼周围，陌生但奢侈的环境让昨晚上的一切……还是没有很清晰。

距离床不远的桌上有个保温箱，插着电，箱门上贴着一张机打便签，她撕下来，上面用少女心的字体写着一句话——

"吃点东西，乖乖在家等我。"

像极了陈靖回的语气……

闫椿把便签揉一揉丢掉，打开保温箱，取出一瓶牛奶，培根饼，以及整盒半熟芝士。吃到一半，她才正视一个问题："家？谁的家？"

她扔了培根饼跑下楼，原地转两圈，把整个性冷淡风的装潢看完，才意识到自己上当了。

这么说来，陈雀翎出现在何泓玉的感谢会，跟她上演了一出久别重逢，又把何泓玉出轨的事拿来当话题，还把她拐来这里……都是陈靖回的主意了？

可以的，很优秀。

闫椿已经过了被爱情冲昏头脑的年龄，陈靖回对她再用心，他跟别的女人暗度陈仓这件事也是事实，她没一个身份抓奸在床，可让自己抽身、及时止损总可以吧？

她饭没吃完就走了，刚出门就被站得笔直的一排小红帽给吓了一跳，再看一眼他们身后的手扶式推车，以及上头偌大的商标——通风搬家。

"搬家公司？"

为首的小红帽冲她笑："闫女士，您看，现在可以搬了吗？"

闫椿莫名其妙："搬什么？杨姐找的你们？我还没找着房呢，这招也太不近人情了吧？"

小红帽把手里的合同给她看："闫椿女士不是您吗？您是这幢别墅的业主，我们受您委托，帮您把马路对面楼房里的东西搬到这里。"

闫椿懂了，陈靖回为了跟她住在一起，这是张良计、过墙梯都用上了。

她给他打电话，开门见山："有钱能不能多捐几所希望小学？今天给我买幢房骗我跟你上床，明天再给别的女人买幢房也来这一套？"

陈靖回正在开会，由于闫椿的来电被他设置成自动接通，以至全场都听到了她的豪言壮语。

闫椿不等他说话又接着说："你要实在想跟我睡，也不是不行，但求你睡了放过我好不好？"

陈靖回："……"

各行业大佬面面相觑，不敢说话。

闫椿最后放下一句："我洗干净在你床上等你。"

各行业大佬：What（什么）？

会议被打断，助理小心翼翼地问陈靖回："先生，我们的会……还开吗？"

陈靖回松松领带，站起来："对不起了各位，我要解决一下私事。"

各行业大佬："理解理解！"

陈靖回几乎是马不停蹄赶回了别墅，小红帽们已经不在门口，看样子是搬完了。他进门扯开领带，脱掉外套，随手丢在一旁。

"老婆？"

没人应，他便一路脱鞋、脱袜子往上走。

"老婆，你在哪呢？"

走到二楼前厅，一开门，衣衫不整的他对上二十多双眼睛，气氛顿时有些尴尬。

闫椿从人群中钻出来，看见陈靖回脱到一半的衬衫，以及解开的裤腰带，还有光着的脚，再看一眼给她搬家的二十多个小红帽。

闫椿几乎是把陈靖回拖进二楼主卧的，用了她打官司的劲头。

门关上，她才笑出声来："你不会真的以为我洗干净在你床上翘首以盼了吧？"

陈靖回很无辜："不是你给我打的电话？"

闫椿一直笑，差点没背过气去："我给你打的电话多了，也没见你哪次有这么积极。你打拼这些年，没人告诉你，不要相信没跟你签委托合同的律师的话吗？"

陈靖回知道她是个小骗子，可百密总有一疏，他还不能被欲望控制一回大脑？

闫椿看他实在可怜，心软了，走过去给他把扣子扣上："我本来对你财大气粗的行为是有些不满，但我是一个务实的人，钱都放进了我的口袋，断没有再还回去的道理，所以我就大大方方地收下了，更何况，我不要，你没准就给别人了。"

陈靖回听得出她在说"别人"两个字时语气泛酸："你很介意我有别人？"

闫椿口是心非："你想多了，别说你有别的人，就算你有别的狗，跟我又有什么关系？"

陈靖回的手又滑到她腰上，把她抱进怀里。

他凑向她的耳畔："可我介意你不属于我！"

"……"

闫椿没有招架住陈靖回突如其来的骚，不只是猝不及防，她还在他的刺激下，想起昨晚她喝多了酒都说了什么话。

那样一番表白，已经没有挽回的余地了。

闫椿本就对他情深似海，哪儿经得住他的撩拨，只是被陈靖回的薄唇轻蹭了蹭脸颊，心里就汹涌得不像话了。

闫椿抬起头，看着他："我昨晚说的话，你都听见了？"

陈靖回把她的碎发别到耳后："嗯。"

闫椿诚恳地问他："那……那你……"

关键时刻，她紧张了。

陈靖回松开她，蹲下身抚平她因为拥抱而褶皱的衣服，他才出去。

闫椿没看懂他要干什么，本能驱使她追出去。

小红帽的搬家工作已经接近尾声，他们看见两位主人出来也礼貌地停下手上的事情，脸和目光都齐刷刷地挂在他们身上。

陈靖回上了三楼，又下来，折回闫椿面前，看着她："今天星期四。"

这话一出，闫椿就哭了。

陈靖回继续说："陈靖回在想闫椿。"

闫椿猛地转过身，用力仰着头，拼命不让眼泪落下来，可似乎并不管用。

小红帽们都沸腾了，虽然这是只有一幕戏的单行本，可如果主角是轮回资本的陈靖回和守开律师事务所的闫椿，已然可以撑起一场盛大的演出。

他们如此强烈的爱意在这上下两百多平方米的房子里，仍放不下。

陈靖回对着闫椿的背影，再一次单膝下跪。

闫椿被小红帽们的喝彩吸引到，转过身来看见陈靖回放到她面前的戒指，捂住嘴，却没捂住涕泗滂沱。

陈靖回看着她："他们都说，我这一生，该受的罪受了，该享的福也享了，一定没什么遗憾了，顶多还没有谁伴我身侧，那也好说，全天下的女人都想嫁给我。"

他说着，嘴角弯了弯："可再多的女人，但凡不是你，我都不想要。"

闫椿的情绪崩了，情急之下，她握拳打在陈靖回身上，一拳接一拳，末了还上脚，她急于把她这十年来的委屈都发泄出来，这样她就能心无旁骛地把手交给他了。

陈靖回攥住她的手腕，把戒指又递上去一些："I apply to join you in your life."

闫椿抽抽搭搭的："你……你说人话……"

陈靖回重复一遍："我申请，加入你的人生。"

闫椿哭得不好看了："我，我要说什么……"

陈靖回教她："说你愿意。"

闫椿还在哭："那你，呜呜……不会很得意？这么轻松就得到我了。"

陈靖回："截止现在，轮回资本创下了二十六项世界纪录，拿到了七十多个第一名，这些东西代表陈靖回，而陈靖回属于你，还觉得轻松吗？"

闫椿哭得更凶了。

"那我好有钱啊，我可以……可以买宇宙飞船吗？"

陈靖回无奈："可以，你还可以自己造。"

闫椿好开心，可为什么眼泪停不下来呢？

"你在时光会所见的那个女人是谁？你还跟她坐在一起，相谈甚欢，我都看见了，呜呜……你这个大猪蹄子……"

陈靖回哭笑不得："你的事务所要开张了，可到现在你都没招到一个像样的财务，那女人是我从多伦多请过来的，水平在轮回资本都算得上数一数二。"

原来是这样。

闫椿没问题了："那……那好吧。你明天让她到我那上班……上班吧……"

陈靖回把她的手拉过去，趁她闭上没完没了的嘴，赶紧先把戒指给她戴上，起身把她揽入怀里，如果可以，他都想把她嵌在自己身上。

不远处，小红帽聚集之地，此起彼伏的掌声连绵不断。

距离闫椿跟陈靖回定情已经过去三个小时，小红帽也早把闫椿要紧的东西搬到了别墅，杨姐亲自来送了一趟租赁合同解除说明。

在别墅门口，杨姐没控制住眼往里瞄："闫律师不愧是律师行业里的翘楚，叫人佩服得五体投地。"

闫椿签好字，把杨姐的那份给她，故意逗她："我能搬到这里，不是业务能力好，是活好。"

话毕，她在杨姐一脸震惊中返回门内。

门关上，在中央区卡座上看书的陈靖回看过来："你哪活儿好？"

闫椿走过去，把他的书拿走，坐到他腿上，起初只是看着他，平和的眉目似乎想表达她只是要欣赏他的俊脸，就在他放松警惕的时候，她咬了他的脸一口："牙好。"

陈靖回一摸脸，好大一个牙印……敢情她不光喜欢咬自己，还喜欢咬他。

闫椿咬完又亲了两口，打一巴掌给一颗甜枣的机灵劲跟当年如出一辙。

陈靖回搂着她的腰："饿了吗？"

闫椿摇摇头："我们不是刚吃了饭吗？"

陈靖回摸摸她的小腹："夜太长，我怕你饿。"

闫椿才不会上当："你少骗我吃东西，我是一个有自制力的女人，我外号都叫闫自制。"

那陈靖回放心了，他拿来手机，一键拨给生活助理："带厨师过来给我做点消夜。"

闫椿："……"

电话挂断，陈靖回在闫椿的额头亲了一口："闫自制，加油。"

厨师来得很快，带着一应食材，煎炒烹炸，一个小时搞定了一大桌，闫椿全程坐在吧台前看着，倒不是要偷厨，是想着吃不到闻闻味也行啊。

都怪她嘴贱说不吃，什么“闫自制”，听起来也跟个智障一样。

厨师离开后，陈靖回还自己兑了杯果酒，然后将方巾七折八折，掖进领口，颇有仪式感。

闫椿凑到他身边，看着他吃了一块西兰花。

“怎么样？好吃吗？”

陈靖回细细地咀嚼：“嗯，不咸不淡，不软不硬。”

闫椿张嘴：“给我吃一口。”

陈靖回叉起一块，还是放进自己嘴里。

“闫自制不是一个有自制力的女人吗？”

闫椿噘嘴：“我就吃一口，一口并不影响我管理身材。”

陈靖回：“你是在小看一块西兰花的热量吗？我在市中心南大道的广告屏上看到一句话，四月不减肥，五月徒伤悲。还有不到十天，你就要伤悲了。”

闫椿嘴要噘到天上去：“委屈。”

陈靖回心可狠了：“那我也没有办法呢。”

闫椿可以好好跟他说话的时候，他没有把握住机会，等她生气了，那就不能挽回了……

就在陈靖回那个俏皮的“呢”落下后，闫椿跟头迅猛的猎豹一样将他直接扑倒。

陈靖回摔在地上，方巾被扯掉了，嘴上还有半截西兰花露在外边。

闫椿骑在陈靖回身上，把他嘴上那半截吃掉。

她咀嚼两下，粗粗地咽下去：“以后你说话我得分析一番，水分太大了，好吃个屁。”

陈靖回皱了皱眉：“你这是嫌弃我？”

闫椿挑眉：“什么？”

陈靖回扯了扯嘴角，那笑容让闫椿瞬间起了一身鸡皮疙瘩，她微笑着起身，想溜之大吉。

“那什么，我可能有点困。”

陈靖回能让她走？抄起她的腰扛在肩膀上，三步并作两步地上了楼。

闫椿甚至发出猪叫："我错了！"

然而并没有什么用，该来的惩罚，还是得来。

闫椿揉着被捏红的脸蛋，裹着小被子哭唧唧。

陈靖回掀开裹在她身上的被子，问："闫自制要不要跟我一起下楼吃东西？管理身材也可以从明天开始。"

闫椿躲了躲："你滚开！让我一个人静一静！"

陈靖回笑："那行吧，只是这间房一到晚上……"

闫椿的大眼睛聚焦在他脸上，他这个语气分明就是要说什么灵异事件，她再横也还是个女生，顾不上静一静了，扑到他身上时手脚灵活地攀好。

"我突然有点饿了。"

要的就是这种效果。

陈靖回眉开眼笑。

次日，闫椿起了个大早，穿着条衣不蔽体的白布裙子，手里端着一杯热豆浆，站在落地窗前，看着那架望远镜。她想去看看，又觉得乱动陈靖回的东西不太好。

可是，陈靖回不是跟她求婚了吗？

她举起手来，盯着无名指上的钻戒，颜色 D 级（D 级：完全无色。最高色级，极其稀有），净度 IF（IF：内无暇级），切工 EX（理想切工），抛光度 EX（理想抛光），对称性 EX（理想对称性），还有国际鉴定机构 GIA（Gemological Institute of America，美国宝石学院）鉴定为世界上最接近完美的钻石的证书。陈靖回想娶她的诉求早已昭然若揭，却愿意再浪费那么久，直到她心甘情愿回过头。

想着，她的眼睛又开始发胀，有个问题也趁机钻进她的脑海。

陈靖回不知道什么时候下了楼，在她身后拥住她，躬着腰，把下巴垫在她肩膀上。

"饿不饿？"

闫椿右手还端着豆浆："刚垫了垫肚子。"

陈靖回就着她的手，喝了一口："嗯，有你的味道。"

闫椿就笑了："我是什么味道？"

陈靖回想了想："说不清楚，却叫我朝思暮想的，就是你的味道。"

闫椿把豆浆放下，转过身来，手环住他的腰，抬头看他的眼睛："我一直没问过你，无论是当年，还是现在，喜欢你的人那么多，为什么是我？"

陈靖回也曾纠结这个问题，最后无疾而终。

"以前不觉得非你不可，可一想到你会嫁给别的野男人，对他们笑，给他们抱，还为他们生孩子，我就一定要娶你。"

——这世界是个巨大的娃娃机，我隔着玻璃，只想得到你。

后面这句他觉得有些酸，没说出来，可闫椿钻进他心里窥到了。

闫椿双臂攀在他颈上："根据'闫椿法'第五百二十条过分迷人罪，陈靖回被判处剥夺终生再爱他人权利，只能守住闫椿，与其相伴一生。即刻执行。"

陈靖回莞尔，低头吻住她，唇齿缠绵处，口不能语，身和心皆在云端。

人生最好的三个词——

久别重逢、虚惊一场、失而复得。

他们的爱情，几乎可以被这三个词概括了，所以他们和好后的每一刻都如胶似漆。

这种气氛一直持续到陈靖回的私人电话响起。

他接起来："说。"

可以打通这个电话，而不被自动接通的，只有他的秘书。

秘书说："先生，有一通来自歧州三中教务处的电话，对方指明要您联系他。"

陈靖回知道了，挂了电话。

闫椿扬眉："三中的谁？"

大概是之前那个……

"三中新校长，上任有两年了，两年前就打过电话给我。"

闫椿："干吗？"

陈靖回："想让我回母校开个讲座。"

闫椿也不认识这是哪号人物，但就觉得他哪儿来的自信？

"他倒是自来熟，不过我也算是事业有成吧？怎么就没接到过这种目的的电话？"

陈靖回看她片刻："可能因为你在上学时是'老鼠屎'学生代表。"

闫椿把拖鞋扔过去了。

陈靖回接住："你知道下周校庆吗？"

闫椿皱眉："什么校庆？"

陈靖回："三中校庆，我收到邀请函了。"

闫椿不高兴了，她怎么没收到？

"所有毕业生都有吗？还是说小部分人有？"

陈靖回给她数："我有，项敌有，卓文理两口子也有。"

闫椿知道卓文理娶了沈艺茹，只是……

"那为什么我没有？卓文理和项敌虽然处分没我吃得多，可学习一直没我好啊！凭什么不叫我？！"

陈靖回："本来我是不想去，你要感兴趣，我可以带你去。"

她才不去。

"上赶着的不是买卖，他们也得知道我闫椿不是谁都高攀得起的。"

陈靖回："嗯，我的邀请函上标注可以带一个家属。"

闫椿挑眉："还能带家属？"

陈靖回："是这样。"

闫椿走过去，脊背笔直地坐在他身侧："那我觉得，去……也没什么大不了的。"

陈靖回："不是他们高攀不起你？"

闫椿挽住陈靖回的胳膊："可我嫁给你了啊，嫁鸡随鸡、嫁狗随狗，他们攀得起你，自然也攀得起我了。说什么高攀不高攀的，攀就好了。”

陈靖回原本是不必有什么表情的，可他还是笑了。

闫椿脑袋靠在陈靖回的肩膀上：“老公，我们能开你那辆莱肯吗？”

陈靖回明知故问：“你要干什么？”

闫椿：“我要显摆。”

校庆如期而至，三中尚不宽敞的大门外，各路豪车争奇斗艳，知道的说是三中觍着脸只给功成名就的发了邀请函，不知道的还以为三中培养的都是国家栋梁呢。

项敌到得早，八十万的捷豹硬没好意思开到三中专门为校庆划的车位里。

卓文理的连锁火锅店虽然才开到第二家，排场上也没拘谨着，跟沈艺茹一人一辆保时捷。

三个人约好了在校门口碰面，卓文理撅出二里地的肚子把“中年发福”四个字描绘得很到位，可沈艺茹看向他的眼神，还是减不了叫人发酸的“她的丈夫”。

项敌趁卓文理还不知道当年他对沈艺茹的心思，狠狠地看了她两眼，直到感觉回本了。

卓文理看见项敌，先把烟递过去：“来！走一根！我们俗人还是干点俗的事。”

项敌接过来，叼着滤嘴，把纸筒凑到他打着的火上，嘬一口：“你要跟我聊点俗的，那这中华的事还远谈不上，聊你欠我那五百万，才是最俗的。”

卓文理瞥过去：“要不要脸？这五百万是阿回当年许给我的。”

项敌：“你当时没要啊。”

卓文理：“还不兴我事后后悔啊？”

项敌：“反正等你们火锅店盈利了，连本带利还给我。”

卓文理：“行啦，我这边事业要是有了起色，短不了你的好处。”

项敌吐出一口烟，没接茬。

卓文理上了个不入流的大专，在校几年也没珍惜，光顾吃喝嫖赌练嘴皮子了，除了把沈艺茹哄骗到手，他几乎没什么本事，陈靖回回国那年，他拖着项敌上去认亲，最后陈靖回的面没见到，可还是讨到了五百万，是项敌讨来的。

彼时项敌事业已经步入正轨，是以，他把这笔钱给了卓文理，说是同情他年少无为花光了所有运气也好，说是为沈艺茹做的最后一件事也罢，他总算是成全了。

如果不是当年他不够勇敢，错失了机会，又怎么会快三十岁了，初恋还没送出去？

卓文理钩着他的肩膀："兄弟就是一辈子的事。"

项敌不动声色地躲掉他的手，顺着人潮信步走着："我去逛逛。"

卓文理把他拉回来："逛什么？阿回等会儿就来了，我这好几年都没跟他见过面，你可不能不在场，到时候弄得尴尬我媳妇儿晚上该说我了。"

沈艺茹睨笑："你也知道尴尬，之前让你约着人家吃吃饭、喝喝茶，你还不乐意。"

卓文理自以为是地说："那要是普通的吃饭我没问题啊，问题是你让我多关心关心他的个人问题，他的个人问题你那么操心干什么？"

沈艺茹的笑容僵在脸上，她当然只是想让卓文理走上正道，跟陈靖回和项敌这样务正业的人多接触总比跟一些社会流氓接触要对他自己、对整个家庭益处多。是，当年她喜欢过陈靖回，可谁能控制得住年少时的喜欢呢？要是那时候的喜欢算数，又哪来那么多遗憾？

现在的她，对陈靖回也只有遗憾了。

项敌看气氛不对，接了一句："阿回的个人问题他有数，只是你们知道时不要太惊讶才好。"

卓文理扬眉："怎么的？他娶了哪国的公主？"

说着话，伴随一阵性感的急刹，全球限量几台的莱肯超跑停在草坪，引来校内外百来人的围观，车主大概扫了一眼车窗外的状况，觉得这个节目效果差强人意。

陈靖回把闫椿的包从腿上拿给她："等会儿下了车，你不能离开我的视线。"

闫椿从包里拿出口红，扳过陈靖回的脸，借他眼睛里的自己抹口红："你放心，不会有人比我更好看，自然也不会有人从我这里拿走你的视线。"

陈靖回笑了："把话说那么满，打脸了不会尴尬吗？"

闫椿涂好，把口红收起来，双手捧着陈靖回的脸："就算有人比我好看，你也不能看。"

陈靖回喜欢她就惹不起她，几乎是抢答道："好的。"

下了车，闫椿露出标准假笑，万众瞩目下，从临时停车场到校门口这段不足二十米的距离，都能走出一个光年那么长的感觉，然而比起她本人，大家还是更好奇她是陈靖回的谁。

校长闻讯亲自出来接，隔着三米就已经把双手递出来了："陈总，您来啦！真是不容易啊！"

项敫他们听到动静，也走向人群，站在最外围，也还是看到了陈靖回，他在最中央的位置，身边还有一个明艳动人的女伴作陪。

卓文理眼拙，朝那头巴望："那是阿回吧？那女的是谁啊？"

项敫看过去，场中闫椿跟上次在招商会看到的一样，与往常的干练风有所出入，可如果就天下男人惯有的审美来说，还是这样的她更叫人有原始冲动。

沈艺茹几乎是在第一时间就认出了闫椿，她垂下头，苦笑。

项敫注意到了沈艺茹的反常，也知道她越掩饰对过去的遗憾，就越说明，陈靖回并没被她完全抛出心门之外，她只是把他藏起来，藏在除了她自己，没人知道的地方。

卓文理粗线条，完全没注意到身侧二人的心事，还拉着他们挤进了人群。

校长拽着陈靖回的手寒暄："回国好啊！哪儿都没我们国家好！不过让那些自以为是的洋人看看我们国家有这么出色的人，也是好的。"

旁边有学生就是常春藤的一员，毕业留在了华尔街，听见这话还挺不是滋味的："在国外多年，观察到无论是他们的政策还是民众享有的权利，那都是国内无法企及的，陈总回国发展是个人决定，不是国强的表现，我承认我们国家也积极向上发展，可发展总要个时间。"

校长瞪过去，想反驳他，可肚子的墨水全用来搞学校建设了："你，你这是说的什么谬论？"

闫椿看陈靖回没有要搭茬的意思，她便接上了："你这几句话充分说明一个人要是跪得久了，那就站不起来了。既然国外那么好，您干吗纡尊降贵来到这里？"

那个人看过去，刚刚他有注意到这个漂亮女人，暗自鄙视一番陈靖回的肤浅，果然再有高度的男人，也不能免俗地喜欢美女。

令他没想到的是，这女人居然跳出来插嘴了，说话还这么难听。

他思忖这个女人到底有多少底气，没给急答话，反倒给了她继续说的机会："不能刮掉一身黄皮肤、拔掉一头黑发丝一定是你最遗憾的事情了，倒也没关系，你可以找个洋妞，改变一下你下一代的血统和教养，不过还是很可惜，即使这样，你也永远只能仰着头看你的妻子和孩子。"

那个男人顿时脸涨得通红，他刚刚不应该一言不发的，错失了先机就拿不回来了。

闫椿向前迈了一步："奴性是遗传病，不是传染病，你崇洋媚外只会影响你自己的价值观和你的身边人，影响不到我们。如果你指望尖酸刻薄的两句话就能让我们因身为国人而羞愧，那就是你目光短浅了，我们站着的人，从来很骄傲。"

话毕，周围掌声一片。

"说得好！就算我们怯懦过，那也是以前！"

"被自己国家培养起来，扭头去捧外国人的臭脚，真是恶臭难当！"

校长才把锁死在陈靖回身上的目光挪到闫椿身上，他看她并不眼熟，可总觉得她有一股要把这校园搅个天翻地覆的劲，他有些发怵。

陈靖回把快要控制不住自己的闫椿拽回来，安放在自己身边："就你有嘴。"

闫椿委屈，噘着嘴，一双幽怨的眼睛摆给他："那你不说话嘛，我就帮你说两句。"

陈靖回想捏她的嘴，可她一嘴姨妈红，终是没下去手，最后说："以后少涂口红。"

闫椿一愣，随即笑了："好。"

这时候，卓文理三人走过来："阿回！可算是逮住你了！"

两人看过去，曾经的少年和少女早已脱去稚气，沾染了社会的浑浊，可就在他们目光相对之时，恍然又回到校园，穿着不合身的校服，抄着堆成山的作业，打着幼稚可笑的架。

卓文理看着闫椿，问陈靖回："你这不言不语的，又是成了大人物，又拥美在怀，谁啊这是？赶紧给我们介绍介绍！"

项敌没说话，他不想跟卓文理一起尴尬。

沈艺茹现在跟卓文理是一家子，不能看他丢人现眼，扯了扯他的衣袖。

卓文理不耐烦地甩开，瞪她一眼："老爷们说话你捣什么乱？"

沈艺茹终于还是把手放下，退到一旁，跟刚刚闫椿越过陈靖回发表意见的待遇是云泥之别。

项敌面无表情，似乎已经见惯不怪。

闫椿以前就老控制不住自己为弱者出头，现在有了职业病，为她的热心肠找到了完美的解释，她冲沈艺茹伸出手："校花，好久不见。"

手到了眼前，沈艺茹躲不开了，敷衍地握了一下："好久不见，闫椿。"

卓文理听见"闫椿"两个字，如遭雷劈。

不光是他，校长也是，在场的部分人也是。对于闫椿，他们只闻其名不见其人，知道她很牛，但没说长这么好看啊？

项敌不想被人围观了："走吧，别在这儿当猴儿给人看了。"

校长马上接茬：“对啊！我们去宴客厅，年前刚翻修过。”

人群散了，他们几个人谁都没有动，无论是当年，还是现在，让陈靖回迈第一步似乎已经成为一种载入历史的习惯。

陈靖回也很自觉，没管其他人，走向智学楼。

闫椿跟上去，大长腿晃动了整个春天，还有那些已经很久没见过春天的男人们。

陈靖回发现有人朝闫椿看的时候，表情变得很奇怪，眼神扫过她全身，最后落在她一双腿上，来之前他没让她换衣服吗？

他也不记得了，不过没关系，他把外套脱下来，在众人瞩目中蹲下来，兜住她一双腿，两支袖子包臀绕过来，系在腰侧。

项敌：“……”

沈艺茹：“……”

卓文理：“……”

众人：“……”

闫椿低头看一眼陈靖回的杰作，表情也变得很奇怪。

陈靖回亲自完成这个动作，才稍稍满意：“乍暖还寒时候还是冷，你这样容易得老寒腿。”

闫椿：“……”

陈靖回脱了外套就只有一件白衬衫了，搭配他几乎没有瑕疵的身材，回头率并不比闫椿的低，这回轮到闫椿变身柠檬精了。她被裹住腿，行动不便，陈靖回也不介意让她撑着他的手臂，还把每一步的距离都控制在她每一步的距离之内。

到了宴客厅，大人物根据自己的名字找到座位，闫椿作为陈靖回的家属，座位在他旁边。

落座后，卓文理清醒过来，可他还是很好奇：“你们，就没有分手吗？”

陈靖回跟闫椿相视一眼，当年好像没来得及聊分手的事情。

项敌说：“要是分手了还能在一起，那才证明情比金坚呢。”

卓文理扯扯嘴角，心里挺不是滋味的，上学时明明是他先看上闫椿的，就因为惹不起陈靖回，被他横刀夺爱，只能退而求其次选了沈艺茹……现在看看闫椿，气质由里到外不减当年，再看看沈艺茹，身材走样，脸也长了斑，真是没有对比就没有伤害。

他越想越不痛快，干脆都抛出来，就算跟闫椿没可能了，也得恶心恶心他们。一生的幸福五百万就能了结？他走到闫椿一侧，拉开一把椅子坐下："闫椿，是不是得跟我喝一个？"

闫椿上下打量他一眼，嘴角噙着笑，开玩笑地说："你配吗？"

在场人都听出了她的言外之意，可伸手不打笑脸人，她要说她在开玩笑，那卓文理跟她发作倒显得他小肚鸡肠了。

他也跟着笑："阿回是我的兄弟，他配，那我肯定也配。"

闫椿看过去："古代嫡出、庶出两儿子还是亲兄弟呢，那人生也是天差地别的。"

卓文理的笑容有所收敛，干笑着："起点不一样，当然天差地别，刨除起点这一因素，要还能有所成就，那才是真牛。"

闫椿又回到他跟陈靖回的问题上："我老公当年被灭满门，不得已远走他乡，你的起点再低好歹也是父母双全吧？他们还能给你买房买车娶媳妇，而我老公只能自己挣。"

卓文理的表情僵住，彻底笑不出来了。

闫椿轻飘飘地收回目光，落在陈靖回身上，她表现出意兴阑珊："好没意思。"

陈靖回本来也是陪她来，她来这么一会儿别的没干，净摆谱了，累了就说明爽了，既然她爽了，他也就觉得这一趟不亏了。

"那回家？"

闫椿托住腮帮子，摇摇头："不用，我等等无聊了就趴着睡一下。"

陈靖回把她不小心折到胸里的蕾丝拉回来，顺两下，摁服帖了："嗯，好。"

卓文理看他们旁若无人地调情，他在一侧不尴不尬的，还是回到了自己的座位。

回来也不安分，扭头就对项敌眯眼："你怎么不告诉我他们还在一块？"

项敌淡淡道："他们在不在一起跟你又有什么关系？"

卓文理剜他一眼："要早知道他们还在一起，那我就不必要觉得陈靖回给了我五百万，我得对他感恩戴德了。"

项敌不明白这个道理："那五百万不是他给你的，是你从我这里拿走的。"

卓文理差点忘了："那我更不用拿他当回事了，我也不欠他。"

项敌："……"

卓文理挺有理："他光顾着自己发财，对我们出生入死的兄弟也不说帮衬一把，曾经陪他打架，导致我学习不好，又导致我没有考到好的大学，再导致我娶不到闫椿。"

项敌已经不知道要说什么了，时间改变了一个人，还是他原本就是这样，只是以往没有共患难的机会，他们也没有一个看透他的机会。

项敌说了一句公道话："我们都没有跟他出生入死，甚至没有在他出事时对他施以援手。"

卓文理不觉得那是他的错："我什么家庭条件你不知道？我们两家加在一起都不如他们家有钱，那两年我父母面临下岗，本身就自身难保，谈何给他雪中送炭？"

项敌不跟他辩了，没意义。

沈艺茹在旁边把这一切听在耳朵里．要说她重新对卓文理怀抱了多大希望，此刻就有多失望，尤其是在看到陈靖回，和他一直挪不开眼的闫椿之后。

时间顺延，用了差不多两个小时，宴客厅的位子上总算都有人了。

张钊是最后一个来的，他两鬓斑白，就像是打了五十岁的衰老针，当年的风采已然不在。

闫椿看到他，成为第一个站起迎接师长的人："老大！"

张钊闻声还要找一找才锁定了闫椿的位置，步履蹒跚地靠近她，到眼前了才看清楚她的模样，她和做他学生时不一样了，他却还是知道她是谁："闫椿啊。"

闫椿听见这话，想哭又觉得矫情，只得一直点着头："嗯，是我，我是闫椿。"

张钊的妻子离开也十年了，要不是她离别时用下辈子的幸福赌咒，让他一定要好好活下去，他也早陪她去了。她不知道，一个人的时候，怎么都不苦，唯有想她这件事，实在太苦了。

后来他身体垮了，曾经英姿勃发的教育者，只能沦落成图书馆的保安。

幸得他的学生一个个都有了出息，时常给他打电话慰问，只不见闫椿的。他打听了才知道，闫椿当了律师，可过得并不好，从无败绩可也从无钱挣，好不容易接到一个赚钱的案子，还被她合伙人给蒙骗了。这样一败便是一败涂地。业内外都这么说。

他开始思考一个问题，己所不欲勿施于人，当年他深受社会迫害，是他德行不够，又或者是他命里该着，可那与闫椿何干呢？

闫椿原本有更好的选择，成为一个律师看遍世间的阴暗面，就是他对自己学生的祝福吗？

他开始逃避闫椿的电话，手机一响就战战兢兢，后来干脆不要这东西了，反正他期待能打给他的已经天人永别，剩下的都是他畏惧的，那还要来干什么？

三中联系到他时，他本不想来，可又很想知道，他最棒的学生，过得怎么样……

现在他看到了，也再无遗憾了。

闫椿领他坐在自己身侧，把放在陈靖回腿上的包拿过来，掏出律师执照递给张钊："老大，你学生，闫椿，是一名律师。"

张钊掀开律师执业证，一寸的证件照也有夺目的能力。

他们都看不懂，为什么闫椿要对张钊说这件事，张钊知道，她是告诉他，她并不后悔。

张钊老了，就容易被什么东西迷了眼，说话的工夫，眼泪就铺满了一张脸："好啊，好。"

除了"好"，他搜刮大脑也没找到第二个词来表达他的心情。

闫椿没跟他说太多，告诉他自己打过的最匪夷所思的案子他也不见得喜欢听，他只要知道，人生充满了偶然性，而做律师只是她在偶然中最正确的选择。

张钊看向闫椿旁边的男人，十分眼熟："这……这是，一班的陈靖回？"

闫椿挽住陈靖回的手："嗯，不过现在是我的丈夫。"

张钊一愣，也接受了。

他想起一班班主任那副尖酸刻薄的嘴脸："一班班主任要是知道他寄予厚望的学生娶了三中最让校务处头疼的学生，不知道会不会跳起来骂人。"

闫椿已经不太能记住他的模样了，偏头问陈靖回："你还能想起你班主任什么样吗？"

陈靖回回忆了一下："我比较能记住他经常拿你举例子，说我们要是像你这德行，就废了。"

闫椿微笑脸看着他："呵呵。"

陈靖回看她变脸变得快，被可爱到了，刮刮她的鼻梁："以后我也要对我儿子这样说。"

闫椿躲开他的手："谁跟你说我一定生儿子了？万一是个女儿呢？"

陈靖回："是女儿那还说什么？宠着就好了。"

闫椿觉得这样不好："女儿还是要好好管教，不能被一丁点好处就被骗走才好。"

陈靖回："你应该对你自己的孩子自信一点。"

闫椿说实话："我是对我自己不自信，要不是你老给我糖衣炮弹、奶酪陷阱，我能一步步沦陷至此吗？我的基因在这里摆着，万一被女儿遗传了多不好。"

陈靖回:"不会的。"

闫椿挑眉:"你怎么这么肯定?"

陈靖回:"不会有人比我的糖衣更厚,比我的奶酪更浓。"

闫椿:"……"

两个人你一句我一句聊着,张钊在一旁听着竟然不自觉露出姨母般的笑。

身后一排也能听到,三个故人除了项敌,都挺不是滋味的。

校庆晚会下午四点开始,在此之前,大家自由活动,不过这些已经被生活打击成狗的大人们,早没了学生时的精力,几乎都窝在宴客厅喝茶、嗑瓜子。

新校长正好走到宴客厅的小舞台上,参照三中发展史,进行一番抑扬顿挫的演讲。

只是除了他面前那只被口水淹没的话筒,几乎没人注意到他的存在,还是寒暄的寒暄,八卦的八卦,当年哪个风云人物如今落魄不堪是他们最热衷的话题。

校长说完,按照流程,问了大家一个娱乐性质的问题:"在感情中,你向对方隐瞒了什么?"

其实这个问题原本是"上学时,你对老师隐瞒了什么",可见大家对回忆过去跟老师的经历并不积极,校长干脆把它换成两性问题。

果然,看过来的人多了,也有人到台上对着镜头答了:"我要对江势说,我其实没有 32D。"

头一枪打出开门红,上台的人一个接一个。

"我说分手只是想你挽留我,不是对你、对我们的感情失去了信心。"

"你没车、没房、没存款,我也愿意嫁给你。"

"吴嘉莉,当年我真的出轨了。"

"对不起啊,已经不爱你了,可怕你难过,几次都没说出口。"

他们所提到的人，不是在现场，就是会看到这条录像，过去的不勇敢应该会为此时的勇敢鼓掌叫好吧？反正一辈子就这么一回了。

项敌是几人中第一个上台的，他看着摄像老师推到他面前的镜头，千言万语到嘴边又溜走。

摄像老师鼓励他："说吧！你没有几回这样的机会了。"

这招果然管用，项敌把眼睛闭上，咬牙说出口："我从来没告诉过你，我一直很喜欢你。"

沈艺茹不知道项敌说的是谁，一是她很迟钝，也没什么脑子，不然也不会嫁给卓文理了，二是项敌实在瞒得太严实了。

卓文理也不知道，他甚至以为是闫椿，他早忘了他的妻子曾经是校花这件事。

闫椿挑眉，小声地问陈靖回："他还没忘记校花？"

陈靖回答她："我不也没忘记你？"

闫椿语塞，这倒是真的。

项敌从台上下来，从未如此舒畅，他撺掇陈靖回："你上去说两句，给我们女同学们一个偷拍你的机会，这一趟不能白夹啊，是不是？"

陈靖回不去，他没什么瞒着闫椿的事。

卓文理有的说，他在项敌之后上台了，拉过话筒："我想娶的人其实是闫椿，娶你是我退而求其次的选择。我争不过陈靖回，而陈靖回不要你。"

项敌第一个做出反应，指着卓文理没给他好听的："你吃饱了撑的？没别的可说了？"

沈艺茹哀莫大于心死，不久前卓文理对闫椿献的殷勤已经足够叫她难堪了，反正丢了那么多年的人了，也不差这一回。

闫椿全无反应，表白听得多了，才知道不是每个人向她表白，她都会感动。

陈靖回就不行了，眼里的凶光从天而降一样，瞬间就塞满了他的瞳孔，闫椿看见了，虽然觉得卓文理那厮不值得同情，可毕竟是校庆，陈

258

靖回翻脸了对他的社会评价不好，本着多一事不如少一事的态度，她去牵住他的手，小声说：“来日方长，他总会犯在我们手上。”

陈靖回这才有所收敛。

卓文理并不认为他把自己逼上了绝路，还所当然地说：“规则是这样，我只是实话实说。”

好一番不要脸的说辞，还真是叫人找不到破绽。

如此，沈艺茹也没给他留脸面，站在台上时，盯着陈靖回，说：“我以为这么多年过去了，陈靖回已经成为我的遥不可及，我对他也只留有遗憾，见到他时才知道，我错得多离谱。”

卓文理炸了，两手掀翻了桌子。

项敌可以想象，当年也是这样。

陈靖回跟闫椿开始反感这个环节，有些隐瞒公之于众是对过去的释怀，而卓文理和沈艺茹这种，以伤害对方为前提，还要拉两个垫背的行为，真不怎么样。

沈艺茹还没说完：“有些人，一眼就一辈子。”

卓文理在她话毕便冲上去了，项敌跟他同步，两个人一扯一挡，兄弟情义也付诸东流了。

陈靖回和闫椿不动如钟，校长叫来保安，强制结束。

卓文理不能好好待在这里了，负气离开。

沈艺茹也是，她跟卓文理大庭广众之下撕破脸太难看，她做得出来，却坐不住了。

他们夫妻一走，项敌也恍惚起来，其他人倒是看热闹不嫌事大，沈艺茹在校三年一直是校花，她也擅长把眼睛放在头顶上，跟一点架子没有的闫椿几乎是云泥之别，如今能看到她的笑话，也是有生之年系列了，他们巴不得多演几场呢。

闫椿扭头跟项敌说：“你要想去就去吧，等等把她的电话给我，我觉得她可能需要一个律师。”

项敌闻言还挺诧异：“你……你觉得我应该……”

闫椿："没有什么应不应该，要看你愿不愿意。"

项敌："可是……"

闫椿："你要是还有顾忌，那就当我没说，反正决定权在你手里，我只是要告诉你，不管你争不争取，她的离婚官司，我都打定了。"

项敌不说话了，在一会儿之后，他消失在宴客厅。

目睹整个过程的张钊也觉得眼睛乏了，想先走一步，闫椿去送他，在智学楼脚下，张钊朝她摆手："回吧，我还记得出去的路。"

闫椿看张钊的状态不太好，不知道这一别，日后还能不能再见了："我还是送您吧。"

张钊摇摇头："不用。"

闫椿便站住了。

张钊走出两步，又转过身来："闫椿啊。"

闫椿应声："嗯，我在。"

张钊："李宗吾的《厚黑学》里有一句话，'一面正义大旗，一个响亮口号，会把天下的人心吸引过来，使原本并不存在正义与否的事业，也变得正义起来'，话是对的，可也要从另一个角度去考虑，如果正义大旗和响亮口号，都在正义的人手里，那真的正义还会远吗？"

他停顿一下，又说："若是十年前的我，哪会给你讲这样狗屁不通的道理，只可惜，十年过去了，我重新审视世事，已经不那样理解了。"

闫椿对张钊突然转变的画风并没有很惊讶，人是会变的。

张钊最后告诉她："好好生活，好好照顾自己，无能为力的事情，就随缘吧！"

闫椿微怔，几度张嘴，还是没说话。

"当然，还是要保持你这颗善良的心。"张钊转身朝外走，"你结婚啊，我就不去了，我看过你选的人了，挺好，有没有钱放一边，他爱你我看得到。"

闫椿目送张钊直到不见身影，眼前浮现曾经相似的一幕，恍如隔世。

她突然觉得有点冷了，正好一件外套披上来，偏头就看到陈靖回的感觉真是太好了。

陈靖回搂住她的双肩，抱进怀里："走吧。"

这两个字，暴露了他的初衷。

闫椿问他："你从告诉我校庆就是故意的，对不对？"

陈靖回也没否认："嗯。"

闫椿又说："你是想激项敌一把，让他勇敢迈出这一步，对不对？"

陈靖回："嗯。"

闫椿："你知道我见过沈艺茹之后，一定会帮她离开卓文理，对不对？"

陈靖回："嗯。"

闫椿："你是心疼沈艺茹吗？"

当然不是。

陈靖回说："我是心疼项敌。"

闫椿："是他自己尿。"

陈靖回："他只是太重情义，不愿意趁火打劫，也不愿意背叛兄弟。当年卓文理要追你，我给他签了个条，让他以后拿这个来找我，我给他五百万。"

闫椿："当年吗？当年你都那么喜欢我了吗？不惜为我兄弟反目？"

陈靖回继续自己的话："可他拒绝了。项敌拿了那个条，后来重逢，我按照约定给了项敌五百万，助力他继续创业，当时他已经有一家小有规模的公司了，他就把那五百万给了卓文理。"

闫椿都不知道，这里面还有这么多事。

陈靖回说："你只有亲眼见过她的生活、见过项敌对她的用心良苦，才不会觉得我对她有想法，所以我没有一开始就告诉你。"

可以，这操作很牛。

闫椿原谅他了："好，嗯，行，优秀。"

陈靖回听她这口吻，伸手捏捏她的脸："还不好受？"

闫椿哪有不好受？

　　"我只是很奇怪，你是做了什么让她这么喜欢你？还喜欢那么久。"

　　陈靖回闻到好大的醋味，像是煮沸了的陈醋，别别扭扭的味道漫天都是："要是我介意她的生活不好，那就会跟她在一起，成全她，而不是让项敌出手，成全项敌。"

　　闫椿"女人不讲理"的逻辑一上来，就很强："你要是没鬼，你跟我解释那么多？"

　　陈靖回哭笑不得："不是你突然吃醋？"

　　闫椿绝不承认："我是那种会吃醋的人吗？"

　　陈靖回："你是。"

　　闫椿："我不是。"

　　陈靖回："你是。"

　　闫椿："哎呀，我说了我不是，你再说我，我就弄死你。"

　　陈靖回："好吧，你不是。"

　　闫椿："你是。"

　　陈靖回："我是什么？"

　　闫椿："你是那种会吃醋的人。刚才我都发现了，卓文理给我表白的时候，你眼红了。"

　　陈靖回："那是风迷了眼。"

　　闫椿："你就是吃醋了。"

　　陈靖回："我为什么要吃一个各方面都不如我的人的醋？你想多了。"

　　闫椿扭头就走："这样啊。那我去回应一下卓文理好了，反正你也不吃醋。"

　　陈靖回把她拽回来压进怀里："你敢！"

　　闫椿在他怀里转转转，转到面对面。她冲他笑："你吃醋了。"

　　陈靖回低头啄一口她的嘴唇，话说得云淡风轻，又真实得残忍："你找谁，我就宰了谁。"

　　闫椿咂嘴："到时候你进去，我还得给你打官司，也不见得就能把你捞出来，到时候我就成了半个小寡妇，那你还管得着我找谁吗？"

陈靖回："你为什么会以为我进了局子势力就断了？"

闫椿："……"

陈靖回："你放心，到时候会有很多人替我管的。"

闫椿："……"

陈靖回："还有问题吗？"

闫椿摇摇头："没了，人家一点问题都没有了呢。老公棒棒的，老公好厉害。"

陈靖回亲昵地揉揉她的头发，一阵低笑声从她头顶蔓延开来。

在他们身后一直不敢靠近的人看他们公然拥抱，更不敢靠近了，只能小声说话："为什么可以聊那么久？能不能听到他们在聊什么？"

旁边人侧过耳朵去，什么也听不见："我们离太远了。"

"废话！离太近不是很没有礼貌吗？而且我们跟人家也不太熟，被瞪一眼那多尴尬。"

收到校庆邀请函的，最次也是月薪上万，他们知道这么点收入跟人家真有本事的没法比，可就是知道陈靖回要来，才面临丢人现眼的处境也硬要露露脸。

轮回资本是国际上首屈一指的集团，即使只是亚太地区总部，也有数万员工。这些校友虽然没有远大志向，不搞什么创业、合伙，可专业知识还是有的，打工也希望找一个扎实的靠山，不为出人头地，就为工资翻倍、丰厚待遇。

有陈靖回这条捷径，不走那不是愚蠢吗？

故而，他们在闫椿和陈靖回相继出来后，也跟了过来。

闫椿早看见他们了，大概猜到他们什么目的，可陈靖回现在拥有的一切都是他拿全家的命，还有他自己的人生搏来的，她舍不得他被别人利用。

她便在他们的眼巴巴中，挽起陈靖回的手："我们走吧。"

陈靖回应："嗯。"

两个人携手朝外走，与前来的人流形成两股相斥的力量，值得一提的是，他们那么多人都没有拼过这两个人的气场。

几个想入非非的人傻眼了，面面相觑半天都不知道该说点什么。

校长还想着，就算陈靖回不愿意开个讲座，在校庆晚会开幕时讲两句话总可以吧？一看他不见了，赶忙追出来，结果只见几个人站在风中。

他问他们："陈先生人呢？"

他们中有人清醒过来，压下复杂的心情，说："走了，跟闫椿一起。"

校长很好奇："这个闫椿，你们认识吗？怎么我翻遍学校档案也没发现三中有过这个人。"

何止是认识？

一人告诉校长："闫椿是三中的又爱又恨。"

有人接上她的话："她在的那三年，三中一半的荣誉是她拿来的，而一半的口碑也是她毁掉的。当时的年级主任做梦都想除掉她，结果还半路失踪了。"

校长听着他们的话，渐渐透出惊恐，原来这就是那个废掉教务处主任的学生……

其实这事是闫椿背锅了，明明是陈靖回拜托他妈做的，就因为那段时间主任正跟闫椿斗得你死我活，他的职业生涯突然暴毙就这么被算在闫椿头上了。

不过可以让后辈听到她的名字就闻风丧胆，倒也挺长脸的。

第十五章

我的盖世英雄温柔了一江水

校庆后的第三天，单轻舟来找闫椿，闫椿在电话里跟他说自己退租了，现在住在对面别墅区时，他有短暂的沉默，随即说："好，我去找你。"

电话挂断，正趴在床上等待闫椿下一步按摩动作的陈靖回偏头："是谁？"

闫椿把手机扔到一旁，跪在他背上："单轻舟。"

陈靖回趴不住了，猛地起身。

闫椿重心全乱，朝后仰过去："啊——"

陈靖回手快，一把托住她的腰，把她带回来，最后他重重躺下去，闫椿摔在他胸膛上。

闫椿从他身上爬起来："一惊一乍的！把我摔了你赔得起吗？"

陈靖回双手托住她的腰："你很贵吗？"

闫椿伸出十根手指头："我值这个数，你说呢？"

陈靖回笑："这是，十块？"

闫椿不想搭理他了，拿掉他的手，下了床："我生气了，午饭你自己吃吧。"

陈靖回侧躺着，手撑着后脑勺："你哪天不生气？"

闫椿："……"

陈靖回："说明今天很正常。"

闫椿："……"

陈靖回："你可以不跟我吃饭，但不能跟单轻舟吃饭，你要是跟他吃饭，我就宰了他。"

闫椿抄起拖鞋扔了过去："可把你厉害坏了！天天不是宰这个就是宰那个，怎么不上天？"

陈靖回接住闫椿毛茸茸的拖鞋，走过去，蹲下来给她穿好，抬起头时是难得的委屈："别跟他吃饭，我心眼不大。"

闫椿心软啊，尤其这个男人还是她家陈靖回，她呼口气，也蹲下来，跟他面对面："你干吗呀？我又不喜欢他。"

陈靖回去拉她的手："我也不喜欢他，所以我们不要理他了，好不好？"

闫椿："……"

陈靖回还给她讲道理："你看隔壁太太是不是很乖？大门不出二门不迈，有男人到家里来都回避，我不要求你这样做，可你是不是也应该为我着想一下？"

要不是闫椿的职业是律师，看多了戏精，她都要被陈靖回一本正经的姿态给诓骗住了。

陈靖回以为他把闫椿唬住了，乘胜追击地说："我就不待见那个野男人，你只要跟他保持距离，别人我都可以睁一只眼闭一只眼。"

闫椿很纳闷："你跟他也不认识，怎么能这么讨厌他？"

陈靖回一开始还三缄其口，架不住闫椿再三逼问，还是说了："以前你追我追到一半，跟他出双入对去了。"

闫椿："……"

她总算知道怎么回事了。陈靖回可真够小心眼的，这事记那么久。

她向他解释："那时候我们班主任被大头陷害，我必须要考到全市文科前三名，单轻舟是我们班学习最好的，他的笔记也是全年级最全面的，我还跟他青梅竹马，找他纯粹是出于对人情和效率的考量。"

陈靖回不听："我是全市学习最好的，你找我既能增进我们的感情，拿前三名也更稳妥。"

闫椿："……"

真是完蛋，她一个金牌律师竟然说不过陈靖回了。

闫椿忽然觉得自己不占理，音量降低了好几个度："那你要怎么样呢？"

陈靖回很认真地思考了一番，说："你把当年的卷子找出来，我再辅导你一遍。"

闫椿："……"

陈靖回："要不你就不能跟他见面。"

闫椿就知道他得绕回来，这个鸡贼的人！

"那我刚才都告诉他我们家地址了。"

陈靖回："我可以代表你去见他，但你不能去。"

闫椿还能说什么呢？

"好吧。"

正说着，门铃响了。

陈靖回站起来："你在楼上等着。"

闫椿也没有很想见单轻舟，便尊重陈靖回的郑重其事，乖乖等着他了。

陈靖回下楼故意穿着闫椿的拖鞋，四十二码的脚穿着三十七码的鞋，很喜剧，他打开门，果然是单轻舟那张讨厌的脸。

单轻舟看见陈靖回，一怔，很快恢复自然："闫椿呢？"

陈靖回："她很累，在休息。"

单轻舟大拇指的指甲直接嵌进掌心："你不必对我这么大敌意，她选了你不是吗？"

陈靖回："他选我是必然，跟我对你有敌意并不冲突。"

单轻舟也不是要来跟他吵架，他把身后的箱子搬到门前："这是这些年我欠她的，此次全部交过来，也是要跟她说，以后没有了。"

陈靖回望了一眼，全是未开封的 POC 盲盒限量款，估计闫椿跟他要过，所以他才知道她想要这东西，可那时闫椿是要倒卖，根本不是喜欢。单轻舟买了这么多年，就是不知道她真正的目的，而没有每一年都送给她也说明后来的她，不再需要了。

单轻舟又说："技术移民程序已经走完，我可能，再也不会回来了。"

正合陈靖回意愿："一路走好。"

单轻舟充耳不闻："你赢了我，赢了所有人，可我跟闫椿青梅竹马的情义，你永远没有。"

陈靖回会跟闫椿小闹一场，却不代表他真的对自己不自信，对闫椿不信任。

"我给你机会把青梅竹马这套说辞说给她，如果她转而跟你共度余生我也可以祝福你们。"

单轻舟不说话了，他生平第一次挑拨离间，以失败告终。

陈靖回可不善良："我也不介意告诉你，她从来不喜欢盲盒，她是想用它换钱，我知道这一点还愿意买给她，是我想让她赚钱，当她有了更赚钱的出路，我便不再给她买了。"

单轻舟顿住。

陈靖回继续："我在五年前就收购了 POC 公司，因为我知道，在一套 POC 盲盒限量款的市场需求不再呈饱和状态时，它于闫椿，也就失去了价值。"

他没说完，而单轻舟这点道理还是懂的。

闫椿缺的是钱，不是玩具，他不明白，所以一直给她买，而陈靖回明白，所以他得到了她。

单轻舟离开时，欲言又止，陈靖回却答了他："我的妻子，我会好好照顾的。"

268

往后余生，再没有青梅竹马。

陈靖回没有把盲盒拖进来，怎么下去的就怎么上了楼。

闫椿看他两手空空，问他："我的玩具呢？"

陈靖回："没有玩具。"

闫椿歪头，眯着眼看他："刚才单轻舟给我发微信了，让我收一下POC盲盒这十年来节假日出的所有限量版，整整一箱子呢。"

陈靖回走过去，手伸进她口袋里，去摸手机："你为什么还有他的微信？"

闫椿被他摸得痒痒，咯咯地笑："哎呀，他就是跟我说一声，说完就把我删了，我再跟他说话就变成了红色的感叹号，哎呀，痒痒。"

陈靖回把她手机掏出来确认了一下，真的是删了才放下心来。

闫椿生气了，板着脸也不理他了："你给我出去！"

陈靖回不要，非挨着她，还要去环住她的腰，手在她小腹上揉来揉去："我早把POC公司买下来了，他抢到的限量版里，还有两款是我自己瞎画的。"

闫椿："……"

陈靖回把下巴垫在闫椿左肩膀："POC公司是我给你买的，以后你就能决定一套限量版卖多少钱了，以前贴吧炒到五千多，你可以定个五万。"

以前他问项敌，有什么礼物最特别，项敌说，送闫椿的话，什么都不特别。

这么多年来，他对这话深信不疑，却总是控制不住自己想要把全世界最好的东西都打包给她。

闫椿脑门都是问号在乱窜："五万？你是想这牌子黄在我手里吗？"

陈靖回："就是给你黄的。"

闫椿："你钱多烧得慌是不是？"

陈靖回："我这么大江山，只给你一人祸害，还是绰绰有余的。"

闫椿："你牛。"

陈靖回："还有，四合院我给你拿回来了，闫东升也搬出歧州了。以前诓你那几个人全部交给律协了，只有一个没被吊销律师执照，不过也滚蛋了。"

他可以把闫椿这十年来的委屈消磨干净，但他为什么还可以说得那么云淡风轻？

闫椿不明白，她转过身来，看着他："陈靖回，你对我这么好，你完了知道吗？"

陈靖回知道，他又抱住闫椿，吸一口她身上薄荷的香气："完了就完了吧，只要是你，别说完了，死了我都不介意。"

闫椿哭了，她回搂住陈靖回："老公，我有点感动。"

陈靖回轻轻拍着她的脊背："我心机地做了这许多事，还心机地说给你，你只是有点感动？"

闫椿把眼泪抹在他身上："你要知道，自从你在播音室说过那番话之后，我就再没感动过，直到你两次跟我求婚，直到你刚刚轻描淡写的两句话。"

六月的第一天，闫椿的律所开张，当天还召开记者发布会，宣布守开律师事务所喜获轮回资本助力，完成 A+ 轮融资，估值二十亿，成功以最年轻的品牌跻身歧州四大律师事务所。

陈靖回亲自到场站台，在记者随意提问环节，虽然下派了脚本，可还是有媒体耍小聪明，问了一些私人问题，两方助理都有出面制止，两个当事人却没有很矫情，念及开张是喜事，不宜红脸、惹得大家尴尬，便一一回答了。

其中有个问题很有意思："陈先生，外界有传轮回资本姓闫了，您怎么说？"

陈靖回微微皱眉："瞎扯淡。"

现场迎来一个小高潮，讨论声的分贝达到全场最佳。

媒体人想继续这个问题时，陈靖回又说："明明是我姓闫了。"

现场立马抛弃小高潮，奔向高潮，让素有隔音效果之最之称的酒店也变得有些吵人。

旁边的闫椿拿话筒戳陈靖回的胳膊："你给我严肃点！"

陈靖回很听话："好的，老婆。"

几个场控全上，控了十多分钟才让发布会得以继续。

有媒体人问："闫律师现在已经是陈太太了，对吗？"

陈靖回拉起闫椿的手："她刻意把求婚戒指戴出来显摆了，还不能说明问题吗？"

场控们心里有万马奔腾而过。

——祖宗啊，您快点闭嘴吧！我们也是拿死工资的，您再这么口无遮拦我们可不干了啊。

不是他们不让陈靖回抒发个人情感，实在是控不了两千多人的发布会啊！

亏得天可怜见，两家各派人出来表示可以在发布会结束后接受采访，才把整个节奏拉回来。

后面媒体人问了一些商业合作不可避免的问题，闫椿按照剧本写的，每一个都对答如流，陈靖回甘愿做一片低矮的绿叶，把光合作用的机会留给她。

按部就班以后，也能赶在下午四点前走完所有流程了。

四点以后闫椿约了沈艺茹，作为事务所开张的第一个案子，本着不把对方辩护律师打得甲不留誓不罢休的目的，闫椿整个团队斗志昂扬。

她跟沈艺茹约在对方家，陈靖回亲自送她去的，到小区外，他嘱咐她："出来给我打电话。"

闫椿点点头："你要是有会我自己回去也行。"

陈靖回："去何泓玉那一趟，一个小时就能结束。"

闫椿最近还没接到过江甯的电话："也不知道他跟他太太那事怎么样了。"

陈靖回："你要我给你打听打听？"

闫椿："不用，我自己也能知道。"

陈靖回："嗯，别忘了结束时给我打电话，我好来接你。"

闫椿俯身在他眼睛落下一吻："好的，老公。"

陈靖回抬手，动了动手指，把"再见"表现得很敷衍，敢情又要几个小时见不到她了。

闫椿最近看惯了他小可怜上身的模样，不以为意，转身迈进小区。

沈艺茹家在进入南门看见的第一栋楼，她上了楼，只见门敞着，里面的家具和电器都被砸稀巴烂，比熊小狗躺在地上，小腿一直在流血，它却不叫，比卓文理不知道懂事多少。

闫椿走进卧室，看到沈艺茹一脸乌青半躺在衣柜边，眼泪洗了出油的头发，狼狈得不像话。

沈艺茹闻见动静，也没回过头来："你再说多少遍我也要离婚，有本事你就打死我，死了一了百了，你也不用觉得我给你丢人现眼了。"

沈艺茹是把闫椿当成卓文理了。

闫椿到她跟前蹲下，碰她之前先开口，省得她受到惊吓："沈艺茹。"

沈艺茹转过身来，看见闫椿跟看见亲人一样，一把搂住她，号啕大哭："为什么啊——"

闫椿的手轻轻扣在她的后背，试图缓解她的压力。

她哭过后情绪便稳定多了，还能给闫椿倒一杯水，放上柠檬片。

闫椿道谢，没浪费时间："如果协议离婚失败，那就打官司吧，我做你的辩护律师。"

沈艺茹却不想聊这个，她回忆起以前："我有一个幸福的童年，一对深爱我的父母，在我离开校园之前，我顺风顺水，除了没有得到陈靖回，一切都是叫人羡慕的。"

闫椿知道，曾经的她是大多数女生想要活成的样子。

沈艺茹又说："可能是前半生运气太好了，才让我遇到卓文理，并嫁给他。"

她讲到卓文理时，绝望大于悔恨。

闫椿听出来了："其实你也喜欢过他，对吗？"

沈艺茹闭上眼，以为可以通过这个动作阻止眼泪掉下来："跟他在一起的时候，我真的没想过陈靖回，是他一次又一次让我失望。以前觉得是我高估了自己，我会沦落至此完全因为我不是他最爱的人，后来才知道，他是太自私了，只爱他自己。"

闫椿告诉她："现在想通也不晚。"

沈艺茹睁开眼，动作熟练地抹掉眼泪："我什么都不要，只要跟他离婚。"

闫椿合同都带来了："我一定会帮你离婚的。"

她在说这句话的时候，沈艺茹终于再一次直视她的眼睛，好像在这一刻，她们因为共同的目标达成共识，她再也不用因为成人后的艰难感觉低闫椿一等。

闫椿最后说给她一句话："总有失望，总有失败，也总要走下去，总能走出来。"

沈艺茹又想哭了，闫椿都准备再把肩膀借给她一会儿了，项敌来了，他带了豆腐脑，还有前门大街的大锅炉烧饼夹酱牛肉。

他看见闫椿冷不防一愣，耳根子都红了："你怎么在这儿？"

闫椿看一眼桌上的几张纸，"给我们校花送代理合同。"

她没问项敌为什么在这，可这话之后好像就该问这么个问题，三个人心照不宣，气氛便尴尬起来，闫椿还是有些眼色的，提起包准备走了："我晚上还有事，就先走了。"

沈艺茹和项敌异口同声地留她："等等我们一块儿吃个饭吧。"

话毕他们相视一眼，又躲开彼此的眼神。

闫椿笑："我晚上得跟我老公一起吃饭，他现在可是个宝宝，不依着就跟我折腾呢。"

如此，两人也没死乞白赖："那你回去的时候慢点，到家发个微信。"

闫椿应一声，朝外走："不要有负担，这官司不难，让你轻松离婚还是小菜一碟的事，你现在呢，就好好为自己以后谋划，争取第二春柳暗花明。"

沈艺茹不自觉看向项敌："嗯，谢谢你。"

项敌往外轰闫椿了："行了，你赶紧走吧，你老公等着急又该给我打电话叨叨了。"

闫椿瞥他一眼："你个屁货把握住机会。这次要再错过，你就一辈子打光棍吧。"

项敌迅速把门关上了。

当房间里只剩下他和沈艺茹，刚刚闫椿的话就开始发挥作用了。

沈艺茹听懂了，问他："你以前就喜欢我？"

项敌害臊，不敢看她："闫椿你还不知道，嘴上没个把门的，她就喜欢开玩笑。"

沈艺茹笑了："我只是随便问问，你干吗那么紧张？"

项敌："……"

沈艺茹走近他："我以前倒追过陈靖回，后来又嫁给了卓文理，他们都是你的兄弟，你要想清楚，如果我收了货，可不会轻易退。"

项敌猛地抬头："你……你是说……"

沈艺茹又说："我是一个很容易对一件事物产生信任的人，他们都说，我这样不好，容易被骗，可我觉得，人活着总要有点自己坚持的东西，坚持相信每一个人都是好人，也许不会为我的生活免除糟粕，但总能让自己的心情变得美好。"

项敌的手都在颤抖："你……你是愿意跟我……跟我在一起吗？"

沈艺茹低头一笑："这话应该我问你啊。"

项敌："啊？"

沈艺茹抬起头来，看着项敌："等我把婚离完。"

项敌听懂了，立刻高兴起来："好！"

——你看，只要你善良、勇敢，幸福也许会迟到，却永远不会缺席。

缘分总是这样妙不可言。

闫椿站在马路边，给陈靖回打电话，没有打通，她便开始有些小情绪了。昂贵的高跟鞋把无辜的小石子踢进下水道，它们平白遭受灭顶之灾，自然要把最坚硬的一面展露出来——磨破了她的小羊皮底，还沾了恶心的棕黄色物体。

她更不开心了，给陈靖回发去 QQ 消息，全是图片。

被闫椿刷屏的陈靖回刚转道去找卓文理，给她回过去一个电话。

闫椿接起来：“委屈。”

陈靖回一天听她一百八十几遍的委屈：“结束了？我叫司机去接你。”

闫椿挑眉：“为什么不是你来接我？”

陈靖回：“因为临时有事。”

闫椿知道他的生活不确定因素太多：“哦，那你见过何泓玉了吗？”

陈靖回：“没有。”

闫椿：“那我去找一趟江甯吧。”

陈靖回：“你把位置发给我，我叫人送你。”

闫椿噘着嘴：“那你什么时候结束啊？我想吃前门大街的锅炉烧饼夹酱牛肉。”

陈靖回：“你结束的时候我肯定结束，到时候给你买，或者带你去买。”

闫椿：“那好吧，不过你要是迟到了，晚上就搬着铺盖去门外边睡。”

陈靖回：“你也经常迟到，怎么你不用去门外睡？”

闫椿：“因为我是女孩子。”

陈靖回纠正她：“嗯？你是什么？”

闫椿脸沉下来：“因为我是女人。”

陈靖回：“作为男女平等这一伟大愿景的积极拥护者，我不允许你自我否定，女人怎么了？女人也四肢健全、德智体美全项发展，男人能睡得露天地，女人也可以。”

闫椿微笑脸：“你要皮是不是？”

陈靖回：“没有，我是在跟你讲道理。”

闫椿保持微笑脸："你要皮是不是？"

陈靖回秒尿："我错了。"

闫椿："不用等迟到了，你今天晚上就去门外边睡吧。"

陈靖回："好的，老婆。"

电话挂断，闫椿才发现她扯了一堆废话，唯独没问他去哪儿了。

她呼了一口气，算了，反正他向来很忙。

司机来得很快，接她去了江甯的蛋糕店，过去之前，闫椿先打了个电话，确定她的位置。

江甯的蛋糕店在正西四环，毗邻盒马鲜生和两个高档商场，不菲的租金一定是出自何泓玉了，他们的关系就目前来看，还算融洽。

到目的地，江甯亲自出来接，把闫椿迎进门第一件事就是给她尝尝刚出炉的蛋糕。

闫椿拿小勺子挖了一块，甜而不腻，她一个对甜品要求不高的人还算满意："挺好吃的。"

江甯笑着说："还有山竹饼干，等会儿我装两盒给你带回去。"

闫椿恭敬不如从命："嗯，谢谢。"

江甯看着蛋糕店里忙忙碌碌的烘焙师和收银员，心就安稳："把生活的重心放在老公身上太久了，都忘了我的世界也应该有些别的事做。"

闫椿放下勺子，问她："怀孕的那个，最近怎么样？"

说到这个，江甯还挺不好意思的："我没有勇气邀请她到家里来，我也没她的联系方式。"

闫椿懂了："就是说，你到现在还没有见过她对吧？"

江甯点头："还没见过。"

闫椿："那有什么别的信息是你知道的吗？"

江甯回忆一下："我看过老何的手机，没有一个奇怪的联系人，但总有一个座机号码的来电，他每次都出去接。回来时会跟我说现在的垃圾广告真多。"

闫椿："你记得那串号码吗？"

江甯记得："×××-×××××××××，看到过好几次。"

闫椿在百度上输入，WEM 科技有限公司，地址在圣安大厦 A 座 C 区1601。她给江甯发过去："我们现在就过去。"

江甯有点担心："我们这么唐突地上门，不好吧？"

闫椿："我们不是去做客，是去逮人的，没什么好不好，她在抢您老公的时候也没考虑她这个行为好不好，那我们自然也不必要考虑她的颜面。"

江甯："那我们去了说什么呢？找谁呢？"

闫椿："天眼查上面 WEM 科技有限公司的法人是方敏，你知道方敏是谁吗？"

江甯摇摇头："不知道。"

闫椿："方敏是何泓玉商学院的 COO（首席运营官），她名下一百六十七家企业，对九十四家企业有实际控股权，其中包括何先生多个分公司，均由她担任法人。这个法人我给您简单科普下，说句不好听的，就是背锅侠，钱没几个，责任担了不少。"

江甯很认真地思考："你是说，她就是老何的小三？"

闫椿："方敏是 WEM 科技的法人，说明 WEM 科技是何先生的企业，而 WEM 科技里有何先生的小三，按照逻辑，何先生不会亏待她，所以她最次也是 WEM 科技的执行人。"

江甯理了半天才明白过来，没忍住冲闫椿竖起大拇指："闫律师，你可真厉害！"

闫椿："您现在给何先生打个电话。"

江甯："为什么？"

闫椿："问问他在哪儿。"

江甯虽然疑惑，也还是照做了，并孺子可教地摁了免提。

电话响了一阵才接通，何泓玉的声音传来："怎么了？有什么事？"

江甯看着闫椿，问他："你在哪儿？"

那头顿了一下，才说："我在开会。"

闫椿用口型教她："问他跟谁在开会，很重要吗……"

江甯学舌："你在跟谁开会？很重要吗？"

何泓玉显出不耐烦："很重要，是掌握公司命脉的伙伴。"

闫椿明白了，继续口型说："跟他说好的，让他好好工作。"

江甯把最后一句说完，匆匆挂了电话，顺顺胸脯缓解了一下惊魂未定的心，她还是第一次带有目的地跟何泓玉说话，心里慌得不行。

"他会不会多想啊？"

闫椿站起身来，没答她的话，说："我们现在去 WEM 科技。"

江甯也站起，拿包时犹豫了："这样不会激化矛盾吗？万一老何被逼急了跟我离婚……"

闫椿告诉她："你们并未签署婚前协议，而何先生的商学院也是在婚后创立的，这属于夫妻共同财产，再加上他是过错方，只要我们发挥稳定，让他净身出户还是很容易的。"

江甯脑袋垂下去："我……我不想离婚。"

闫椿："我知道，我只是告诉您，他跟您离婚就要面临净身出户，所以他不会。"

江甯方踏实下来："那行吧。"

出了门，上了车，江甯新的疑问又来了："那见面了，我跟她说什么呢？"

闫椿："您什么都不用说，该说的，我会帮您说的。"

这样还行。她嘴笨，不让她说话最好，也省得被人抓住把柄。

从西四环翻到东二环，用了四十多分钟，当两人站在圣安大厦脚下时，江甯临阵退缩了。

闫椿也没逼她，在她面前给她打了通电话："你在附近找个咖啡馆坐下，电话别挂，录音也别停，我不能保证给您劝退她，但可以给您掂量她几斤几两。"

江甯忙不迭地点头："嗯嗯，麻烦你了，闫律师。事情结束后我请您吃饭。"

闫椿是很负责任的，只要她上心的事，甭管对方是不是她的当事人，她都不遗余力地帮忙，遑论江甯一直很信任她。

她说："等我出来吧。"

话毕，转身走进大厦。

她招来保安刷卡过闸机，摁电梯上十六楼，迈进自动门，走到前台站定。

前台站起身来，微笑问她："您好，您有什么事？"

闫椿："我找你们总经理。"

前台保持微笑："请问您怎么称呼？"

闫椿的瞎话张嘴就来，在她并未涉猎的领域也能装得跟真的似的："工商局。接到调查令，来了解一下你们公司法人方敏名下几家公司的运营情况。"

前台当下腿肚子发软，双臂撑在桌上才没摔下去："您稍等一下。"

在她去汇报情况时，闫椿退到茶歇区坐下，翻了翻手机，消磨短暂的时光。

双生复古茶餐厅。

陈靖回跟卓文理面对面坐着，面前各自一杯代表自己口味的饮品，其间卓文理还换过一次，可无论是奶盖还是大红袍，跟陈靖回自带的、闫椿给他烧的白水比起来还是高下立见。

卓文理开门见山："我知道闫椿是沈艺茹的代理律师，我也知道她铁了心拆散我们，没关系，只要给我两千万，我就放手，沈艺茹下半辈子找谁接手我绝不过问。"

陈靖回喝了一口白开水："你们离不离婚，与我何干？"

卓文理知道他会这么说："可现在是闫椿在管这件事，我什么人你知道，逼急了我……"

陈靖回仍然从容："那我什么人，你忘了？"

卓文理放在桌下的手握成拳头："我知道你为个女人六亲不认，全然不顾兄弟情义，可老子也不惧你，大不了赤条条来、赤条条走，能拉你们垫背，老子也不算亏。"

陈靖回可不喜欢他这个自以为是的语气："你凭什么认为你能怎么样我？"

卓文理敞开怀，盘在腰上的炸弹很扎眼："两千万到账，并放我离开歧州，以后山高水远，我们江湖不见。你要是不同意，我就先弄死你，再弄死你的女人。"

陈靖回还是一张性冷淡的脸："你是我们三个人当中最怕死的，你这行为只能骗骗自己。"

进门时，陈靖回还对他抱有期待，毕竟在陈靖回生命里的人已经为数不多，可卓文理从头到尾都在试图用死败光他在陈靖回这里最后一点好感……

他跟谁打交道都不喜欢刨根究底，再坏的人，只要坏不到他身上，那就是好人，所以他可以对卓文理的丧尽天良视若无睹，却不允许他对闫椿虎视眈眈。

现在的陈靖回，既能使将死之人起死回生，也能将长命之人挫骨扬灰。

他带了火，亲自扔到卓文理面前："来。"

卓文理慌了，额头上豌豆大的汗比腰上盘着的炸药还扎眼。

之前他混成那副鬼样子，好歹家还没散，沈艺茹还愿意跟着他，他便可以从头再来，就算是坑蒙拐骗也还能有底气，现下沈艺茹决心跟他离婚，他的人生还有什么可能？

这难道不是陈靖回和闫椿导致的？难道不该由他们负责？

卓文理固执地认为他没错，势要将无赖耍到底，猛地抓起火机，打着了，冲他说："别以为老子不敢！这天底下，可不止你一个爷们有种！"

陈靖回站起身来，一只手拉开小圆桌，冲着卓文理的胸膛，上去就是一脚，踹得他人仰马翻："你有种？"

卓文理已经滚成球的身材不能利落地爬起来了，在地上磨蹭了好一会儿，好不容易找到机会起身，陈靖回又是一脚："嗯？你有种？"

下午茶餐厅里人不多，可大家哪在市里见过这种场景，都吓得聚到前台。

老板出来也不敢靠近，慌里慌张地报警。

卓文理胸口破开似的疼，也没忘记去抓弹出去的打火机。

陈靖回抄起圆椅，照着头，劈空而下。

做过老化处理的红木色圆椅，在卓文理头上四分五裂，血慢慢地往下淌，他吃痛地叫唤着，跟被掐了尾巴一样在地上打滚。

团在前台的顾客吓得叫出声来："救命啊！"

有镇定的，小劲掐她："要想活命就别说话！看不出来是私人恩怨？不会动我们的！"

老板的心都被拽到了舌尖，一张嘴就能吐出来似的，他比谁都靠后，已经摁好了"110"，却实在摁不动拨打的键了。

陈靖回扯扯领带，让自己呼吸更畅快一些："等你点着炸药，会比这疼万倍，先让你体验一下，避免你接受不了。"

卓文理往后退，他还不想死。

陈靖回一脚踩在他的脸上，用了十足的力："两千万？你配吗？"

卓文理喘气越来越粗，失血过多让他头晕目眩，挣扎都愈发力不从心了，发出动物一样呜咽的声音，起初踢个不停的双腿也渐渐废了一样。

陈靖回在他晕死过去时收了脚，随即进来几位抬着担架的白大褂，把卓文理抬担架上带走了。

秘书带来一队媒体人对着现场一顿拍照，头条预定——

"轮回资本陈靖回茶餐厅单手制服欲报复社会男子。网友评：侠肝义胆！"

WEM 科技有限公司。

前台再回来时，带来了何泓玉和他的小三，他们并不认识闫椿，即使有所怀疑也没表现出来，不怕一万就怕万一，要真是工商局的，体面一把也不至于得不偿失。

拔云见你

闫椿看过去，心想，江甯不在也好，被她看到这对渣男贱女，不知道得多难受。

她向来稳健，除了面对陈靖回时会马失前蹄，别人还没逃出过她的算计，可她却这么不顾后果地找到小三门前了，是她飘了吗？

不是。

她让江甯给何泓玉打电话，就是要听他的话，他信口雌黄在跟掌握公司命脉的伙伴开会，除了轮回资本，也没有谁能决定他公司的存亡，可陈靖回都说了，他没见到何泓玉。

如此，何泓玉撒谎了。

要真在工作，为什么要撒谎，除非他不能让江甯知道他跟谁在一起，那么是谁不言而喻了。

所以她横冲直撞上来，拿到第一手的证据。

小三先说话了："您是？"

闫椿拿手机给她和何泓玉拍了张照，他们的情侣卫衣不知道为她省了多少事。

小三皱眉，跟何泓玉对视一眼：不太对劲！

何泓玉也说话了："你是哪位？"

闫椿把律师执业证取出来晃一晃："我是你太太江甯的代理律师。"

话毕，小三和何泓玉都白了脸。

何泓玉大声叫："保安？！保安在哪儿？把这个人轰出去！"

这就有点没礼貌了，两兵交战不斩来使，对她一个拿人钱财、替人消灾的打工人出什么气？闫椿伸出双手为自己争取时间："你确定不听听我要说什么？"

何泓玉什么都不想听："我从没说要跟江甯离婚，你的存在是没有价值的。"

他说这话时，显然没考虑小三的感受，不过小三反应平淡，似乎并不介意没个名分，她是无所谓吗？不，她压根就不想跟何泓玉纠缠不清。

闫椿告诉他，"你的小三没有逼过婚，你不奇怪吗？"

何泓玉是不会受她挑拨的："你不要指望舌灿莲花就能轻易摆布我！"

闫椿："我刚才坐在这里等你们的时候，搜索了一下这位第三者，你不是她勾引的第一个有妇之夫，不是最有钱的一个，也不是最有魅力的一个，所以她既不图你的钱，也不图你的人。"

何泓玉震惊。

小三开始继承何泓玉的大嗓门："保安！把这个贱女人轰出去！"

闫椿："她只是享受抢别人东西时的那种快感。"

何泓玉的脸色越来越难看，小三也是。

闫椿："你太太找到我时，问了我一个问题，她问我，你会回心转意吗，我当时有句话，实在没忍心说出来，不过我可以说给你听。"

何泓玉十几年练就的利嘴竟然毫无用武之地。

"我说，你无法逆转屎壳郎爱吃屎、只吃屎、只能吃屎的命运轨迹，你也无法拴住一个只用下半身思考的男人。"

何泓玉的老脸挺不住了，愤懑地转过身去。

小三握住他的胳膊，一脸关切的同时还不忘剜闫椿一眼。

闫椿无所谓，继续说："你很幸运了，这小三堕了太多次胎，子宫壁薄得已经不能怀孕了，不然真的被她怀了你的孩子，定能叫你抱憾终身。"

何泓玉难以置信，再看向小三的眼神时恐惧大于一切。

小三摆手摆得忘记了频率："不是的，你不要听她瞎说，她是哪儿冒出来的我们都不知道。"

闫椿又说："何先生要是不信，我可以把了解的资料给您邮箱发一份，您要是年纪大了眼睛不好使，我也不介意给你们商学院上下群发一份，让他们帮您看看。"

小三眼看要漏，双手扒住何泓玉的手："不是这样的，泓玉，你听我说……"

何泓玉不遗余力地甩掉她的手。

他真的喜欢这个女人吗？不，他只是久违了心动，几乎要忘记喜欢是什么滋味，不然怎么不跟江甯离婚呢？他是个理智的男人，有本事犯错，也有本事收拾干净。

闫椿本来没以为何泓玉能幡然醒悟，只是想起陈靖回透露给她的，何泓玉分得清是非黑白。

她乘胜追击，接着说："你有一件小西服，你很喜欢，穿了一年又一年，后来你看见 Zara（飒拉）、H&M、优衣库，你觉得它们更能凸显你身材的优点，你把小西服扔在了一边。你不知道，后边还有范思哲、纪梵希、爱马仕……

"在眼花缭乱的世界里，你慢慢忘记你找一件衣服的原本目的是蔽体，你选择更好的、更贵的，来搭配你日益臃肿的身材，你越来越胖，衣服的码数也越来越大。

"后来医生告诉你，你的身体糟糕透了，各项指标都超出正常标准的三倍，你才想起那件没弹力的小西服，却已经晚了。我今天也不是要来劝你回心转意，毕竟是一件脏了的东西，明知道洗多少遍都不会复原，不如就把它丢掉，肯定比留下来添堵能叫人舒坦。

"我是来告诉你，婚姻，不光要有爱，还要有责任。

"你把一个女人写在你们家的户口本上，就要对她的往后余生负责任，你要是负不起，就请哪儿来的回哪儿去。"

话毕，何泓玉和江甯共同拥有的回忆，如电影般，在他眼前拂过。

后来他是怎么脱掉跟小三的情侣装、走出这家公司的，闫椿不记得了，只记得他很礼貌地问了她怎么称呼，在哪家事务所任职。

闫椿轻描淡写地告诉他："我是陈靖回的未婚妻。"

何泓玉先是一愣，随即恍然大悟："不知道要怎么答谢陈先生夫妇的帮助了。"

闫椿："我也不是帮你，你不用感谢我。不过我老公，你还是有必要感谢的。如果不是他为你的人品小小担保了一下，我也不认为你还有挽救的必要。"

何泓玉红了脸，岁数大了，分辨能力也差了，仅凭那么两句温言软语，连方敏的身份究竟如何都不调查了，幸亏被闫椿当头棒喝，不然他搭出去的，绝对不止老脸那么简单。

他为了表示感谢，承诺闫椿："鉴于您帮了我一个大忙，我可以答应您任何一个请求。"

闫椿能有什么拜托他的？陈靖回不比他牛多了？

她说："你要实在想感谢，就去谢谢我老公吧，最好现在就去。"

她急于让陈靖回夸她本事大，脑海里已经演练了好几遍陈靖回抱着她，跟她说"我老婆怎么这么厉害"的画面了，光想想都美滋滋。

何泓玉大话丢出去，都做好血亏的准备了，结果闫椿只有这么个要求……他当然没有意见！

就这样，他在去见江甯之前，重新联系了陈靖回的助理。

闫椿按照江甯微信发给她的地址找过去，江甯紧张得喝了好几杯奶茶，一直在跑肚，服务员都以为她点单只是不好意思一直借用卫生间。

最后一次出来，她一脸紧张地问闫椿："怎么样？"

闫椿说："那小三应该不成威胁了，剩下的事何先生会处理的。"

江甯细细咂摸这两句："你是说，我老公跟那个女人分手了？他要回归家庭了？"

其实闫椿挺遗憾的，主要她从不信男人真的能改，但宁拆十座庙、不毁一桩婚，既然江甯认为他只要回心转意就值得被原谅，那她非撺掇他们离婚也不太好。

她说："暂时是这样。这一次你们夫妻运气比较好，碰上一个冲钱来的，要是……"

说到一半，她暗骂自己嘴贱，急转话锋："嗯，何先生决定回归家庭，而那小三也没怀孕。"

江甯喜形于色，一把搂住闫椿："谢谢你！闫律师！"

闫椿的心情挺复杂的。

算了，人各有命，说不定江甯运气还没花光呢。

　　闫椿实在很想念陈靖回，便没跟江甯去吃饭，让司机把她送回了家。

　　进门后，一楼最亮眼的还是那架望远镜。

　　搬过来那么久了，闫椿还一次都没有看过它，她把包放回一楼衣帽间，鞋也一并脱了，转身径直走到窗前，把镜头后盖摘掉，凑上去随便看了看。

　　然后——

　　她站直，朝镜头对着的方向望过去，又透过望远镜确认了一遍。

　　是的，没错，陈靖回的望远镜，望的是她出租房的客厅。

　　她沉默片刻，走向下陷的沙发区，头朝窗户趴下来，嘴噘得比天高。

　　真讨厌，为什么要手欠去看那东西？弄得现在更想陈靖回了，也不能打电话给他，不久前才吹牛让他晚上门外睡，现在就打电话给他说想他了，他一定会膨胀的。

　　可是怎么办？她好想他啊。

　　闫椿在沙发上滚来滚去，她以为找个小游戏就能暂时把陈靖回抛诸脑后……后来发现是她想多了，她滚了半个小时，也还是好想他。

　　"哎呀，怎么办？我好想陈靖回啊。"

　　她熬不住了，拿起手机，先在QQ上试探一拨。

　　闫椿："有人吗？我老公在吗？嘘。"

　　没人回。

　　闫椿："委屈。"

　　没人回。

　　二十分钟过去了，陈靖回很沉得住气。

　　闫椿生气了，把手机丢到远远的地方："有种你别回我！最好也不要回来了！"

　　说完没五分钟，她又开始哭唧唧："你怎么还不回来啊？委屈巴巴。"

　　她干喊了一会儿，电话响了，她来电都没看，迅速接通："老公！"

　　那头："……"

　　闫椿方拿下手机，看到屏幕上"项敌"两个字，顿时好难受，自然没给他好脸："你打电话时接通了能不能自报家门？占爸爸便宜！"

项敌冤枉啊："你给我说话的机会了吗？"

闫椿不跟他掰扯了："你给我打电话有事吗？没事挂了！"

当然有。

项敌说："你打开电视，看××电视台。"

闫椿："怎么？你上电视了？"

项敌："不是我，是你老公。"

闫椿打开电视，正好当前就是××台，此时在报道一则歧州本地公民报复社会的新闻，她刚想问哪有她老公，镜头一转，陈靖回的脸出现在屏幕里。

记者随后介绍："6月1日下午，北二环南通大道茶餐厅内一男子腰前捆四公斤炸药试图报复社会，被轮回资本陈靖回当场制服，目前并未造成伤亡。经初步调查，嫌疑人卓文理，男，二十七岁，已婚，家住汇新苑，行凶原因尚在进一步调查当中。"

闫椿越听眉头越紧，6月1日，不就是今天？陈靖回没跟何泓玉见面是去找卓文理了？

与项敌的电话还没挂断，他说："别关，接着看。"

闫椿哪儿还有心情看？她把手机按免提放一边，快步进衣帽间穿上鞋、提上包。

电视已经开始播放下一则新闻，闫椿却听不进去主持人磁性的播音腔了："他在哪儿？"

项敌告诉他："阿回从现场离开去了前门大街，路遇仁仓汽车站爆炸，据说是油罐车泄漏了，情况十分危急，支队指挥中心派了两个单位过去稀释……"

闫椿没让他说完，三秒冲出家门。

她开了车，为了避开烦琐的城市道路，绕远上高速，全程一百二十迈（193.08千米／小时），她本来可以问问项敌陈靖回有没有事，可她来不及，她真的来不及。

陈靖回到前门大街是去给她买大锅炉烧饼夹酱牛肉了，她知道。

她打过那么多人命官司，见过那么多生离死别，却没有哪一次可以比得上她此时的刻骨铭心，没有哪一次，没有。

那种感觉自己已经没命活下去的感受，被放大一万倍盘桓在她脑袋里，怎么都驱散不掉。

她可以跟她的当事人对生命的意义、活着的代价侃侃而谈，怎么不能对陈靖回发生意外安之若素呢？

怎么不能呢？

闫椿在车上放声大哭："我不吃牛肉了，我这辈子再也不吃牛肉了！老天爷，求求你，求求你，你不要对他下手，我的命你尽管拿走，我求求你，我求求你……"

她一路哭，一路马不停蹄。

赶到仨仓汽车站，只剩下警察在维持现场秩序，一条醒目的警戒线把救护车和事故现场区分开来，白大褂抬着担架穿梭在整幅画面里。

闫椿往里跑，被眼尖的警察拦下来："干吗呢？！里头危险！"

闫椿甩开他的手："我老公在里面！你让我进去！出来我跟你进局子都可以！"

警察哭笑不得："里面只有一堆灰烬了。"

闫椿当下崩溃，就像折了腿一样坐在地上，她仰天痛哭："啊——"

警察吓傻了："……"

闫椿的裙子被泥泞的路面糟蹋得不成样子了，吊带也滑下来，胸前和背后的风光被围观的群众看了不知道多少遍，她是那样难过，锥心刺骨的难过。

四周的人越来越多，好不容易被疏散的人群又聚拢起来，看她痛彻心扉，偏过头议论纷纷。

几个警察上来拽她："女士，你这样扰乱治安我们要请你去派出所一趟了。"

闫椿不管，陈靖回不在了她也不想活了："那你们……把我枪毙吧……"

警察："……"

闫椿是律师，她知道什么罪能被判死刑，可她不能，尽管失了理智说出这样的话，她也没真的想犯罪以达到陪陈靖回一起死的目的，明明有那么多不给人添麻烦的死法。

她扭头看见旁边烧焦的公交车，一根长而尖锐的车前杠突出来，她一头撞上去，一定死了。

想着，她就已经爬起来冲过去，警察们都没反应过来，亏得一截手臂从天而降，拽住了她。

闫椿回头就要骂街，看见是陈靖回的脸，一怔，随即骂得更凶了，还上手，一拳一拳地打在他身上："陈狗贼！陈憨大！你个王八蛋！你个浑蛋！"

警察："……"

群众："……"

陈靖回任她捶打，托住她腰的手始终不曾挪开一分。

闫椿骂着骂着，又开始哭，两只在地面摸摸拍拍的小黑手抹完眼泪，把脸抹成个大花猫，她打不动了，就下嘴咬，感觉要出血了，又马上停下来。

气撒够了，她又开始害怕，捧起陈靖回的脸，也不管多少人在看，用力地亲在他嘴上、脸上、下巴上，最后扑进他怀里，使劲地抱着他："我以为你死了，吓死我了，我都打算去陪你。想都想好了，就一头撞死，一定死得透透的。"

警察："……"

群众："……"

陈靖回低头亲亲她的发心，他才发现，他许了闫椿许多，自以为已经把世上她需要的都给了她，却没想过，她等了十年是为什么。

闫椿最需要的，分明是他啊，若是他不在了，纵使她坐拥世界，又有什么用？

"有你在，我怎么舍得死？"他在此，对她起誓，"我陈靖回，对着这个天，对着这个地，发誓，我永远不会死在闫椿前面。"

闫椿只顾抱着他，只顾她手能抓到的这一份安稳："反正你要是死了，我也去死……"

陈靖回紧了紧抱着她的手："到时候再说。"

闫椿不要："我不管，反正你死了，我就死，一秒都不多苟活。"

陈靖回："那我压力大了，以后不敢出门了。"

他还敢说？

闫椿问他："你那边结束不回家，瞎跑什么？我说吃烧饼你就命都不要了也要给我买？还制服卓文理报复社会，你怎么不与天宫试比高？"

陈靖回没答她这一连串的问题，反问："你前不久见了何泓玉？"

闫椿还抽抽搭搭的："怎么了？给你添麻烦了吗？可是我没跟他说你们之间……"

陈靖回没让她说完："他打电话到我的助理那里，说他见了你，你让他谢我。因为是关于你的事，所以我没到前门大街，而是折了回去。爆炸发生在我离开仁仓汽车站之后，前后脚的事。"

闫椿的表情管理失败了，半晌都没个反应。

陈靖回揉揉她的脸："是你救了我。"

闫椿撇嘴，眼泪又开始掉。

"那你欠我一条命，你要给我当牛做马……"

陈靖回一个吻落在她的嘴角："那我们去买烧饼吧。"

闫椿："烧饼？"

陈靖回也没等她反应，把她打横抱起："老婆腿软了吧？我抱你。"

闫椿反应过来时，已经上了陈靖回的车，她吼出气吞山河的一声："陈狗贼——"

这一幕虚惊一场要剧终了，配角赶在落幕前，露了露脸——

项敌和沈艺茹在警戒线外，并肩而立，看着他们："以前我觉得，没人配得上陈靖回，现在我觉得，没人配得上闫椿。"

项敌："所以他们互相成全了，挺好的。"

沈艺茹靠近了项敌一些，牵住他的手："卓文理应该没有精力分给我们的离婚官司了。"

　　项敌："也挺好，离婚变得简单了，你可以早点嫁给我了。"

　　沈艺茹耳朵一红："我只是答应给我们彼此一个机会，可还没说要嫁给你呢。"

　　项敌："啊？"

　　沈艺茹笑："啊什么啊？走啦，回家！"

　　另一个方向，姗姗来迟的江甯焦急地检查着何泓玉全身上下："真的没事吗？你不能骗我啊。"

　　何泓玉看着江甯肿成包子的眼，知道她刚哭过，他冷不防地想起前不久跟他温存的那个女人，如果她对他的爱跟她说的那样好听，此时又为何不见身影呢？

　　他攥住江甯的手："我们也走吧。"

　　江甯也不敢在外人面前哭，给他丢人："走哪儿啊？先去医院吧。"

　　何泓玉回头是岸了："回家，我给你煲汤。"

第十六章
我的生命里，从此有个你

后来，派出所把闫椿叫去批评教育了三个小时，说她不珍视生命，还扰乱公共秩序，罚了五百块钱，在公告栏被当作反面教材挂了一个星期。

陈靖回笑了一个星期，一看到派出所给闫椿发的人身安全规范小书，就控制不住地笑。

闫椿把靠垫扔过去："给我滚！"

陈靖回稳稳接住，走过去，偏要把她搂进怀里："这是你律师生涯里最耻辱的一次经历吗？"

闫椿想了想："也不是打官司，不过是没有尊重法律，而且主要那时候我也顾不上啊，我到现场得到的消息就是无人生还，这比以为你生死未卜可吓人多了。"

陈靖回握住她的手："我答应你，我会好好活着，你也答应我，无论发生什么，都不能轻视生命，好不好？"

闫椿在他怀里转过身来，说："我现在会了。"

陈靖回不信："你这话我听着有水分。"

闫椿看着他的眼睛："你现在去我们房间，打开我的小冰箱，把一个蓝色的盒子拿过来。"

陈靖回挑眉："什么？"

闫椿推他："你去拿嘛。"

陈靖回被她催着取来了，递到她手里。

闫椿把开口对着他："我要打开了哦，你可不能激动。"

陈靖回不知道闫椿什么时候染上故作神秘的毛病了："能是什么东西？你那些扣子手链？"

闫椿缓缓打开盒子，是一只早孕棒。

陈靖回哪见过这种东西，拿起来，两条杠："这是什么？"他又看了两眼，"温度计吗？"说着话还上手摸摸闫椿的额头，"老婆，你发烧了？"

闫椿打掉他的手："你才发烧了！"

陈靖回没经验啊，为了安抚受上次事故影响依然心有余悸的闫椿，两人索性就领了结婚证，连婚礼都没来得及办，他第一次结婚又没有让别人怀孕的经历。

"那这两条红杠是什么？"

闫椿把早孕棒拿走，拉着他的手放到自己的小腹上，问他："有没有什么感觉？"

陈靖回认真感觉了一下："胃胀气？"

闫椿："……"

陈靖回："哦，腹积水。"

闫椿抬脚踹他。

陈靖回攥住她的脚丫："发生了什么……"

闫椿不理他了，从他身上起来，穿上衣服回娘家了，还警告他："你不准来接我！不然我打死你！"

陈靖回很无辜："……"

门关上后，陈靖回觉得惆怅贯彻全身，难受得他给项敌打了个电话，青天白日要喝酒。

项敌新婚燕尔，哪有空跟他瞎混，准备应付一下便走，谁知道他拿出了两瓶一百多万的酒，甚至允许项敌带一瓶走，项敌便只好陪他不醉不归了。

陈靖回问他："你媳妇也成天阴晴不定的？"

项敌摆摆手："没有。我媳妇可贤惠了，我一下班一桌子好菜。我那天让她休息一下，你猜她跟我说什么？她说她是女人，照顾好老公是她的责任。"

陈靖回想想他们家都是他叫厨师来伺候闫椿，吃什么都要依着她的口味，这都是小事，他也舍不得闫椿给他做饭，重点是："她老是突然就不理我了。"

项敌喝一口酒："你不能老围着她转，她不理你就自己玩会儿啊，叫几个'零零后'，攒个局子，不比研究她为什么生气舒坦多了？她一看你不是非她不可，就上赶着你了，你还记得之前她追你那状态吗？跟个小哈巴狗一样跟在你屁股后头。"

陈靖回瞥项敌一眼："爸爸就是非她不可。"

项敌呵呵："那算我没说，你接着惆怅吧。"

陈靖回又趴下来："你不知道，她事务所开张后陪我的时间减了一半。"

项敌："一半是多少？"

陈靖回算了下："一天还剩十二个小时吧。"

项敌喝口酒压压惊："敢情以前一直是二十四个小时形影不离啊？你也够黏人了。"

陈靖回想都不敢想十二个小时了："我就是想她。"

项敌以为陈靖回喝多了，可陈靖回早对酒精免疫了，他是真的想闫椿，她刚出门两个小时，怎么跟两年一样？不行，他得去接她回来。

他起身朝外走："酒给你了，楼上还有，你看上哪个自己拿。"

项敌冲着他的背影喊："你干吗去？"

陈靖回："丈母娘家接我媳妇。"

项敌站起身来："你刚喝了酒，我送你吧。"

陈靖回："有司机在。"

项敌差点忘了，陈靖回几乎不自己开车。

主人走了，他也没多待，拿了几瓶好酒，也回家伺候媳妇了。沈艺茹要下班了，他得赶在她下班之前，给她做一桌好吃的。

闫椿让祝自涟搬去了四合院，三个老姐妹还在一起，她一回家，三个人要忙炸了。

阿姨把冰箱里鸡鸭鱼肉都拿出来："椿椿啊，我们中午十六菜、一汤、一羹、两个甜品，行吧？"

赵妈妈给闫椿掰开山竹："还是闺女你说，想吃什么。"

祝自涟把她的长头发编成蝎尾辫子："成天披头散发的，我可看那个什么音那个短视频了，人家说，渣男锡纸烫，渣女大波浪。"

闫椿跟个祖宗一样仰躺在院里的榻上，啃着赵妈妈进门便削好的苹果，先答两位非血亲却同血亲长辈的话："什么简单吃什么吧，陈靖回都把我喂成猪了。"又回祝自涟的话，"我还给你手机下载了《人民日报》和《国家地理》，你怎么不看看这些东西？"

都是字，祝自涟才不看，她跳过这个话题，问她："我姑爷怎么没来？"

闫椿咬一大口苹果："他肚子疼。"

祝自涟纳闷了："怎么哪次你自己回来，都是他肚子疼？他有阑尾炎？"

闫椿看过去："能别咒我们吗？怎么就阑尾炎了？"

祝自涟："那你老说他肚子疼，可不就是阑尾炎？"

"我瞎说的。他有事，来不了。"说完觉得不对劲，闫椿看过去，"不是，您还知道哪个是亲生的吗？老打听他干什么？"

赵妈妈解释说："你自己回来，我们难免会以为你们吵架了。"

闫椿可比吵架委屈多了："没吵架，就是他太笨了，我看着生气。"

这回阿姨也凑上来："怎么了？"

闫椿被六只眼睛盯住，躲是躲不掉了，索性说了实话，反正早不说，晚也瞒不住："我给他看早孕棒，他说那两条杠是不是表示我发烧了。让他摸摸肚子，他说我是胃胀气和腹积水。"

三个姐妹同时一愣，又同时炸开了锅："你怀孕了！"

刚走到门外的陈靖回正好听到这一句，他有一秒的停顿，在这一秒里，他几乎可以感受到他全身上下的细胞在经历何等的自相残杀，厮杀之后，胜利者着陆，反馈给他大脑一个讯息，一切尘埃落定。

谁也不知道，耀武扬威的胜利者说，他在乎的不是他要当爸爸了，而是闫椿会不会很害怕。

他摁了门铃，阿姨开的门。

闫椿看见他立马转过身去，把后背留给他。

三个姐妹贴心地去了各自的房间，把院里的空间留给他们小两口。

陈靖回走到闫椿跟前，伸手触摸她的肩膀："老婆。"

闫椿躲开，不理他。

陈靖回坐下来，习惯让他手往闫椿腹上摸，可刚到腰上，他停住了，又把手收回去。

闫椿察觉到了，转过身来："你不想要吗？"

陈靖回用力摇头："当然不是！"

闫椿："那你为什么一副这样奇怪的表情？"

陈靖回说实话："女人怀孕是很辛苦的一件事，而我也帮不上什么忙，要是你难受我怎么办？我抱抱你好像也不能有所好转，要是你……"

闫椿没让他说完，一把搂住他："没关系，只要你在，我都没关系。"

——我的十载之所以度日如年，就是因为没有你。

她还没感动够，陈靖回已经松开她，退到一旁打电话了："安排下去，我要办婚礼。"

陈靖回对着手机一通嘱咐，各种她听不懂的品牌名词从他嘴里说出来，她看着看着，竟然有些发困，靠在方垫上不知不觉睡着了。

待她醒来，已经被挪到房间里，陈靖回仍在她身侧，刚收起手机。

闫椿揉揉眼："几点了？"

陈靖回扶她起来，在她后背垫上枕头："七点半了。"

闫椿："你打了三个多小时的电话吗？"

陈靖回："一生一次的婚礼，要准备的有点多。"

闫椿："……"

陈靖回："没事，我应付得了。"

闫椿："你是要自己承办我们的婚礼吗？"

陈靖回："我觉得我可以。"

闫椿："那不会显得我一点用都没有吗？"

陈靖回："你要实在过意不去，可以给我一些精神鼓励。"

闫椿："什么精神鼓励？"

陈靖回指指嘴唇。

闫椿懂了，捧着他的脸，在他嘴唇亲了一口："可这样还是显得我一无是处啊。"

陈靖回就给她把蕾丝袜子和小皮鞋穿好："你陪我去看舞台剧吧。"

闫椿挑眉："看什么舞台剧？"

陈靖回："当年要没有那场意外，我就带你去了。有幸复映，我不会再错过。"

闫椿不明白他们的话题怎么跳跃度那么大："刚不是还聊一无是处的话题吗？"

陈靖回："你陪我看话剧，让我心情愉快，怎么会是一无是处？"

闫椿觉得她被骗了："这算什么有用？"

陈靖回牵起她的手："再说你怀了我的孩子，就已经是功臣了。"

闫椿勉强接受了这个说法，被他牵着朝外走："我们不在家里吃饭吗？"

陈靖回："妈吃完饭跟赵妈妈她们出去跳广场舞了，没做我们那份。我们出去吃，我已经定好位子了。"

闫椿："好吧。"

上了车，车前镜一串扣子吸引了闫椿的注意力，她拿下来看了两眼："这不是我的吗？怎么在你这里？除了拿个望远镜偷窥，你还悄悄盘点我的家产了？"

陈靖回跟她说："我可没偷窥你，是你钻进了我的镜头里。"

闫椿呵呵："狗贼！"

陈靖回笑笑："你之前那么宝贝那个装扣子的盒子，猜也能猜到了。何况你第一次戴那个有我扣子的项链时，我就看见了。"

闫椿又没在他面前宝贝那个盒子，她知道了："我妈出卖我了。"

陈靖回能卖丈母娘吗？不能，所以他要转移话题："挺好看的，以后传给儿子说是陈家宝。"

闫椿哼哼唧唧："那我儿子不会以为他投错胎了吗？这么抠门的父母。"

陈靖回还有理呢："你生他用掉半条命，我不找他算账，他还敢嫌我抠门吗？"

闫椿微笑脸："呃，嗯，好。我们聊点别的吧。"

陈靖回："你想聊什么？"

闫椿想听祝福："除了这个，对于我怀孕这事，你还有没有要说的？"

陈靖回想了好久，说："你又可以再涨一个罩杯了。"

闫椿："什么？？？"

许多年后，闫椿挤进世界四大事务所。在陈靖回为她举办的庆功会上，她站在露天的升降台，仰头望向乌云密布的苍穹，梅雨季都过了，可它仍然不愿意晴朗。

现场不知道谁叫了她一声，她把目光收回来，扫向人群，落在了陈靖回的身上。

隔着人海茫茫，他们相视一笑。

没有阳光又如何？她有太阳本身啊——

拨云不见日，却见你，三生有幸。